告白
中
應橙 著
阿歾Amo 繪

目錄
CONTENTS

第十四章 有人了，許隨

「周京澤，你看看，有光。」

「上帝說要有光，於是有了光。」

北山滑雪場兩天一夜的遊玩正式結束，許隨累得頭昏腦脹，當晚回去睡了個沉沉的覺，破天荒賴到第二天中午才起床。

許隨一起床，感覺兩條腿還是隱隱作痛，她剛洗漱完，就看見了從外面回來的梁爽。梁爽拎著一個牛皮紙袋，一路哼著歌進門，看起來心情愉悅。

「喏，我這時間卡得正好。」梁爽把紙袋放在桌上，開始一樣一樣往外拿出食物，「隨隨，快來吃飯。」

許隨看過去，梁爽正在粗暴地撕塑封盒，桌子上的食物擺得滿滿當當的，有咖哩牛腩飯、金黃的鳳梨包，還有飄香的羅宋湯。

這些都是她平時喜歡吃的。

許隨眼神疑惑：「我記得我沒叫妳幫我帶飯呀。」

「是周京澤讓我買的，」梁爽拆了筷子給她，聲音爽朗，朝她比了一個數字，「他給了我這麼多小費，我立刻飛奔出校門去買了，嘿嘿。」

「大神好疼妳哦，隨隨。」梁爽說道。

許隨隨手用髮圈綁起身後的頭髮，接過筷子，坐下來時臉有些熱。梁爽送完飯給她後，接到一通電話又跑了出去。

寢室裡只剩許隨一個人，她用湯匙舀了一口飯，牛腩燉得很爛，馬鈴薯也很綿軟，旁邊還擺著一杯熱可可，溫度正好。

他的關心和體貼一直都是那麼恰如其分。

許隨對著食物拍了張照片傳過去，附言：『吃到啦。』

一分鐘後，手機螢幕亮起，ZJZ回：『好吃嗎？』

許隨回：『好吃，不過你怎麼知道我睡懶覺了？』

ZJZ：『猜的。』

兩人漫無目的地聊了幾句，許隨吃完飯後去上課，閒暇時間照舊去圖書館，生活看起來沒什麼變化，但細枝末節變化很多。

去過北山滑雪場，又或者是因為兩人那晚玩的坦白遊戲，他們變得親密許多。周京澤經常來學校找她，陪她寫作業或吃飯。

許隨在圖書館的角落裡寫試卷，周京澤經常玩著手機手就不安分，許隨握著筆的手一頓，被刺激得心裡一激靈，筆尖在試卷上畫上重重一道。

周京澤很喜歡碰她，一邊吮著她的脖頸，一邊說著放浪的話，帶著一股痞勁，色氣十足。

晚上周京澤送她回寢室，說著說著兩人又親上了，但許隨臉皮薄，容易不好意思，周京澤把她抵在樹邊，高大挺拔的身影遮住她，樹影顫抖，晃動一地的白月光。

周京澤伏在她脖頸上，鼻尖嗅了嗅她身上的奶香味，喘著氣啞聲道：「遲早會被妳磨死。」

許隨推開他的胸膛，眼睛被欺負得有點紅，急忙整理頭髮和衣服，問道：「我身上有沒有什麼？」

「有。」周京澤看著她，語速緩慢。

「哪裡？」許隨眼神茫然。

周京澤欺身壓了過來，托著她的後腦勺，撤離時，他笑得懶散，眉眼透著一點邪氣，直接在她脖子上弄了一個張揚的吻痕。

許隨立刻拉緊外套拉鍊，露出一雙圓圓的眼睛：「晚……晚安。」

說完她拔腿就跑，風呼呼地颳在耳邊，身後傳來一聲很輕的笑聲，周京澤的語調慵懶：「明天見，一一。」

因為周京澤這句話，許隨開始期待第二天到來，卻沒想到以失落告終。上了一天的課，許隨回到寢室，摘下圍巾，第一時間就是看周京澤有沒有傳訊息給她。

結果空空如也。

到底沒忍住，許隨傳了則訊息過去：『你今天去哪了？』

許隨心情有點鬱悶，以至於晚上刷牙時差點把洗面乳當成牙膏。換好睡衣，爬上床，許隨一直握著手機，寢室熄燈之後，她仍拿著手機等周京澤回覆。

許隨等得眼皮發酸也沒等到螢幕亮起，最後抱著手機沉沉睡去。

次日，許隨一上午都待在實驗室，等她忙完脫去實驗袍，換上衣服準備出去時，一摸口袋裡的手機，她發現大劉打了好幾通電話給她。

許隨回撥過去，電話沒多久就接通了，大劉火急火燎地說：『哎喲喂，好妹妹，妳總算接電話了。』

「上午在實驗室，不方便看手機，」許隨出門時順手關掉實驗室裡的燈，問道：「找我有什麼事嗎？」

『是關於周京澤的。』大劉在電話裡語氣焦急，問道：『妹妹，妳方便來校門口一趟嗎？我當面說更快。』

「好，我馬上到。」許隨掛掉電話後，不自覺地加快腳下的步伐，向校門口走去。

一出校門，寒風似冰刃，颳在臉上生疼，許隨下意識地裹緊了身上的外套，走了一段路，一眼就看見了站在校門口的大劉，大高個，身材微胖。

許隨走到大劉面前，說話夾著風聲，聽起來含糊不清：「什麼事？」

兩人換了地方說話，站在背風處，風聲立刻變小了，大劉捏了一下冰涼的耳朵，問道：

「妳這兩天有跟周老闆聯絡嗎？」

一提起這個，許隨眼睫垂下來，情緒也不自覺地低下來：「沒。」

明明那一晚兩人還耳鬢廝磨，無比親密，下一秒他卻連一聲招呼都不打，消失得乾乾淨淨。

「周爺也夠絕的，玩失蹤連女朋友都不管。」大劉啐了一口。

「失蹤？」許隨微睜大眼。

「我們學飛行技術的，每個階段不是有不同的測試嗎？有時學校還會反覆測，昨天是心理測試，白天他還做得好好的，無論是速度知覺，還是活動記憶、空間定向，他拿的都是A＋，到晚上的夜間模擬飛行測試，他卻直接消失了。」

許隨聽到「夜間」兩個字，似乎知道了什麼，她抬起臉：「盛南洲也不知道他在哪嗎？」

「洲哥請假了，親人有點事，他飛去上海了，我也找了，好不容易騰出點時間去他家蹲人，結果連一個人影都沒有。奎大人差點跑出來咬死我。」

大劉回想起昨天的場景，嘆了一口氣：「教官和老師都快氣瘋了妳知道嗎？關鍵是有事不來也可以，得請假啊，打他電話不接，班導師打他留的親屬電話，結果妳猜怎麼樣，他留的號碼是空號！」

「老師氣得不輕，說他態度狂妄，無故缺考又曠課，說要把他的——」

話還沒說完，許隨已經一溜煙跑開了，大劉還剩半句話卡在喉嚨裡，訕訕地：「說要把他的全科成績取消。」

這句話也被淹沒在風中。

許隨匆匆攔了輛車坐進去，司機笑呵呵地說：「小姐，去哪？」

司機這一問，許隨扯著安全帶的動作一頓，她和周京澤在一起的時間不長，她好像連他平常心情不好會去哪都不知道。

即使這樣，她還是想去找他，想第一時間陪著他。許隨報了個地址：「新合區琥珀巷八十號，司機，麻煩你了。」

車子開了約四十分鐘抵達目的地，許隨發現一著急什麼也沒帶，懷裡抱著幾本書就跑來了，她來到周京澤家門口，發現這棟樓都靜悄悄的，好似根本沒有人居住的痕跡。

許隨走到大門口，抬起手正準備按門鈴，發現門是虛掩著的。她推門走進院子，裡面的自動感應門緊閉著，她按了幾下門鈴，無人應答。

她只好站在門口等周京澤，許隨在碰運氣，她希望能見到他。等了幾個小時後，許隨體力不支，有點頭暈，於是蹲了下來，拿出手機不知道在搜索什麼。

下午三點，寒風凜凜，院子裡最後一朵荒蕪裡開出的野花也被無情折斷。許隨正看著那朵鮮紅的花出神，忽地，身後「叮」的一聲，是玻璃門被拉開的聲音。

許隨立刻想要起身，腿卻麻了，掙扎著站起來，一道身影頗具壓迫性地籠罩下來，她抬眼看過去。

周京澤穿著一件黑色的薄休閒衣和黑色褲子，正準備出門扔垃圾，他的頭髮有點長了，黑且硬，額前的碎髮搭在眉前，黑漆漆的眼睛睏意明顯，神色懨懨，居高臨下地看著她。

和前兩天兩人相處時的氣場截然不同。

「妳怎麼來了？」周京澤低下頭看著她，聲音說不上來的冷淡。

許隨解釋起來有些慌亂，說道：「我聽大劉說你沒有去考試，人不見了，我就跑來找你了……」

風聲在這一刻停止，「我跑來看你，連飯也沒吃」這句帶點抱怨和撒嬌的話本要說出口，可對上周京澤帶著審視的冷淡眼神時，她有點說不下去了。

周京澤擋在門口居高臨下地睨著她。

現在好像是她不請自來。

許隨垂下眼睫，嘴角勉強抬起，露出笑容：「你沒事就好，我先走了。」

說完她轉身就要走，不料一隻長臂伸過來，直接將許隨拽進門，一剎那，冰冷隔絕，連風聲都消失了。因為太過用力，她的嘴唇磕到了他的鎖骨，有點疼。

周京澤單手緊緊地擁著她，另一隻手在牆邊的某個開關上按了一下，「嘀」一聲，玻璃門關上，屋內的暖氣襲來，四肢百骸都是放鬆的，周京澤下頷抵在她頸窩，嘴唇蹭了蹭她脖頸白皙的軟肉，聲音低沉又嘶啞：「去哪？」

妳不是來找我了嗎？

室內實在太熱了，周京澤偏頭吮著她的耳朵，冰涼修長的指尖剛勾上細細的肩帶，許隨心尖一顫，眼睛越過他的肩膀，掠過對面牆上的畫，不經意低頭，嚇了一跳。

奎大人和 1017 一大一小正坐在地上看著他們，眼睛圓圓的，睜得很大。

許隨一下子就臉紅了，她推開周京澤的肩膀，跟他示意。周京澤回頭，德牧和橘貓正仰頭目不轉睛地盯著他，一臉正氣，彷彿他不應該在家裡做這種事。

「嘖，」周京澤走過去拎起胖貓，另一隻手提著德牧的項圈，「單身狗和單身貓，倒也不必這麼嫉妒我。」

不料，1017 聽了大受刺激，從周京澤懷裡跳下來，直奔坐在沙發上的許隨。周京澤回頭尋找目標時，發現胖貓正穩穩當當地坐在他女朋友懷裡，昂著下巴，一副小人得志的模樣。

「別被我抓到。」周京澤抬手指了指牠。

「喵——」1017 凶了他一句，又立刻躲回許隨懷裡。

許隨見到 1017 倒是歡喜得不得了，一直抱著牠，逗牠玩。上學期結束後，許隨她們那棟女生宿舍換了個舍監阿姨，貓就一直寄養在周京澤這。

之前兩人沒確認關係，許隨也不好經常來打擾他。現在好了，是他們的貓了。

屋內的光線實在太暗，給人一種沉鬱的感覺。許隨抱著貓起身，開了燈，還把棕色的窗簾拉開，光線湧進來，眼前一下子明朗起來。

許隨走向沙發，在經過周京澤時，肚子不合時宜地咕咕叫了起來。周京澤剛打開冰箱門，拿著冰水的手一頓，另一隻手輕輕拽住逃跑的許隨，把人逮了回來。

「沒吃飯？」周京澤挑了挑眉頭，轉而把冰箱門關上，拿著手機滑，「想吃什麼？」

外送很快送來，周京澤叫的是一家私房菜，菜式精美，味道飄香。他起身從冰箱裡拿出一盒牛奶，腳步停頓了一下，想起什麼，又拿去廚房加熱了。

周京澤重新坐回沙發上，把牛奶遞給許隨，又接過她手裡的免洗餐具拆開再給她。許隨接過來，吃了幾口，發現周京澤跟渾身沒長骨頭一樣窩在沙發上，低頭滑著手機，一臉興致缺缺。

許隨抬眸看他：「你不吃嗎？」

周京澤頭也沒抬，聲音倦怠：「不太想吃。」

許隨知道他心情不好，想讓他也吃一點，拆了一雙新的筷子遞過去，聲音溫軟：「可是我想你陪我吃一點。」

空氣靜止，牆上的掛鐘發出滴答的聲音，周京澤握著手機，視線總算捨得分過來，他把手機扔到一旁，微弓著腰，抬手捏了她的臉一下，語氣含笑：「許隨，我發現妳還挺會撒嬌啊。」

許隨心口一燙，快速低頭，夾了一根豆角塞進嘴裡，一隻骨節清晰的手抽走她左手的筷子，一道懶洋洋的氣音震在耳邊：「關鍵我還挺受用。」

吃完飯後，周京澤把餐盒等垃圾扔入垃圾桶。兩人坐在厚厚的灰色地毯上，一起打遊戲。

許隨陪他在客廳打了一下午遊戲，對他缺考的事隻字不提。

遊戲結束後，周京澤扔掉遊戲手把，抬手揉了揉脖子，開口：「不問我缺考的事？」

許隨搖了搖頭，仰頭看他：「等你想說的時候，你會跟我說的。」

「當初改志願選科系完全是一時意氣。」周京澤手肘撐在地板上，自嘲地勾了勾唇角，「可真飛上天時，又有點喜歡上了。」

「一旦認真了，就接受不了自己的失敗。」周京澤開了一罐碳酸飲料，仰頭喝了一口，喉結緩緩滾動。

許隨若有所思地點了點頭：「你給我一點時間，你這個障礙可以克服。」

這病從小跟了他許多年，一遇到黑的幽閉空間就會發作，他沒指望會好。周京澤只當她是小女生心性善良，摸了摸她的頭：「好。」

從周京澤那出來，許隨坐公車趕回學校，回到寢室洗漱完後，她第一件事就是對著電腦查資料，寢室熄燈了她還坐在那。

胡茜西躺在溫暖的被窩裡翻了個身，視線往下，看著書桌前的許隨，打了個呵欠：「寶貝，妳還不睡啊，快上床，下面冷。」

「沒事，等等就好啦。」許隨溫聲應道。

許隨在電腦前查了很多資料，一些期刊上面說幽閉恐懼症的致因有生物學、遺傳性因素等，其中一點是成長環境和家庭教育方式。

周京澤的家庭……許隨想起他和他爸不可調和的關係，以及那晚坦白局他說出的祕密。

睡覺前，許隨握著手機，猶豫了一下，問道：『你這個病跟你小時候的經歷有關？』

十分鐘後，ZJZ回：『嗯。』

次日，許隨和梁爽一起上課，她們找好座位後，老師還沒來。許隨坐在第三排，拿著一支筆轉來轉去，推了一下梁爽的手臂，問道：「爽爽，上次有個回來學校開講座的挺優秀的學長，妳有他的聯絡方式嗎？」

對上梁爽疑惑的眼神，許隨補充了一句：「就是畢業後開了一家心理諮商所的那位。」

「哦哦，關向風呀，校園官網主頁有他的聯絡方式呀。」梁爽放下筆袋，對她神祕一笑，「不過妳問對人了，我要好的學姐剛好有他的通訊軟體好友，晚點傳給妳。」

「謝謝爽爽。」

「不客氣。」

上完課回到寢室後，梁爽還真的搞到了關向風的好友傳給她，許隨問過周京澤後，點了添加，申請寫得十分禮貌得體：『學長好，十一級臨床醫學的許隨有私人問題向您請教。』

下午一點整，關向風通過了她的請求。許隨長話短說，直接切入主題：『學長，您好。我是許隨，想問一下，關於幽閉恐懼症，有什麼治療方法？』

過了一下，關向風傳了個定位過來，並回訊息：『面談比較有效，下午幾點？我讓護士幫妳預約。』

許隨回：『下午三點吧。』

關向風：『好的，等妳過來。』

下午，許隨按照關向風給的地址，一路坐公車來到市區，在距離萬象城八百公尺的地方找到了他的診所。

進去之後，許隨在前臺說了自己的預約時間，約一盞茶的工夫，有一名護士穿過走廊，領著她去關向風辦公室。

許隨抬手叩門，發出篤篤的聲音，一道溫潤如風的嗓音響起：「進。」

許隨推門進去，右側辦公桌前坐著一個穿著醫師袍的醫生，鋼筆別在胸口，右手邊一堆凌亂的資料夾，他戴著一副銀框眼鏡，模樣俊朗。

「許學妹是吧？」關向風笑笑，按住內線電話問，「喝什麼？」

「白開水就好，謝謝。」許隨答。

水端上來，許隨簡單說明了一下周京澤的情況，關向風點點頭，抽出胸前的筆：「情況大概了解了，這種狀況當面治療比較好。」

許隨搖搖頭：「恐怕不能，他應該不會來。」

周京澤那麼驕傲的人，電梯那件事要不是被她意外撞見，他應該也不會讓她知道自己脆弱的一面吧。

「他說幽閉恐懼症談不上，只是輕微的，怕黑會加劇他的症狀。」許隨補充道。

關向風拿筆在紙上記錄了一下，沉吟了一下：「那其實精神陰影影響更大。」

「大多需要前期的心理治療和後期的藥物干預，妳說他連考試都不去，直接棄考了？」關向風問道。

「是。」

「逃避，可能病症沒這麼嚴重。要不然試試系統脫敏療法。」關向風伸出食指推了推眼鏡，建議道。

聽到醫生這樣說之後，許隨鬆了一口氣，但她又想到什麼：「我查了一下資料，系統脫敏效果好像比較慢，他是飛行員，肯定不能耽誤，能不能試試滿灌療法？」

滿灌療法，是讓患者進入恐怖的情境，還原當時的場景，在患者企圖對抗或者用手掩住耳朵、眼睛時，不厭其煩地重複細節，並阻止患者逃避。

這個治療法效果快，但患者不適應的話會產生應激反應，可能會中途昏厥。

關向風眼底閃過一絲訝異，沒想到她提前做了那麼多功課，沉吟了一下：「可以，我先給他兩份測試題，並教妳應該怎麼做。」

「最重要的一點，治療全程，我必須遠端觀看，和妳保持通話的狀態。」

許隨猶豫了一下，最後點了點頭：「好。」

臨走時，許隨對這位學長鞠了一躬表示感謝，她的手握著門把，正準備離開時，關向風忽然喊住她：「冒昧問一下，那位朋友對妳來說是很重要的人嗎？」

許隨笑了一下：「是。」

很重要。

許隨拿著一堆測試題去周京澤家，認真謹慎地說出了她的想法，結果周京澤想也沒想就點頭了。

周京澤抬手揉了揉她的頭髮，語氣漫不經心又夾著毫無保留的信任：「不是有妳嗎？」

周京澤很快在筆記型電腦上完成了兩份心理測試題，兩手一攤，又窩回沙發上了。許隨坐在地毯上，移回電腦，把他的答案壓縮成壓縮檔寄送到關向風的信箱。

沒多久，關向風透過郵件回覆：『不錯，他的生理和心理都是平穩的，在可承受的範圍之內，可以試一試。』

許隨把電腦移到一邊，和周京澤溝通後，開啟與關向風的視訊通話，然後把手搭在周京澤膝蓋上，問道：「你……第一次的陰影發生在什麼時候？」

「十歲，」周京澤把手機放在一旁，語氣漫不經心，「就在這棟房子的地下室。」

「就在這裡？」許隨不由得睜大眼，睫毛顫動了一下。

這麼小就經歷這種事，他後來還獨自一個人在這裡住了這麼久。

周京澤垂下長長的眼睫，勾了勾唇角：「真回憶起來，不確定能不能承受得了。」

許隨不由得握住他的手，嗓音軟軟的：「沒關係，你還有我。」

周京澤帶著許隨從他家書房右側的樓梯口下去，樓梯很窄，需要兩人側著身子一前一後地下去。周京澤一直牢牢地牽著她，從下樓開始，許隨就注意到他神經很緊張，背像一把弓，繃得很緊。

眼前的視野逐漸變窄，變暗，踏下最後一層樓梯後，周京澤站在那裡，閉上眼，伸手去摸牆上的開關。

許隨感覺出他的掌心出了一層汗。

「砰」的一聲，照明燈亮起，昏暗的空間霎時亮如白晝，無數細小的灰塵浮在燈下。許隨看過去——

地下室約九坪，現在已經成了一間廢棄雜物間，地上有一顆籃球和一輛廢棄的自行車，旁邊還堆了一層貨架木板，積了厚厚的一層灰。

周京澤鬆開她的手朝貨架木板走去，伸手去拿上面的東西，許隨上前一看，是一條黑色的皮帶，漆皮已經掉了，金屬釦卻依然泛著冷光。

「嘖，我爸就是拿這個來打我的。」周京澤語氣漫不經心，像是一個旁觀者。

「因為什麼？」許隨問他。

「因為——」

周京澤正回想著，「啪」的一聲，燈居然滅了，視線陷入一片漆黑，只有對面牆壁上的小窗散發出微弱的光。

周京澤艱難地嚥了一下口水，心悸的感覺開始出現，他下意識地退後想去摸牆壁上的開關，一雙手握住了他的手，很溫暖。

「沒關係，」許隨溫聲說：「你慢慢說。」

「我記得周正岩那時候在創業吧，事業非常不順心，當初跟我媽結婚，遭到家裡人強烈反對，尤其是幾個舅舅，經常看輕他。但他從來不敢對我媽發脾氣，因為我媽演奏大提琴的收入全給他拿去投資了，他只能討好我媽。」

「他投資多次失敗，活得窩囊，只有來找我發洩。通常他都是厲聲罵我，嚴重了就拿書本砸我的肩膀。」

直到有一天，他的母親言寧出國去看望一個朋友，因為天氣轉涼的關係，周京澤感冒了，咳嗽個不停，醫生過來打了兩瓶點滴也沒有好轉，保姆在跟言寧通話時說了這件事。

言寧立刻打電話給周正岩，反覆叮囑他一定要親自帶小孩去看病，周正岩好聲好氣地應下，轉身便進了書房打電話拉投資。

周京澤咳了整整一天，半夜咳得耳鳴，肺都要咳出來了，因為怕吵醒他爸，他整個人伏在床上，捂著嘴，咳得肩膀顫抖，聲音斷斷續續。

到後面周京澤實在承受不了，呼吸困難，腹部兩側還時不時地發疼，他艱難地從床上爬起來，一路捂著胸口，一邊咳嗽一邊敲響了他爸的門。

不知道是回憶太過難堪，還是陷入黑暗的幽閉環境中讓他有些不適，周京澤的額頭出了一層虛汗，臉色發白。

「然後呢？」許隨不由得握緊周京澤的手。

周京澤背靠在牆上，眼神透著冷意，唇角弧度卻習慣性地上揚：「他起來了。」

然後是惡夢的開始。

「嘭」的一聲，周正岩打開門，周京澤嚇了一跳，不等他反應過來，周正岩陰沉著一張臉，猛地拎起他的後衣領往房間裡拖。

周京澤根本無法掙脫，周正岩提著他的腦袋往牆壁上磕，一邊撞一邊罵：「老子忍你一晚上了，咳咳咳，還讓不讓人睡覺了？怎麼生了你這個晦氣的東西！」

耳邊響起周父不入流的、骯髒的辱罵，周京澤整個人被撞向堅硬的牆壁，腦袋生疼，痛得他直哭，最後疼得失去知覺，只感覺額頭有溫熱的血湧出來，一滴接一滴地落在地上，觸目驚心。

最後他哭著抓著周正岩的手求饒：「爸，對……不起，對不起。」

周正岩這才停下來，他仍覺得火氣未消，不顧親兒子的哭鬧，心煩意亂地把周京澤關在了地下室。

周京澤哭鬧到早上六點，周圍又髒又潮濕，想出去，眼前又一片漆黑。他待在地下室又冷又餓，卻天真地想要絕食抗議。

保姆將此事告訴了周正岩，他這兩天因為四處求人融資失敗，不勝其煩的他一腳踹開地下室的門抽出皮帶狠狠地打周京澤。

周京澤回憶著，彷彿陷入當時的場景，捂住心口大口大口地喘氣，場景外傳來一道顫抖的嗓音。

「他打你的時候說了什麼？」

周京澤臉色發白，感到四肢冰涼，頭仰靠在牆上，語氣虛弱：「你這個畜生，整天給老子添堵。」

泡水的皮帶一鞭一鞭抽在身上，周京澤感覺自己的衣服被抽破，皮肉像被刀刃刮，痛得他幾乎昏死過去。

他還發著高燒，腦袋昏沉，好似神經和知覺都不是自己的了。

「抱歉，關學長。」許隨再也忍受不住，眼淚吧嗒吧嗒地掉下來，她關閉視訊通話，耳邊的通訊器也一併扔掉。

關向風這邊的畫面一片漆黑。

許隨受不了，她最驕傲肆意的少年被別人看到狼狽不堪的一面。

他需要的應該是鮮花和掌聲。

聲音不斷冒出來，黑蜘蛛陸續爬過來，周京澤抬手想捂住自己的耳朵，恍惚中，有人制止了。他無意識地重複一些雜亂的話，分不清是誰說的。

「你出不去了。」一道陰狠的男聲說道。

「可以，出口就在那裡。」一道溫軟的女聲響起。

「你就是個喪門星，不如死了算了。」有人反覆提醒他。

周京澤感覺自己呼吸困難，被一隻強而有力的手扼住喉嚨，陷入深淵，無法動彈。

「你不是。」女聲再次響起，一滴滾燙的眼淚滴在他手背上。

周京澤被關了兩天兩夜，最後還發起了高燒，迷迷糊糊地睜眼，蜘蛛在腳邊爬來爬去，他害怕地往後退，周圍一片漆黑，像一個巨大的黑匣子，讓人無法動彈，他好像永遠走不出去。

「出不去。」周京澤的唇色蒼白。

豆大的汗從額頭滾下來，周京澤眼睫垂下來，唇色蒼白，喘著氣，整個人意識混亂，一道溫柔的聲音試圖喊他：「周京澤，你看看，有光。」

許隨蹲在他面前，不知道從哪找來一個打火機，周京澤後知後覺地抬起眼，兩人目光相撞，一簇橘色的火焰躥起，照亮一張唇紅齒白的臉，一雙清澈漆黑的眼睛裡只映著他。

周邊的耳鳴聲散去，心跳漸漸平緩，眼前搖搖欲墜的火苗像一顆黯淡的星，帶著光。

「上帝說要有光，於是有了光。」

周京澤兩眼一黑，再也支撐不住，一頭栽進一個溫暖的懷抱。

周京澤開始發燒，狀況時好時壞，持續了一天一夜，這些年不敢回憶的事，統統做成了一個夢。

夢裡，就在他快要扛不下去時，言寧趕了回來。在妻子面前，周正岩扮演著一個儒雅溫柔的好丈夫，一見她回來，立刻迎上前，去接她手裡大包小包的東西。

言寧坐下來喝了兩口茶，指了指軟沙發上的禮物，溫聲說道：「正岩，我在法國逛街時看到一個好看的溫莎結，樣式很特別，就幫你買了。」

「謝謝老婆。」周正岩笑著剝了一個葡萄餵給言寧。

「旁邊藍色袋子那份是京澤的，是一支他想要的鋼筆。」言寧咬著葡萄，指了指旁邊的袋子，「哎，他人呢？讓他過來看一下喜不喜歡。」

周正岩神色閃過片刻的慌亂，語氣躲閃：「他去上課了。」

「好吧，那我去休息了，調時差。」言寧放下手中的杯子。

周正岩也跟著站起來，摟著言寧的腰，親了一下她的臉頰，語氣寵溺：「老婆，那我去公司了，妳醒來有什麼想吃的可以打給我，我下班後買回來給妳。」

「好。」言寧伸了個懶腰。

周正岩走後，她踏上臺階，沒走兩步，心口傳來一陣痛感。言寧停下來休息了一下，總覺得發生了什麼不好的事，然後扶著樓梯慢慢上樓。

言寧回到房間後，對著鏡子卸妝梳頭髮，不知道為什麼，她的眼皮直跳，心慌亂得不行。興許是母子連心，言寧感覺不對勁，下意識地擔心兒子。倏忽，她不經意往下一瞥，地上躺著一串被扯斷的佛珠。

言寧眼神一凜，撿起來，打給了周正岩，直接切入主題：「我兒子呢？」

『老婆，不是說他去上學了嗎？』周正岩在電話那邊賠笑道。

「你撒謊！他隨身戴的佛珠都丟在家裡。」言寧極力想平復自己的情緒，最終還是忍不住，厲聲道：「周正岩！我兒子要是有什麼差錯，你也別想好過！」

說完之後，言寧把手機摔得四分五裂，陶姨請假回了老家，她將保姆叫了進來，到底出身名門，家裡有人撐腰，言寧氣勢在那，問了不到三句，保姆整個人哆嗦個不停：「地……下室，先生把他關在那了。」

話沒說完，言寧就衝了下去，找到周京澤時，她哭得泣不成聲，一邊擦淚一邊把他抱了出去。

恍惚中，他聽到媽媽不斷跟他道歉，然後聽到了救護車的鳴笛聲，一群人圍著他，醫生說，言寧要是晚送來一步，他的耳朵就要因為高燒而聾了。

再後來，周京澤病好之後，有很長一段時間怕黑，不能一個人待著，也說不了話，是外公把他接了回去，天天教他下棋，玩航空模型，過了好久，他才慢慢有所好轉。

所幸的是，外公把他教得很好。

而言寧，因為過於心軟，且對周正岩還有感情，在他下跪拚命認錯之後，也就勉強原諒了他。

周京澤一直在外公家生活，言寧經常過來勸他回家，無果。

直到第三年外婆生病了，外公沒有精力照顧他，周京澤主動提出回那個家。

他不再怕周正岩了，這三年來，周京澤學跆拳道，練擊劍，讓自己變強大。

雜草終野蠻生長為大樹，遇強風不倒，遇風沙不散，活得堅韌、尖銳，也囂張。

周京澤反反覆覆發燒的這段時間，許隨請了兩天假，一直守在床前照顧他，餵他吃完藥後，反覆為他降溫。

下午五六點，黃昏日落時，一天中最美的時候，許隨摸了一下周京澤的額頭，看溫度退得差不多了，起身去了廚房，打算幫他熬點粥。

一打開冰箱門，許隨一怔，冷藏櫃有三層，什麼食材也沒有，最上面那層是她經常喝的便利商店的白桃荔枝口味牛奶，第二層是他常喝的碳酸飲料，第三層是冰水。

冷凍櫃更別說了，比那位大少爺的臉還乾淨。

許隨關上冰箱門，拿出手機，在網路上下單了一些食材和調味料。半個小時後，外送員送貨上門。

許隨咬著牛奶吸管，一隻手抱著一大袋食材走進周京澤家的廚房，她粗略地掃了一眼，發現除了熱水壺，其他家用電器都是新的，連標籤都沒拿掉。

許隨偏頭擰開瓦斯爐，青藍色的火焰躍起，然後將小米淘淨下鍋，沒過多久，鍋裡傳來咕嘟咕嘟冒泡的聲音。

許隨洗乾淨手，從口袋裡摸出一條髮圈，將披在身後的頭髮綁了起來，原來的齊肩髮因為太久沒剪，已經長了一大半，綁的時候還費了一點時間。

粥煮到一定火候，許隨將洗乾淨的食材——成塊的排骨，切成丁的胡蘿蔔、生薑、山藥——一併倒入鍋中。

許隨一邊喝著牛奶一邊看著鍋裡的粥，側臉弧度安靜又好看，耳後有細碎的頭髮掉到前面，拂著臉頰有點癢，她剛想伸手勾到耳後，一道筆挺的陰影落下來，一隻手更快一步將她的碎髮勾到耳後。

「你醒了啊？」許隨眼睛裡透著驚喜，「有沒有哪裡不舒服？」

周京澤隨意套了一件灰色的休閒衣，領口鬆垮，露出兩邊的鎖骨，凌亂的頭髮搭在額前，唇色有點白，懶洋洋地笑：「有點渴。」

「啊，」許隨鬆開咬著的吸管，頓了一下，「那我去幫你倒點水。」

室內，許隨穿著一件白色的小飛象休閒衣，右手握著牛奶盒，水潤殷紅的嘴唇上沾了一點牛奶，濃密纖長的睫毛垂下來，看起來乖得不像話。

周京澤眼神晦暗，壓著翻湧的情緒，在許隨經過他身旁想去拿水時，伸手一把摟住她的腰。

許隨被迫撞向他的胸膛，一抬眼，兩人鼻尖快要碰到一起，周京澤伸手捏著她下巴，偏頭吻了下去，將她唇角上的牛奶一點一點舔掉，溫熱的氣息拂在頸邊，嗓音嘶啞：「這不是有現成的嗎？」

夕陽下沉，最後一道暖光被廚房旁邊的窗戶分割成一個個小格子落在兩人身上。影子交纏，許隨只覺得熱，腰被撞向流理臺，又被一隻寬大的手掌擋住，唇齒間的牛奶悉數被吮走，有一滴無意識地滴在鎖骨上。

周京澤咬了過來，許隨當下覺得疼，濃黑的睫毛顫動了一下，鎖骨處傳來一陣酥麻。

直到鍋裡的粥發出急促的頂蓋的聲音，許隨推開他，別過臉去，嗓音斷斷續續，卻莫名帶著一種嬌嗔：「周京澤！粥……粥，斷。」

喊了好幾句，周京澤才鬆開她，許隨整理衣服，急忙關火，盛了一碗粥出去，還有一碗冬瓜百合湯。

許隨坐在餐桌旁邊，把粥和湯移到他面前，說道：「你喝喝看。」

剛好，許隨放在一邊的手機發出叮咚聲，她點開一看，是關向風傳的訊息，詢問周京澤後期反應和症狀。

許隨回覆得認真，自然也就忘了身邊的人。

周京澤拉開椅子，從坐下到拿起湯匙，發現這女孩的視線一秒都沒在他身上。大少爺拿著湯匙在粥裡攪了一下，沒什麼情緒地開口：「許隨。」

「嗯？」許隨眼睛從手機上挪開。

「這粥好像沒放鹽。」周京澤挑了挑眉，嗓音仍有點啞。

「是嗎？我看看。」許隨立刻放下手機，接過他手裡的湯匙嘗了一口粥，疑惑道：「我怎麼覺得有味道？」

「是嗎？」周京澤面不改色地接話，繼而接過湯匙繼續喝粥。

周京澤吃飯的時候很有教養，慢條斯理的，臉頰緩緩鼓動，像在品嘗什麼美食。他很給許隨面子，一鍋粥喝了大半。

許隨拿著手機抬起頭：「你現在感覺怎麼樣？」

「像做了一個很長的夢，結束後，醒來就不害怕了。」周京澤緩緩說道。

「你現在要習慣密閉且黑暗的空間，特別是睡覺時，後期要配合藥物治療。」許隨說道。

惡夢結束，周京澤又恢復了先前吊兒郎當、散漫的樣子。他唇角揚起，語氣正經卻透著一種坦蕩的壞勁：「行啊，妳陪我睡。」

許隨臉頰迅速發燙，假裝看了一下牆上的時間，語氣有片刻慌亂：「好像很晚了，你沒事的話我先回學校了。」

許隨慌亂地收拾她的包，將書、筆記本、護手霜之類的一股腦兒地扔進包裡，穿上一件白色羽絨外套就要往外走。

「許隨。」周京澤出聲喊她。

「嗯。」許隨抱著包回頭看他。

周京澤坐在那裡，漆黑深邃的眼睛將她釘在原地，嗓音淡淡地說：「妳會願意的。」

最終許隨落荒而逃，走出周京澤家大門時，一陣凜冽的寒風吹來，心跳仍在加速，手裡握著的手機亮起。

ＺＪＺ：『在巷口幫妳叫了一輛車，到了傳訊息給我。』

許隨回到學校之後，一頭栽進了知識的海洋中，拚命把這兩天落下的筆記補回來，整天往返於宿舍、教室或者圖書館。

而周京澤，消失了整整一星期後終於返校，他跟班導師說明了自己的情況，老師雖然看重周京澤，但還是按規則辦事，把他全科的心理測試判為零分，並給了相應的處分。

老師給了他一個寒假的時間，讓他盡快調整好。

「一定要調整好，不然就算過了我們這關，將來畢業了工作，你還是會面臨難題啊。」

周京澤對於學校給的處罰坦然接受，沒有一點不服，他點了點頭：「謝謝您。」

許隨覺得她和周京澤在這段交往關係中發生了變化，如果說滑雪場那次，是相互試探的濃情蜜意，這次的話，她感覺周京澤真的喜歡她。

剛在一起時，周京澤對她是放任，就算是關心，也是一種漫不經心的姿態。現在，周京澤打電話給她和傳訊息的頻率高了起來，更是不動聲色地掌控著她的行程。

週五，許隨在圖書館背了一下午的書，周圍的同學相繼離開，還有人拿著飯卡輕聲討論著學生餐廳的紅燒排骨，她才發覺已經傍晚了。

許隨看了時間一眼，發現六點了，她和周京澤約好，說今天帶她去嘗一家新開的店，她急忙收拾書本，匆匆跑下樓。

不料在樓下撞見了師越傑，許隨一臉驚訝，她已經有兩個月沒見到師越傑了，聽說他已經保送研究所了，前段時間還跟著老師去西安做了一個專案。

「好巧，學長。」許隨友好地打了個招呼。

師越傑搖搖頭：「不，我是特地來找妳的。」

「找我？」許隨語氣訝異。

「嗯，」師越傑看了來來往往的學生一眼，嗓音溫潤，「能換個地方嗎？我有話跟妳說。」

許隨看了時間一眼，語氣抱歉：「恐怕不行，我約了男朋友吃飯。」

聽到「男朋友」三個字，師越傑的神色有一絲凝固。許隨以為師越傑有什麼重要的事要講，指了指不遠處的樹下：「要不然我們去那吧。」

兩人一前一後來到樹下，師越傑這次說話不像之前那麼婉轉，直接切入主題：「我聽說妳和京澤在一起了。」

「對。」許隨有片刻的愣怔，沒想到他要說的是這個。

「說實話，跟妳說這些話有些唐突，但我是誠心的，京澤並沒有妳表面看到的那麼好，他……其實有不為人知的一面，還有，他答應和妳在一起說不定是一時興起，玩玩的，因為——」話到嘴邊，師越傑彷彿難以啟齒般，話鋒一轉，「我建議妳——」

說實話，許隨自認為脾氣還算不錯，也從來不會主動跟人起衝突，但這次，她打斷了師越傑的講話：「謝謝學長關心，他是什麼樣的人，我自己感受得到，我們現在挺好的。」許隨的語氣不太好，笑了笑，「我一向喜歡聽自己的，不太喜歡別人給我建議。」

許隨抱著書本轉身就走，她似乎想起什麼，停下來回頭：「還有，我不希望再聽到有人說他不好了，真是他朋友的話，不會在背後這樣說他。」

許隨一路走出校園，拿出手機一看，周京澤傳訊息給她說到了。天空有點暗，昏沉沉的，雖然她剛才在師越傑面前堅定地維護了周京澤，可是一路上，他的話仍時不時出現在她腦海裡。

周京澤的另一面是什麼？難道他和她在一起真的是一時興起，抱著隨便和人談個戀愛的態度嗎？畢竟他永遠不缺人愛。

大概走了十分鐘後，許隨推門走進他們約好的餐廳。一進門，遠遠看過去，周京澤背對著她，穿著一件黑色的毛衣，袖口是白色的，外套搭在椅背上，手肘抵在桌邊，正在研究菜單，一副散漫不羈的樣子。

周京澤那張臉放在那，自成禍害，沒多久，就有一個鄰座的女生上前來要電話，那女生性格活潑可愛，搭訕時也落落大方，一點也不扭捏。

許隨握著門把的手一緊，不知道為什麼停了下來。那種奇怪的自尊心又出來了，她站在後面想看看周京澤會不會拒絕。

女生一臉雀躍地站在他面前說明了自己的來意，周京澤的臉從菜單前挪出來一半，看了她一眼。周京澤這個人，被要號碼，通常都看心情，心情不好就直接不理。

周京澤拿起一旁的手機看了一眼，竟然破天荒地抬手示意有話跟女生說，那女生俯下身，臉上的表情先是開心，然後是鬱悶，最後爽朗一笑，跟他說了句話就走了。周京澤聽後眉眼放鬆，竟極輕地笑了一下。

許隨站在不遠處只覺得胸口發悶，喘不過氣的那種。師越傑說得對，周京澤可能真的是出於別的原因，一時興起和她在一起，可能是新鮮感、好奇，不管是什麼，都不會是「認真」二字。

她正發著呆，十分忙碌的服務生匆匆而過，不小心撞了許隨一下，幾滴溫水濺到她頭髮上。

服務生遞來紙巾連聲道歉，許隨接過來隨意地擦了擦，搖頭：「沒關係。」

周京澤聽到聲響回頭看過來，起身就要過來。許隨趕緊走過去，坐到周京澤對面，放下包，說道：「不好意思啊，來晚了。」

「上次不是說好了？妳有遲到的權利。」周京澤倒了一杯蕎麥茶給她，語氣慢條斯理的。

許隨接過來喝了一口茶，沒有說話，勉強地抬了一下唇角。

許隨喜歡在大冬天裡吃火鍋，無辣不歡，周京澤的口味則偏淡，於是她點了鴛鴦鍋。吃飯的氣氛很好，周京澤也很照顧她，全程他都沒怎麼動筷子，一直在涮東西，然後不動聲色地夾到她碗裡。

「在想什麼，嗯？」周京澤的嗓音低沉。

許隨正盯著咕嘟咕嘟冒泡的牛油鍋裡不斷上浮的丸子發呆，聞言回神，她低頭咬了一口青筍，掩飾一笑：「在想上午老師出的題目，有點難。」

「很難？」

「嗯，太難了，解不出。」

他一直是她的無解題。

吃完飯，八點，兩人一起散步回去，周京澤一路送她到女生宿舍樓下，許隨跟他說了句「再見」，轉身進去。

冬天的風沒來由地迅猛，周京澤站在原地在寒風中點了根菸，煙霧從薄唇裡呼出，他瞇眼看著她的背影，忽然開口：「許隨。」

許隨停下來，以為他有什麼重要的事，又走到他面前，抬眸看他：「什麼事？」

周京澤掐滅指尖的猩紅，他的語氣散漫：「妳還沒有跟我說晚安。」

「啊？那……晚安。」

「晚安。」

次日，許隨上完課後，和胡茜西、梁爽一起去學生餐廳吃飯，打好飯後，三個人坐在同一張桌子上，飯吃到一半，胡茜西覺得不對勁，疑惑道：「咦，我們的學生餐廳女神今天居然沒有被要電話，有點奇怪。」

胡茜西剛說完這句話，身後兩個男生端著餐盤正在低語，其中身材微胖的男生推了他旁邊戴眼鏡的哥們一下：「別看了，再看人家也有男朋友了。」

「再說了，你贏得了周京澤啊？」

胡茜西低下頭對姐妹低語：「寶貝，什麼情況啊？你們什麼時候這麼高調了？」

「我不知道啊。」許隨夾了一根豆角塞進嘴裡。

她和周京澤在一起，一直都挺低調，而且周京澤也不是那種愛分享的性格，懶，做任何事看起來都漫不經心，也什麼都不在乎。

周京澤也從來沒在個人頁面發過她，什麼時候連路人都知道他們在一起了？

「哎，讓我這個常年潛水在京航各八卦論壇的人士來為大家搜索答案。」梁爽興奮地拿出手機。

梁爽拿著手機專注地瀏覽著論壇，看著看著突然沒聲了，過了一下，她拿著手機給胡茜西看。

胡茜西看了手機一眼，咬著的一小塊花椰菜掉了下來。氣氛出奇地詭異，胡茜西看著許隨開口：「隨隨，周京澤來真的了。」

「什麼？」許隨覺得有點奇怪。

胡茜西把手機遞給她，許隨接過來，拇指在螢幕上往下滑，訊息過於密集，砸得她有點愣。

京航的論壇上，有一個關於周京澤的文章，裡面是女生們對他的告白和討論。隨便往下一滑，會出現——

草莓味的我：『今天在飛院操場偶遇周京澤了，帥哥的側臉好殺我。』

想去各地旅遊：『哎，一直在訓練基地外等待偶遇，可是一次都沒見到他。』

周京澤我老公：『思政樓前的操場，碰見他在打球，外套好好看，想跟他穿同款，查了一下，限量款，還是買不到的那種。』

這篇文章從周京澤入學第一天就有了，到現在一年半的時間，已經蓋了兩千多層樓了。

周京澤從來沒去看過，也不關心，他一直抱著得過且過、揮霍人生的態度。相比之下，他更關心第二天吃什麼。

就是這樣的人，忽然註冊了一個帳號，在那兩千多樓的文章下，簡短有力地回覆——

『有人了，許隨。』

這一回覆，一石激起千層浪，本校還有隔壁學校喜歡周京澤的女生都接受不了這個回覆。明目張膽地官宣，向全世界宣布他的偏愛，實在不是他的風格。

有人在底下回覆：『假的吧，除非你實名。』

還有人說：『我只想和他看場電影，現在看來也不行了？』

許多人紛紛附和：『我不太信，他好像沒有固定女朋友吧，不是說他女朋友的保存期限不會超過三個月嗎？現在憑空冒出一個。』

許隨一直往下拉那個文章，翻得食指關節有些痛，看到這些質疑聲中的某個回覆，停了下來。

一罐七喜：『雖然不想相信，但是我不得不告訴姐妹們，是真的。昨天我和室友在一家新開的火鍋店吃飯，我以為只有他一個人，蹦蹦跳跳地上前去要他的好友，結果他開口了，語氣挺認真：抱歉，不能。站在妳後方，七點鐘方向的那女孩——』

許隨看到後半句心口重重一跳，心臟像被灌入打翻的氣泡水，微酸，然後是四面八方的甜——

『那是我老婆。』

原來他沒有把號碼給那個女生。周京澤應該是察覺到她沒安全感。

她想要的，他就光明正大地給。

許隨拿著手機繼續翻看文章，結果沒兩分鐘，文章顯示被刪除。論壇又有人火速開了篇文章：『散了吧，周京澤讓人刪的。』

幻想被終止，兩千多樓的愛慕頃刻消失。

這件事算結束了。

許隨的心情雨過天晴，她在想，和這個人談戀愛真好。

升大二後，雖然許隨去幫盛言加補課的次數從一個月四次變為一個月兩次，但許隨的課業越來越重，加上盛言加早已順利考上華際附中，成績也一直在平穩進步，許隨也就跟盛姨提了辭去家教一職。盛姨聽到這個消息的反應就跟失去了親女兒般，在電話那頭再三挽留。

一旁盛南洲的聲音透過聽筒隱隱傳來：『媽，人家可是醫學生，整天得起早貪黑地背書，哪有時間？再說了，人家還要談——』

眼看「談戀愛」三個字就要脫口而出，盛南洲想到周京澤那張混世魔王的臉，喉嚨一下子就哽住了，也不知道他們談戀愛的事能不能說。

『談什麼？你喉嚨有痰啊。』盛姨立刻警覺地用眼睛掃射他。

『談判，和沒收她們高功率電器的舍監阿姨談判。』盛南洲面無表情地說。

電話這頭的許隨：「……」

盛姨瞪了橫出來打岔的盛南洲一眼，而在面對許隨時立刻變臉，握著電話語氣溫柔：『哎，怪我太貪心，差點忘了妳還要顧學業。既然這樣，小許老師，週末來我家吃飯，我親自下廚，就當妳的告別宴了。』

「盛姨，我——」許隨下意識地想要拒絕。

『那就這樣說定了，不見不散哈。』盛姨搶先掛了電話。

聽筒這邊傳來嘟嘟嘟的忙線聲，許隨無奈地笑笑。掛了電話後，她傳訊息給周京澤：『盛姨叫我週末去她家吃飯。』

周京澤很快回覆，語氣輕描淡寫：『去唄。』

許隨又道：『你會去嗎？』

隔了一下手機螢幕才亮起，ZJZ：『有事，不一定。』

許隨看見這則訊息垂下眼，心裡湧起小小的失望。須臾，周京澤又傳了一則訊息過來，隔著螢幕，她能想像出他的神情，挑著眉，一臉調侃：『怎麼，想我去啊？』

又一則：『妳要是想的話，我可以去。』

許隨臉一紅，回覆道：『才沒有。』

週六，天空放晴，許隨穿著一件寬鬆的白色毛衣，綁了個丸子頭，打扮得乾淨俐落地去盛家。

許隨一路坐公車來到盛家門口，按門鈴時，她特地瞥了隔壁周京澤家一眼，結果大門緊閉，看來他不在家。

門鈴響起，是盛言加開的門。好久不見，許隨感覺他高了一點，少年的骨骼疾速生長，可人還是一副小鬼的模樣，佯裝板著一張臉，表達對她離職的不滿。

「給，老師送你的禮物。」

許隨送了他兩個禮物，一個是電影原聲光碟，還有一個是漫威的人物拼圖，都是他喜歡的。

盛言加板著的臉色裝不下去了，鬆一口氣：「我以為妳要送我練習冊。」

許隨拍了拍他的肩膀，說道：「我是那麼變態的人嗎？」

「妳是。」

走進盛言加家門，許隨發現家裡靜悄悄的，問道：「你家沒人嗎？」

「我媽去超市採購東西了，我哥在睡覺，」小捲毛有模有樣地倒了一杯水給許隨，等她喝了一口水，便道：「小許老師，看電影嗎？」

「看。」許隨斬釘截鐵地回答。

兩人一起上樓，盛言加輕車熟路地打開投影機。兩人盤腿坐在投影機前，開始看電影。

這一看就是一個半小時，直到樓下傳來一陣聲響，盛言加以為是他媽回來了，並沒有在意，接著說話，一臉悲痛：「我的學業成績跟這電影結局一樣慘烈。哎，感覺上了國一壓力大多了。」盛言加說道，話鋒一轉，「小許老師，我捨不得妳……的教學。」

「沒關係呀，你以後遇到什麼問題還是可以在通訊軟體上問我。」許隨語氣溫和。

小捲毛一喜，不自覺地主動靠近許隨：「真的可以嗎？小許老師，以後遇到什麼事都可以問妳嗎？」

雖然對盛言加小朋友這樣激動的語氣感到疑惑，但她還是打算點頭，倏忽，一道壓迫感十足的陰影籠罩下來，男人俯下身跟拎小雞崽一樣，毫不留情地把盛言加從她身邊拎走。

同時，一道冷冷的聲音落地：「不能。」

盛言加回頭一看是周京澤，氣得直捂臉：「怎麼又是你？啊——哥哥，你好煩。」

許隨看到是周京澤，心還是不可避免地跳了一下，唇角上翹：「你怎麼來了？」

「想來。」周京澤聲音淡淡的。

「盛姨買菜回來了，下去吧。」周京澤俯下身，撈起地毯上的遙控器對著投影機按了關機。

盛言加敢怒不敢言，一行人一起下樓，小捲毛心中的鬱悶無處可撒，人剛走到樓梯口，又臨時轉彎，跑去騷擾還在呼呼大睡的親哥了。

盛姨在樓下，正在分裝東西，一盒一盒地把保鮮食材塞進冰箱，今天需要用的食材則放在一邊，疊得跟小山一樣高。

「小許，妳坐啊，快去吃水果。」盛姨語氣熱情，當視線對上一旁插著口袋吊兒郎當的周京澤時，立刻變臉：「你杵那幹什麼？快幫我好好招呼小許老師。」

「嘖，」周京澤舌尖頂了一下臉頰，輕笑，「行。」

兩人一前一後來到沙發上坐下，許隨怕盛姨看出點什麼，會遭到調侃，於是她刻意坐遠了一點，與周京澤隔了一個座位的距離。

周京澤見狀挑了一下眉，按了電視遙控器開關，然後背抵在沙發上，慢條斯理地剝起一個橘子，還將橘絡摘得乾乾淨淨的。

許隨正看著電視，周京澤靠她近了一點，對她示意手裡的水果。

「謝謝。」

許隨剛伸手去接，不料周京澤整個人貼了過來，露出痞壞的笑，一字一句地刻意咬重：「盛姨不是叫我，好、好、招、待、妳？」

「乖，張嘴。」

周京澤低沉又帶著顆粒感的聲音像是慢鏡頭一般重播在耳邊，熱氣摩挲在她最敏感的地方，心尖顫了顫，許隨受到蠱惑般張開嘴去吃他手上那瓣橘子。

倏忽，盛姨爽朗的聲音傳來：「小許啊——」

許隨嚇得一個激靈，貝齒咬到他的指關節，柔軟的唇瓣擦過周京澤的指尖，她急忙站起身，聲音有一絲慌亂：「來了。」

女孩走後，周京澤窩在沙發上，盯著食指上很淺的一個牙齒印笑了一下。

許隨走進廚房裡，嗓音溫和，問道：「盛姨，有什麼我能幫妳的嗎？」

「作孽哦，送貨的老王過來了，我現在要去便利商店點一下貨。」盛姨脫下圍裙，說道：「妳幫我看一下鍋裡的湯就好了，其他的不要動，放著我來。」

「好。」許隨應道。

瓦斯爐小火煨著砂鍋裡的湯，發出咕嘟冒泡的聲音，許隨看了面前的食材一眼，反正也沒事幹，於是動手把一些蔬菜、配料洗了。

水龍頭發出嘩嘩的聲音，許隨洗得認真，連手指凍紅了都沒發現。她洗著紅心枝純小番茄，一顆一顆放進白瓷盤中。

洗著洗著，許隨順手嘗了一顆小番茄，好吃，酸酸甜甜的。周京澤不知道什麼時候悄無聲息進來了，眉頭一攏：「不冷嗎？」

許隨動作頓了一下，笑：「你不說我都沒發現，好像有點冷。」

周京澤走過去，伸手將水龍頭關掉，從旁邊抽了一張紙巾幫她擦手。

水聲停止，空氣裡只有湯鍋冒泡的聲音，許隨站定乖乖讓周京澤擦手，另一隻手卻偷偷去拿盤子裡的小番茄。

周京澤眉頭一揚：「這麼好吃？」

許隨剛吞了一顆小番茄，又丟了一顆進去，臉頰鼓鼓的，聲音含糊不清：「甜。」

「我嘗嘗。」

周京澤偏頭過來，單手鉗住她的下巴，嘴唇湊了過來。他不輕不重地咬了她一下，許隨被迫張開唇。

這個吻接得許隨心跳加速，唇齒被撬開，紅心番茄被咬破，汁水被迫緩緩嚥下去。一點紅色的漿液沾在唇角，周京澤伸手用拇指揩去，竟在她面前，喉結緩緩滾動，一點一點舔乾淨。

許隨臉燙得不像話，移開眼，臉又被扳正，他又餵她吃了一顆紅心小番茄，手也不閒著，不重不輕地揉捏著。在別人家的廚房，他竟然敢幹這樣的事。

樓上傳來盛南洲和盛言加打鬧的聲音，廚房裡的鍋發出急促的突突聲。

牙齒輕咬，紅色小番茄被剝了一半，指尖隨便一捻，就有水出來，指甲再陷進去，果肉被掐出一道痕。

吮了一口，甜的。

許隨緊張又害怕，推著他的胸膛發出嗚嗚的聲音。

忽然，外面傳來一陣聲音，許隨慌亂地推開他，背對著人站在流理臺前整理衣服，水龍頭再次打開，發出嘩嘩的聲音，好像將剛才的旖旎沖散了一點。

盛姨把鑰匙放在茶几裡，走了進來，總覺得氣氛怪異，她神色狐疑地看著周京澤：「你進來幹什麼？」

「監督，」周京澤氣定神閒，指了指，「我怕她洗不乾淨。」

許隨：「……」

「我要你監督──」話說到一半，盛姨才反應過來，忙讓許隨出去：「哎喲，我是叫妳過來吃飯的，不是叫妳過來幹活的。」

「沒事，就是順手——」許隨解釋。

「你們都出去吧，飯馬上就好。」盛姨忙揮手趕人。

許隨和周京澤剛被趕出來，就看見了睡眼惺松下樓的盛大少爺和比他矮還要攙著他的盛言加小朋友。

周京澤手插著口袋，抬起頭看了盛南洲一眼，嗤笑：「你起得可真夠早的。」

「是床黏住了我。」盛南洲糾正道。

「四個人，我們來玩飛行棋吧。」盛言加打了個響指。

一群人玩了半個小時左右，飯菜就差不多好了。盛姨招呼幾個孩子上桌，她今天心情不錯，順勢開了瓶紅酒。

盛姨看著這群孩子，忽然問道：「西西怎麼沒過來？我今天還煮了她最喜歡的粉蒸香芋排骨。」

許隨和周京澤對視一眼，自覺地沒有說話。盛南洲和胡茜西也不是冷戰，只是現在胡茜西為愛減肥，在追求路聞白，是盛南洲主動避開了。

盛姨舉著紅酒杯晃了晃，踢了自家兒子一腳，問道：「哎，問你話呢，怎麼不說話？你不是最疼她嗎？一有什麼好吃好玩的，立刻想到她。」

「媽，我怎麼覺得妳這排骨煮得有點鹹啊？」盛南洲咬了一口，直皺眉。

盛母最了解自家兒子，他不想說的，就是生生撬開他的嘴也沒用，於是也不揭穿他，滿不在乎地接話：「是嗎？去加點水囉。」反正鹹不死人。

盛南洲放下筷子，朝他親媽豎了個大拇指。

他們兩兄弟就是這樣被養大的。

盛姨做了一桌豐盛的菜，喝了兩杯酒，一盡興就拉著許隨的手一直感謝：「小許啊，盛言加那小子真是交了好運，才遇到妳這麼好的老師，不然他可能還考不上華際附中，妳就是我們家的大恩人。」

許隨被說得很不好意思，說道：「小加也很努力，我只是起了輔助作用。」

「來，感謝妳！」盛姨拉著她的手敬酒，十分熱情。

周京澤坐在一旁，神色懶洋洋地說：「盛姨，您給她戴這麼高的帽子，她連飯都不敢吃了。」

經周京澤這麼一提醒，盛姨不好意思地鬆開她的手：「怪我，不說了，吃飯吃飯。」

飯過半席，盛姨看著坐在一旁的許隨——皮膚白，眼睛水靈，人優秀，性格也好，怎麼看怎麼滿意：「小許，妳還沒有對象吧？我介紹給妳唄，盛姨看上的，一定不會差。」

許隨神色錯愕，正想說自己有男朋友時，盛南洲突然插話，一副看好戲的模樣：「媽，什麼樣的啊，這麼快就有人選了？」

「當然，經常來我們家打牌的老顧家的兒子，你記得吧？人家可是博士，國家工程師。」盛姨繪聲繪色地說道。

周京澤正慢悠悠地喝著酒，忽然來了句：「太老了。」

盛姨想了一下，繼續說道：「那小張呢？比你們大兩屆的哥哥。」

「那位學地質勘探的吧，」周京澤背靠在椅子上，擦了一下手，「有點矮。」

「那老林家的兒子呢，不賴吧，長得帥，也高，歲數還跟你們差不多，這可是菁英啊。」

盛姨跟他槓上了，氣鼓鼓地說。

周京澤語氣欠揍，還夾著一股傲慢：「他不會開飛機。」

盛姨被槓得氣昏頭了，根本沒有意識到這話裡的漏洞，氣呼呼地問：「我上哪去找一個長得高，年輕，還帥，又會開飛機的介紹給許隨啊？」

周京澤笑了笑，抬起眼皮，一字一句道：「這不在妳面前嗎？」

第十五章　我記備忘錄

他介入許隨的生活，像是一陣突如其來的暴雨，無意卻猛烈。
她卻小心翼翼，視若珍寶。

話音一落，氣氛陷入尷尬。

許隨悄悄扯了扯周京澤的袖子，不料被他反扣住手，怎麼都掙脫不掉。盛言加眼尖地注意到兩人的小動作，更受刺激，仰天長嘯：「我不接受！」

周京澤喝了一口水，挑了挑眉，語氣霸道又囂張：「她一直都是我的。」

盛言加小朋友眼眶發紅，捂著耳朵：「我不聽！」

「你有嫂子了，該高興。」周京澤一針見血地刺激他。

盛言加崩潰地「啊」了一聲，立刻倒在桌子上。盛姨才不管小兒子做作的叫喚，一臉驚訝地看著兩人，問道：「你們談戀愛啦？」

許隨好不容易掙開周京澤的手，嗓音溫和：「對。」

「那豈不是便宜這小子了？」盛姨激動地飆出一句髒話。

盛南洲無奈扶額：「媽，妳注意點形象吧，您小兒子還未成年。」

儘管如此，盛姨對兩人在一起這件事還挺高興的，一連喝了好幾杯酒。最後兩人要離開時，盛姨悄悄拉著許隨在一旁說話，周京澤則在院子外面等她。

盛姨拍了拍許隨的手：「盛姨不把妳當外人，那小子是我從小看著長大的，脾氣雖然臭了點，但人很穩重，是個善良的孩子，妳多擔待著點。」

「好。」許隨點頭。

回學校的路上，兩人一起坐在計程車後排，車窗外的風景如膠片電影般快速倒退。一到冬天，許隨手腳就冰涼，周京澤握著她的手，一點一點把掌心的溫度渡過去。

周京澤捏了一下她的指尖，問：「剛盛姨跟妳說什麼了？」

「她說呀——」許隨整張臉埋進毛衣領子裡，眼睛轉了一下，「她說你太花心了，不可靠。」

周京澤聽了也不生氣，笑：「行，以後盡量可靠點。」

今年冬天很快過去，期末考試將近，學生們又開始了新一輪的背書大戰。不管學生們是本著認真複習的想法，還是有臨時抱佛腳的心態，校園的長椅上，教學大樓的走廊上，隨處都能看見他們積極背書的身影。

「我不想被當啊。」胡茜西抱著厚厚的課本一臉痛苦。

許隨背得還好，但發現自己談了戀愛後，對課程的專注度差了一點。

期末考試結束後，許隨本該立刻回家的，可是她想先跟周京澤待兩天再回去。而且，她也不太放心周京澤的病。

考完試後，許隨跟母親撒了一個謊，她打電話給許母時，心跳直逼一百二十。電話接通後，許母問她：『喂，一一，回來的車票買了嗎？』

「喂，媽媽，票之前就買了，」許隨嗓音輕柔，緊張得嚥了一下口水，「但是老師讓我跟個醫學專案，可能要晚一週。」

『哦，這樣啊，那妳回來的時候告訴我，我去接妳。』許母一聽是學校的事，一點懷疑之心都沒有。

「好。」

掛了電話後，許隨鬆了一口氣，同時覺得撒謊真的不容易。

周京澤知道她商量好了後，傳了一則訊息過來，隔著螢幕都能感覺到他的流氓和不正經。

ZJZ：『跟我睡？』

許隨編輯訊息傳送：『才不要。』

學校鎖門時，周京澤開車進校門來接她，他把行李搬進後車廂，許隨打開副駕駛座的門，一側頭，便看到了後排一條德牧和一隻胖橘坐得端端正正。

許隨眼底透著驚喜，坐進來對牠們招手，奎大人抬起爪子不停地扒拉著座位，想跳到她懷裡，1017對她興奮地喵了兩聲後高冷地端坐在座位上。

「砰」的一聲，後車廂門關上，周京澤長腿一伸，側著身子坐了進來。他瞥了興奮亂竄的德牧一眼，吹了一聲口哨。

德牧立刻收回腿，無比懂事地坐在座位上。

周京澤把許隨送到他家，剛想帶女孩吃個飯，就接到他外公的電話。掛了電話後，他著急地撈起桌上的鑰匙，視線在許隨身上頓了頓，聲音遲疑：「今晚我要去趟外公家，妳——」

「我沒事呀，你去吧。」許隨說道。

周京澤點點頭：「好，有什麼事就打電話給我。」

說完，周京澤轉身就走，許隨忽地想起什麼，追出去，急忙說道：「哎，我今晚——」

只可惜，周京澤走得匆忙，根本沒聽清她說什麼，院子外傳來引擎轟隆作響的聲音，「我今晚有個聚會，可能會晚點回來」這句話也就卡在許隨喉嚨裡。

每個學期結束後，系裡都有一次聚會，許隨很少參加。這次她推遲回家，一下就被梁爽逮到了。

梁爽央求許隨半天，直呼自己的心動男嘉賓也會來，讓她一定要陪自己去這個聚會。許隨只好答應。

晚上七點，許隨簡單地收拾了一下，塗了點腮紅提了一下氣色就出門了。她和梁爽碰頭時，眉眼掠過驚訝：「爽爽，第一次見妳這麼精心打扮。」

梁爽以往都是走中性風，偏酷的路線，今天做了頭髮、指甲，一身杏色大衣搭黑色絲絨半身裙，有氣質又亮眼。

梁爽挽住她的手臂：「哎，只能說那位心動男嘉賓面子挺大。」

兩人一起來到系裡說的ＴＧ ＫＴＶ，推開包廂門，一行人正敲著杯子玩遊戲，輕鬆又熱鬧。在校園，在實驗室內，他們是嚴謹求知的醫學生，脫了白袍，他們依然是一群朝氣蓬勃、愛開玩笑的年輕人。

「梁爽，這……這還是妳嗎？我不會是背書背花眼了吧。」有個男生推了一下眼鏡。

梁爽拉著許隨坐下，把包放在一邊，笑得爽朗：「就是姐姐我。」

燈光忽明忽暗，有人認出梁爽身邊坐著的許隨，吹了個口哨：「臨床一班的許隨，百聞不如一見啊。」

許隨反差的點在於，在喜歡的人面前容易緊張害羞，在外人面前就非常淡定自如。她笑了一下：「有那麼誇張嗎？我只是放假了要早點趕回家。」

「有！知道大家為什麼叫妳學生餐廳女神嗎？因為除了念書的地方，大家遇見妳最多的地方就是學生餐廳了。而且，平常也不見妳參加什麼社團，出席什麼社交活動。」有人插話道。

許隨愣了一下，別人一說，好像真的是這樣。她喝了一口飲料，開玩笑道：「可能是我比較無趣。」

他們玩了一下遊戲，包廂門再次被推開，有兩個男生一前一後地進來，個子都挺高。前者穿著藏藍色的大衣，模樣俊朗，拿著一把藍色的傘，後者個頭矮了點，穿著紅色的毛衣，眉眼英俊，皮膚很白，頂著張陽光正太臉。

「就是他！」梁爽一下子矜持起來，小聲地說道。

「哪個呀？」許隨問道。

「就前面那個，穿藏藍色大衣的。」

許隨抬眼看過去，兩人一前一後地進來，有人見他們拿著傘，問道：「外面下雨了啊？」

「雨夾雪，路不好走。」穿藏藍色大衣的男生答。

穿紅色毛衣的男生一路哆嗦著進來，見許隨旁邊有個空位，順勢坐了下來，說道：「真的超級不好走。」

「還好冬天要過去了。」有人接話。

穿紅色毛衣的男孩傾身抽了桌上的衛生紙，將身上的水珠拂走，不經意抬眼，在瞥見許隨時聲音驚喜：「哎，我見過妳，許隨是吧？那天在關學長的心理諮商所見過妳。」

「啊，你好。」許隨禮貌地接話。

那天她來去匆忙，對這個男生沒有多大印象。

穿紅色毛衣的男孩卻很熱情，他主動自我介紹：「妳好，我叫衛俞，大一臨床醫學的，我們算是同門，我可以叫妳學姐吧？」

「可以。」許隨點點頭。

接下來的時間，大部分人是一邊玩遊戲一邊聊天，中間還伴著幾個男大學生的鬼哭狼嚎。

衛俞對許隨特別殷勤，不是幫她拿零食，就是教她玩遊戲。而許隨的表現一直是不冷不熱，很有分寸。

中間有人聊起過完這個年回來就是大二下學期，大三也就一眨眼時，有人起了一個話題：「哎，你們知道嗎？聽歷屆的學長學姐說，每年學校都有幾個大三去香港B大交流一年的名額，我們系好像有兩個名額。不知道是不是真的。」

「是真的，我們教授提前透露了一下，B大的醫學院好啊，那可是多少人想去都去不了的學校。」有人說道。

「不知道誰能抓到這個千載難逢的機會，」眼鏡男語氣豔羨，忽地將眼神移向許隨說道：「許隨，我覺得妳可以。」

「對，在系裡排得上號的學霸，我們這裡不就坐著一個嗎？」有人附和道。

「我？」許隨愣怔了一下，咬了一小口水果，「沒想過。」

而且，香港有點遠。

一群人聊了沒兩下，又接入另一個話題。許隨覺得無聊，跑去點了一首歌，剛坐上高腳凳準備唱歌時，衛俞拿著她的手機走了過來，紅綠的燈光交錯，周圍暗下來，他的表情有一絲古怪和晦暗：「學姐，妳的電話。」

許隨接過來一看，是周京澤來電，她跳下凳子，並沒有注意到衛俞的表情，拿著手機匆匆走了出去。

許隨來到走廊，總算遠離了包廂內的喧鬧，她站在窗邊接電話，那邊傳來「啪」的一聲打火機點火的聲音。

『吃飯沒？』周京澤嗓音有點啞。

「吃啦。」許隨應道。

外面一片漆黑，雲層往下壓，風雪交錯，有一種凜冽蕭肅的感覺。有風湧進來，撲到臉上一陣冰涼，她踮起腳尖把窗戶關上。

即使站在走廊上，男女歡呼聲、搖骰子的聲音還是從包廂的縫隙飄了出來，隔著聽筒，周京澤挑了挑眉，熄滅打火機：『在哪？』

「KTV，」許隨答話，見電話那邊沉默，她又解釋，「下午想跟你說的，但你走得太急，就是系裡一個簡單的聚會。」

怕周京澤多想，她急忙起了另一個話題，問道：「你還在外公家嗎？」

『外公？』周京澤吸了一口菸，有意重複這兩個字，語調淡淡的，含著笑，透過不平穩的電流傳來，快要把許隨的耳朵震麻。

她才反應過來自己說了什麼，緊張地舔了一下嘴唇：「不是，是我說快了，是你外公。」

周京澤吐出一口白煙，正想開口，一道爽朗的男聲隱隱傳過來。衛俞剛上完廁所回來，見許隨還在打電話，也不知是有意還是無意，說話還挺大聲：「姐姐，梁爽學姐找妳。」

許隨回頭應道：「好，我等等進去。」

「外面好冷，姐姐，妳也早點進來，別凍到了。」衛俞關心道。

「好，謝謝。」

見衛俞進去，許隨又跟周京澤聊了兩句，冷得縮了一下脖子，聲音細細地說：「我先進去了，有點冷，拜拜。」

『嗯。』周京澤的聲音低低的，好像比尋常冷了一個度。

許隨掛了電話後，走進包廂，一進門，梁爽就拉著她的手，臉紅得跟蘋果一樣：「剛才我們不約而同拿到了同一杯酒，然後手就不經意地碰到了，這是什麼命運般的巧合！嗚嗚嗚，我好激動。」

許隨笑：「淡定，他好像往妳這邊走過來了。」

「啊啊啊啊——」

一整個晚上，衛俞都圍在許隨旁邊，司馬昭之心，路人皆知。有人打趣道：「你不會喜歡許隨學姐吧？」

衛俞正想接話，梁爽攬著許隨的肩膀接話：「哎，我家隨隨有男朋友囉，學弟，你這主意打不著囉。」

「京航飛院的周京澤，對吧？」有男生問道。

許隨喝了一口水，應道：「是。」

衛俞對此聳了聳肩，一臉不以為意，繼續和許隨講話，一口一個姐姐。許隨不動聲色地拉開兩人的距離，臉上的笑淡了下去：「你可以叫我學姐，或者許隨。」

衛俞愣了一下，隨即點頭：「好。」

接下來，許隨有意與衛俞保持距離，大部分時間她都是偏著頭跟梁爽聊天，或者跟他們一起玩遊戲。

這場聚會快到尾聲，一行人不是叫車就是共乘，有人問：「許隨，妳怎麼回去啊，男朋友來接妳？」

許隨搖搖頭：「他有事來不了。」

梁爽玩骰子玩得盡興，許隨不會玩，只好一個人摺紙玩，還是摺那種簡單的紙鶴。衛俞見狀倒了一杯酒，正要遞給許隨時，一道冷淡的嗓音從門口傳來：「她不能喝酒。」

一道頗具壓迫感的身影籠罩下來，衛俞順勢抬頭，周京澤穿著一件黑色的抽繩連帽外套，雪粒子落在肩頭，光影虛實交錯間，他的眉眼凌厲，叼著一根菸自上而下地抬起眼看著他。

衛俞有些心虛地移開眼。

許隨玩摺紙玩得太專注，沒注意到周京澤進來了，聽見他的聲音後神色驚喜，說道：「你來了啊！」

周京澤把黑色的長柄傘放在角落裡，順手掐滅菸，正大光明地坐在衛俞和許隨中間。

他一坐下來，就從口袋裡摸出一盒牛奶，對她抬了抬下巴：「給。」

是她愛喝的便利商店的白桃荔枝口味牛奶，還是熱的。許隨接過牛奶時發現他肩頭、衣服都濕了，明顯是冒著風雪趕來的。

「我幫你擦擦。」許隨俯身拿起桌上的衛生紙，神色認真地拂去他肩膀上的雪粒子，將他手上的水珠擦乾淨，擦著擦著，兩個人的手就自然而然地握在一起，然後就十指相扣了。

衛俞看著兩人旁若無人的親密，面容有一絲扭曲。

這個場子從周京澤進來後，就完全被他壓住了，氣氛也有點緊張。其他人熱情地和周京澤打招呼，後者漫不經心地點頭。

他並不在乎這些，懶散地窩回座位上，有一下沒一下地用手指勾纏著許隨的黑色長髮。

周京澤陪她待了一下，聚會就結束了，他牽著許隨的手走出大廳，突然想起什麼：「我打火機掉在樓上了，等我。」

周京澤重新折回十樓，推門走進包廂，放眼望過去，那個刻有他名字的銀質打火機正躺在桌上，而衛俞還在一邊看著手機一邊喝最後一杯酒。

他慢悠悠地走過去，撈起桌上的打火機，然後直起身，往走道走。周京澤有一搭沒一搭地嚼著薄荷糖，在經過衛俞時，肩膀一偏，不經意地撞了他一下。

衛俞手裡握著的酒悉數倒在大腿上，氣泡還在上面發出吱吱的聲音，狼狽又淒慘。

周京澤露出森白的牙，笑得吊兒郎當地說：「抱歉，手滑。」

衛俞罵人的話憋在胸口，周京澤走了沒兩步，想起什麼，停下來，回頭，一雙漆黑銳利的眼神將他釘在原地：「少惦記她。」

周京澤叫了輛計程車回去，車內暖意十足，車外冷風肅肅，雨水貼著玻璃車窗往下滴，像斷了線的珠子。

許隨坐在後排拿著手機，發現衛俞透過一個群組加了她好友，附加訊息是：『抱歉打擾到學姐，有點課業上的問題請教妳。』

她猶豫了一下，點了同意。同意之後，衛俞還真的傳了一連串問題過來。這時他們剛好到巷口下車，到家還要走一段距離，許隨就順便回了他訊息。

一打開車門，雨絲斜斜地打了過來，涼涼的，周京澤撐開長柄傘，一邊擁著她，一邊往前走。巷口的青石板縫裡流出一條溪水，耳邊傳來呼呼的風聲，盞盞亮起的燈火在寂靜無垠的黑夜顯得分外溫馨。

因為許隨走在寒冷的路上，無法打字，只好一隻手握著手機傳語音訊息給衛俞：『你剛剛說的背書的問題，我的方法一般是先自己默畫一遍人體器官圖再背，這樣比較容易形成圖像記憶感。』

衛俞緊接著傳了一則語音訊息，清朗又有少年感的聲音在雨夜裡顯得格外清晰：『學姐，我還碰到一個難題，外科手術中切口感染，男女中易受感染的是哪個群體？』

許隨想了一下，說道：『女性，跟腹壁皮下脂肪厚度有關，我之前看過例證資料，晚點找我傳給你。』

不知道是不是因為許隨真的在耐心認真地回答問題，過於坦蕩，衛俞沒再傳訊息過來，她呼了一口氣，關上手機。走了一段路，兩人一起走到家門口，她才發現身邊的周京澤好像有點不對勁。

一路上，周京澤為了不讓她淋到雨，傘都傾到她那邊去了，肩頭再次被淋濕。但這次情況比較嚴重，他的頭髮、外套都有水珠往下滴，顯得有些狼狽。

許隨剛想說「我看看」，結果周京澤沉默地收了黑色的長柄傘，進了門，打開燈，鑰匙放在玄關處就走進去了。

進了屋，周京澤背靠在沙發上，1017 一躍跳進他懷裡，奎大人則趴在腳邊。周京澤肩膀微低，低頭刷著手機，眼皮透著懶散冷淡，也不管身上濕透的衣服，讓人看不太清他的情緒。

許隨從洗手間拿出一條乾淨的毛巾，指了指他的頭髮，眼睫抬起：「要我幫你擦嗎？」

周京澤下意識地想拒絕，過一下才明白過來，嗓音有點啞：「過來。」

許隨走過去，拿著毛巾幫他擦頭髮。她站在旁邊，周京澤坐在沙發上，他一轉身，剛好是抬手摟住她腰的高度。

兩人離得很近，她身上淡淡的沐浴乳味道混著奶香味一點點沁入鼻尖，有點癢，周京澤的喉結艱難地吞嚥了一下。

周京澤看起來很正常，可許隨又覺得有點不對勁，總感覺他身上的氣壓有點低。

許隨主動說話：「你要不要喝水？」

「不用。」

「你吃飯了嗎？」

「……」

許隨幫他擦著頭髮，偏頭思索了一下，再次找話：「那你——」

倏忽，周京澤猛地攥住她纖白的手腕，許隨被迫俯身，低頭撞上一雙深邃漆黑的眼睛，呼吸交纏，對視超過一秒，她的思緒便開始紊亂。

「許隨，」周京澤正經地喊她，慢悠悠地說：「我在吃醋，妳看不出來嗎？」

許隨大腦空白了三秒，解釋：「沒有，他就是問我課業上的問題，我也不好不禮貌。」

「哦，」周京澤沒什麼表情地點了點頭，眉頭一攏，拽著她的手腕往下一拉，「可我就是吃醋，妳說說怎麼辦？」

天旋地轉間，許隨整個人坐在他大腿上，兩人額頭抵著額頭。

就是一副不講理，等著來哄的架勢。

許隨垂下漆黑的眼睫認真思考，語氣猶豫：「那——」

「嗯？」

周京澤從手機螢幕上抬頭，非常迅速，許隨摟著他的脖頸，俯下身來主動親了他的嘴唇一下，空氣安靜，發出啵的一聲。

一觸即離，像果凍，又軟又甜。

趴在腳邊的奎大人嗷嗚了一聲。

窩在周京澤懷裡的1017瞪著兩位當事人：虐狗就算了，為什麼還要虐貓？

「我先去洗澡了。」許隨偷親完之後聲音還挺淡定，立刻背對著他走向洗手間。

周京澤瞇了瞇眼，看著她纖瘦的背影，白皙的耳朵後面一片通紅。

周京澤愣了一瞬才反應過來，少女主動，他豈會輕易放過？

許隨剛踏進洗手間的門，天旋地轉間，被人抵在門上，周京澤整個人貼了過來，扣住她的手越過頭頂，壓在牆上，偏頭吻了下去。

洗手間的熱氣氤氳，細小的水珠附在牆壁上，遭到衝力，搖搖欲墜，快要破碎。許隨整個人不受控制地咬住嘴唇，嚶嚀聲從齒縫裡出來，眼睛浸著一點水色，也發紅。

周京澤勉強鬆開她，不輕不重地揉了一下，啞聲說：「我等妳願意的時候。」

許隨進去洗完澡，一個多小時後出來，整理衣服，然後換周京澤進去洗，大冷天，他直接沖了個冷水澡，才勉強將心底那股燥熱沖走。

根據關向風的建議，要讓周京澤日漸習慣密封的空間，病症才會痊癒。許隨在他家挑了一間很小的空房間，光線很暗，看起來無比壓抑，但有利於治療。

周京澤直接搬了張行軍床進去。

深夜，房門緊閉，燈一關，許隨明顯感覺到周京澤身體有一瞬僵住，呼吸也開始變急促。許隨猶豫了一下，鑽進他懷裡，臉貼在他胸膛上，輕聲說：「沒關係的。」

生病沒關係，遇見那些不好的事也沒關係，以後有我陪著你。

周京澤神經放鬆下來，抬手摸了摸她的頭髮，兩人相擁而眠。連續一週，許隨幾乎每天都和他待在一起，一直記錄著每晚他進入應激環境的心理和生理反應。

許隨很喜歡這段時間，彷彿全世界只剩下他們兩人。白天他們窩在家裡一起打遊戲、看電影，傍晚時，兩個人帶著一狗一貓出去散步。

周京澤帶她嘗了琥珀巷裡各家隱藏的美食，各戶人家都是看著周京澤長大的，說話自然也親近，見他牽個模樣乖巧、斯文的女孩子進來，問道：「小周，你女朋友啊？」

橘色的夕陽斜斜地照進來，許隨蹲在那裡，掌心倒了一點水，奎大人哈著氣湊過來喝水。她抬手摸了摸德牧的頭，人卻分神了，只聽見周京澤的聲音低低的，夾著笑意：「對，我老婆。」

許隨在周京澤家待了一週後，不得不回家。回到黎映後，許隨只有靠手機和周京澤聯絡，她從來沒有像現在這樣，期盼新年到來，新年到來，寒假結束，就可以回學校了。

想早點見到他。

新學期開始，許隨沉浸在熱戀中，除了上課，其餘時間她都和周京澤在一起。周京澤對她來說，是新奇的、冒險的、未知的，有著吸引力。

許隨像是一張乾淨的白紙，不停地被沖刷著。

周京澤不像傳統意義上的好學生，散漫又透著一股壞勁，就為了看一眼日出，會半夜叫她出來，偷偷載她去公路上兜風，看完又送她回去上課。

他帶她去跳傘、高空彈跳，做了她二十年來從來沒敢做的事。

但許隨心裡隱隱有一種不踏實的感覺，等她反應過來時已經被老師叫去辦公室了。

班導師有著標準的地中海髮型，微胖，整天笑咪咪的，對學生一直十分溫和，他拿著保溫杯，語氣和藹：「家裡是遇到什麼事了嗎？」

從小到大，許隨基本沒讓老師和家長操過心，是一個讓人省心的小孩。長這麼大，還是第一次被喊到辦公室，她有些無所適從。

「沒有。」許隨搖搖頭。

「那就好，」班導師把保溫杯放在桌上，拿出一旁的藍色資料夾翻了翻，「輔導員跟我說妳一週請了兩次假，上週的通識課妳還缺了一次。」

「妳的成績雖然靠前，但最近在下滑。」班導師面帶微笑，看著她，竟一下戳穿她的心事，「妳最近是不是談戀愛了？」

「是。」許隨猶豫了一下。

「談戀愛是好事啊，年輕人就應該多談戀愛。」班導師笑笑，端著杯子吹了吹面上的茶葉，「但是妳得平衡好學業與感情啊，老師跟妳透個底，我們系有兩個去B大的名額，其中一個是有意給妳的。」

話已經說到這，老師的期望和話裡的含義不言而喻。

許隨臨走前跟老師鞠了一躬，走出辦公室時，太陽有些刺眼，她下意識地抬手擋住眼睛。

回到寢室後，許隨搜了一下B大，相關網頁顯示出香港，與京北城距離很遠，一南一北，黎映在中間往下一點。

香港氣候四季宜人，位於珠江口以東，是一座國際金融貿易城市，網頁彈出B大這所學校，師資雄厚，尤其涉及醫學這一塊，科學研究水準極高。

人一年輕，哪裡都想去看看。

許隨看了兩眼，就把網頁關掉了。她打開書本開始看書，不管怎麼樣，她現在應該收心，把下降的成績補回來，多把心思花在念書上。

中午，胡茜西上完課回到寢室，第一件事就是開風扇，嘟囔道：「學校什麼時候幫我們裝空調啊？」

梁爽取掉她的瀏海夾，嚼著泡泡糖：「等妳畢業的時候。」

「別說了，我真的要熱暈了。」胡茜西揪著領口幫自己搧風，嘟囔道：「現在才五月，還不到夏至，好熱啊。」

許隨正在做著筆記，聽到夏至，下意識地看向桌上的日曆，六月二十一日，被她用紅色的筆圈了出來。

夏至，周京澤的生日。

許隨和周京澤的相處模式依然沒什麼變化，但她下意識地拒絕好幾次和他出去玩。週末時，許隨在周京澤家做作業。

周京澤在一旁玩手機，玩了兩下，覺得無聊，開始在一旁動手動腳。夏天的蟬鳴聲響，室內悶熱，一陣涼風吹來，綠色的窗簾晃動，隱約透出一點喘氣聲。

許隨推開他，重新拿起筆，開始趕人：「我寫完這些試題你再進來。」

周京澤偏頭嘬著她的脖頸，一邊單手亂摸，一邊抽出她的試卷端詳了一下，不輕不重地「嗯」了一下，啞聲問：「題重要還是我重要？」

這個問題她不敢不回答，答錯了她只會被懲罰得更慘，許隨只好說：「你……再這樣，我……就不來了。」

周京澤只好鬆開她，偏頭幫女孩整理好衣服，漆黑的雙眸掃了一下試卷的標題——模擬競賽，挑了挑眉：「怎麼參加比賽了？」

「嗯，還是兩個。」許隨笑了一下，語氣輕描淡寫，「因為有獎金。」

許隨最近忙著參加競賽，把更多心思放在念書上了。可不知道是不是因為她之前過於鬆懈，現在撿起來比平常吃力了一點。

雖然累，但許隨咬牙堅持。早上天還沒亮，她就跑去圖書館了，上午上完課，下午又泡在實驗室裡。

下午四點，許隨在記錄動物軟體解剖資料時，因為失神，失手打翻了一個試管，實驗資料頃刻被毀，意味著他們得重新來過。

許隨連聲道歉，班上一個家境貧困、身材瘦弱的男生盯著被打翻的試管，嘴唇嚅動了一下。平時他在班上不怎麼說話，這時他像是忍了很久。

他的語氣嘲諷：「妳能不能帶腦子進實驗室？妳一個人的失誤，得我們全部人來買單！」

「反正妳也不是沒缺過課，乾脆這一次作業也缺了不就好了？」男生刻薄地說道。

許隨道歉的聲音戛然而止，嗓音沉靜，改口：「對不起，給大家造成麻煩了，這個實驗我來做吧，署名依然是大家。」

她覺得沒什麼，自己犯的錯，自己買單。許隨一個人留在實驗室，忙到晚上八點才把所有資料搞定，累得眼睛發酸，直不起腰來。

許隨脫了實驗袍，收拾自己的東西走出實驗室，再將作業以郵件的形式寄給教授，然後坐在校園內的長椅上發呆。

沒多久，周京澤來電，許隨點了接聽，輕聲說：「喂。」

『在哪？』電話那邊傳來點菸的聲音。

「學校。」

周京澤輕笑一聲，伸手撣了撣菸灰：『明天去不去玩密室逃脫？大劉組的局。』

許隨想了一下：「我沒有時間。」

言外之意是去不了，周京澤愣怔一下，隨即挑了挑眉：『這週妳可是拒絕我三次了啊。』

許隨沒有回答，她在心裡想，因為我不像你，做什麼都有絕對的天分，一直都是遊刃有餘的狀態。我不管做什麼，都要用十分的力。

周京澤聽電話那頭沒聲音，磕了磕菸灰：『吃飯沒？我過去找妳，幫——』

許隨倏地打斷他，以一種疲憊的語氣問他：「你能不能做點有意義的事？」

除了吃，就是玩，反正他的人生前路坦蕩，而她要很努力才跟得上他的步伐。

話一出，氣氛霎時凝固，「幫妳外帶了妳愛吃的鮮蝦麵」這後半句話也就沒必要說出來了。

周京澤換了隻手接電話，拎著外送袋子的手收緊，冷笑：『跟我在一起這麼沒意義，那妳當初就該看清楚。』說完周京澤就掛了電話。

許隨握著電話，機械地回寢室洗澡，吹頭髮，洗衣服，然後躺下睡覺。

次日，睡了一覺醒來的許隨，下意識地摸出手機看，周京澤沒有傳任何訊息過來。許隨垂下眼，刷牙洗漱。

人的精力得到補給後，思緒也會清醒許多。其實昨晚許隨說出那句話時就很懊悔，明明是自己的問題，卻把氣撒在他身上了。

他沒做錯什麼。

一個實驗失誤，明明可以跟他撒嬌說自己受了委屈的，而不是說那樣的話。

上完課後，許隨思來想去，還是覺得應該主動道歉，畢竟是她發脾氣在先。她撥了電話過去，電話隔了好久才有人接聽。

『喂。』他的聲音淡淡的，還有點啞。

「你在幹嘛？」許隨想了半天只想出一句蹩腳的開場白。

聽筒那邊傳來呼呼的風聲，隱隱傳來大劉的聲音：『周老闆，教官喊集合了！還在跟許妹妹你儂我儂啊？』

周京澤好像換了一個地方接電話，嘈雜聲隱去，他的聲音清晰起來，喉結滾動：『在訓練。』

「哦，好，那你先忙。」許隨說道。

一直到晚上九點，周京澤也沒聯絡她。

許隨坐在桌前，明明在看書，眼睛卻時不時看一下手機，整整一天，她的手機螢幕都沒再亮起過。

許隨嘆了一口氣，拿手機登進通訊軟體，猶豫要不要傳訊息給周京澤，糾結間滑起了個人頁面。

一滑就滑到了他們一幫人去玩桌遊的照片，大劉發的幾張照片中，其中一張是周京澤的側臉照，配字：『周老闆破費了。』

照片裡，周京澤兩指指尖夾著一張牌，眉眼懶散，神色是一貫的吊兒郎當，又帶了點倨傲。

兩個人吵架，他看起來絲毫沒有受影響，甚至還有心情出去玩。

許隨眼睫顫了顫，覺得自己挺可笑的，她所有的情緒都是關於他，而周京澤，天生連喜歡人都是漫不經心的。

她退出個人頁面，把對話欄裡打好而未傳送給周京澤的話一一刪除。許隨把手機放在一旁，打算專心做自己的事。

胡茜西剛好從外面回來，許隨桌邊放著一盒切好的西瓜，她沒什麼太大的食欲，問道：「西西，妳要不要吃西瓜？」

「我——」胡茜西看向許隨，欲言又止，猶豫半天，像是做了什麼天大的決定般，說，「我有話跟妳說。」

「好。」許隨起身跟她走了出去。

走廊猛地颳起了一陣風，晚來風急，將女生宿舍走廊掛著的衣服吹得搖搖晃晃，許多人紛紛關起門窗。

另一邊，盛南洲推開桌遊室的窗戶，煙霧多少乘風散去一點，他一臉嫌棄。「快點，洲哥，別拖拖拉拉了，輪到你了。」有人喊他。

周京澤背靠沙發，抽了一張上帝扮演者拿著的卡牌，放在一旁的手機亮了一下，他拿起來解鎖，是葉賽寧傳的訊息。

N：『馬上就是你生日了欸。』

周京澤話語簡短，打了三個字：『好像是。』

那邊沒再回覆，周京澤也不在意，玩了一局後，去上了個廁所。落在一旁的手機安靜地躺在桌上，過了一下，螢幕亮起，通知欄裡彈出葉賽寧傳的訊息——

『那我送你一個大驚喜囉。』

周京澤從桌遊室離開後，回了家，洗完澡後一臉倦意地躺在床上，1017在他胸膛上踩來踩去，最後叼著他腰腹上扣著的領子往外猛扯，嘩的一下，銀色浴袍半敞，緊實的人魚線一路往下，塊塊分明的肌肉還沾著水珠，野性又透著一股欲。

「嘖。」周京澤眼皮半垂著，抬手提起1017送到跟前，胖橘立刻認，不敢動彈。

「你但凡有你媽一半乖——」周京澤打量著牠。

話一出，周京澤自己都愣了一秒，他才想起還沒有聯絡許隨，把貓放在一邊，拇指滑到聯絡人置頂第一位撥了出去。

電話那邊傳來機械的嘟嘟聲，周京澤拿著手機看了時間一眼——晚上十一點，許隨作息一向很好，這個時間，應該是睡著了。

周京澤不疑有他，掛了電話後，繼續睡覺。

次日醒來，他傳了一則訊息給許隨：『醒了嗎？』

無人回覆。

中午十二點，周京澤結束訓練，穿著灰綠色的訓練服和一幫人在學生餐廳吃飯，大少爺悶聲不響地把餐盤哐的一聲放在桌子上。

大劉正咬著饅頭，被這動靜嚇一跳：「喲，誰惹我們周爺不開心了？」

秦景一副過來人的模樣，賤笑道：「別是女朋友不理你了吧？」

一群人皆看過去，看到周京澤八風不動、慢條斯理地喝著湯，可他心情爽不爽，這幫兄弟還是能感覺出來的。

「周老闆，你也有今天。」

一幫人正聊著天，一道獨特的吶喊聲引得路人皆回頭，他們也看過去。

「舅舅，二哈，大劉哥！」胡茜西興沖沖地朝他們揮手。

緊接著，大劉立刻指了指旁邊的位子，說道：「妹妹，過來，幫妳留的位子。」

盛南洲之前一直反感「二哈」這個名字，原因是他跟哈士奇長得一點都不像，但胡茜西叫著叫著也就習慣了。他嚴重懷疑胡茜西是個PUA高手。

盛南洲也沒有反駁她，拿出飯卡開口：「想吃什麼自己點。」

「哇，盛大少爺吝嗇人設要倒了啊。」

「就是，我們配刷您的飯卡一次嗎？」

胡茜西對這些玩笑話一點都不在意，搖搖頭道：「雖然你們學校學生餐廳的飯菜是出了名的好吃，但千萬別誘惑我，我今年夏天好不容易減肥有一點成效。」

盛南洲抿了抿嘴唇，把飯卡放回口袋裡，一言不發，同時把一個USB給她。

周京澤喝了一口冰水，踢了一下胡茜西的腳尖，問：「過來有什麼事？」

「過來找他借東西呀。」胡茜西朝他晃了晃手裡的東西，同時起身，「我先走啦，舅舅。」

周京澤指尖捏著湯匙，攪了一下碗裡的湯，忽然喊住胡茜西：「等一下。」

學生餐廳的便利商店，人潮熙攘，周京澤拎著一袋東西，掃碼付款，然後遞給胡茜西：「給她。」

胡茜西消化了三秒，才明白他舅舅說的「她」指的是許隨。周京澤也是真的騷，兩人鬧彆扭，他自己送過去，不正好趁勢和好嗎？

「行吧，舅舅，那你欠我一頓飯。」

「嗯。」

他又想起什麼，拿起手機傳訊息，抬頭：「等等妳出校門的時候，去雲源麵館外帶一份蟹黃麵給她，我已經跟老闆打過招呼了。」

「她不吃蔥和香菜，多加點醋她可能會喜歡。」周京澤補充了一句。

胡茜西原本「嗯嗯啊啊」地應著他，此刻聽到這句話，睜大眼，明白過來，語氣瞬間激動：「舅舅，你在說什麼呀？隨隨很喜歡吃蔥和香菜，還有，她一點也不喜歡吃醋，吃多了還會胃疼。我拜託你，對這段感情能不能上點心？昨晚我還聽到她偷偷在廁所裡哭，你要是不想認真談，就放過她吧……」

周京澤整個人愣怔在原地，她喜歡蔥和香菜，不喜歡吃醋？那之前是——

他瞇了瞇眼努力回憶，倏地，一下子明白了什麼。

胡茜西還在不停地嘮叨「我不幫你送了」，等她喘口氣想再說話時，人已經不見了。

站在胡茜西旁的盛南洲目睹了全程，意味深長地嘆道：「他栽了。」

「什麼？」胡茜西有點沒聽清。

「沒。」盛南洲接過她手裡的東西，抬了抬下巴，「走吧，送妳出去。」

兩人並肩走出學生餐廳，悶熱意外地沒有撲來，反而是一陣涼爽的穿堂風吹來，胡茜西下意識地用手壓了一下隨風亂動的裙擺。

天上暗沉沉的烏雲往下壓，響了一道悶雷。盛南洲看了在風中搖晃的樹一眼，說道：「要下雨了，我去借把傘。」

「哎，不用，幸好本小姐帶了一把太陽傘出來。」胡茜西下意識地攥住他的手腕，從包裡拿出一把太陽傘。

盛南洲盯著這把小紅花點綴的太陽傘，嘴角抽搐了一下，開口：「行吧。」妳開心就好。

兩人一起走下臺階，沿著網球場直走左轉，走出校門口時，盛南洲看了附近的餐廳一眼，盯著胡茜西瘦出來的下巴尖，沉默半晌：「餓不餓？妳挑，我請客。」

胡茜西搖了搖頭：「我好不容易瘦下來兩公斤。」

她已經連續吃了好多天水煮青菜和粗糧、蛋白，就比如今天早上，她只吃了一顆雞蛋，現在餓得整個人發虛，腳步虛浮，她希望路程短一點，好回寢室吃水煮花椰菜補充一點能量。

盛南洲盯著她，英俊的眉頭蹙起，說起話來不近人情：「妳覺得妳變瘦了，路聞白就能多看妳一眼嗎？」

很多東西，妳其實已經知道答案，但是妳就是想捂住耳朵試一試。

胡茜西一點也不喜歡這樣殘忍的盛南洲。

她只能激烈地反駁：「當然會啊，我都瘦下來了，變美了——」

一陣狂風吹來，將地上的落葉揚起，路旁高大的樹被吹得嘩嘩作響，一片花瓣掉落在胡茜西頭上，搖搖欲墜。

盛南洲上前一步，兩個人的距離不可控地拉近，胡茜西的聲音戛然而止，抬眼看他。少爺摘下她頭上的花瓣，斂起一貫不正經的表情，語氣半認真：「西西，妳不需要變成什麼樣，因為妳這樣就已經很漂亮了。」

胡茜西回學校時在想，盛南洲怎麼轉性了？一向以嘴臭著稱、以打擊她為樂的盛南洲竟然誇她漂亮？

她走神地想著，忽地感覺一陣眩暈，整個人不受控制地倒向一旁。陷入昏迷前，一道焦急的女聲傳來：「同學，妳沒事吧？」

周京澤在找許隨的路上，腦海裡有些場景像電影片段般一幕幕閃過。

他從來不吃蔥和香菜，厭惡一切有刺激性味道的東西。那天在學生餐廳，許隨請他吃飯，她說「一份不要蔥和香菜」，原來是點給他的。他不吃蔥和香菜。

而周京澤當時漫不經心地以為她也不喜歡吃，以至於在後來的約會中，他沒見許隨再吃過這兩樣東西。

不是不喜歡，只是一直在遷就他。

他頂著一臉傷從那個家裡出來，當時他一身戾氣，心底煩躁得不行，回學校時遇見了許隨，她遞給他一個粉紅色的ＯＫ繃。

他需要一個人陪著分散注意力，所以隨口問許隨吃飯沒有，沒有的話，陪他吃點。

許隨當時說沒有，吃餃子時還加了很多醋。

現在看來，她撒謊了。她那天晚上已經吃了一頓，為了能讓周京澤心情好點，她又陪他吃了一頓。

她看起來吃得很有食欲，但其實醋的作用只是為了讓她那已經塞滿的胃，能再塞下食物而已。

如果那天不是遇到許隨的話，周京澤遇到別的女生，也會讓人陪著。

他介入許隨的生活，像是一陣突如其來的暴雨，無意卻猛烈。

她卻小心翼翼，視若珍寶。

許隨在圖書館複習到很晚，一來她不想中午趕學生餐廳的排隊人潮，二來競賽在即，她想多花點時間複習。

窗外灌進一陣帶著濕氣的風，許隨看了時間一眼，竟然已經一點半了，她急忙收拾好課本走下樓。

在下坡時，她竟遠遠碰見了衛俞，他穿著一件白色的字母T恤、黑色運動褲，懷裡抱著一個三角形金標的籃球，渾身洋溢著青春陽光的氣息。

「欸，許學姐！」衛俞一臉驚喜。

「好巧。」許隨笑著打了個招呼。

她打完招呼，正準備與衛俞擦肩而過，不料他喊住她：「學姐，我有點事情想問妳，能不能借一步說話？」

教學大樓背後，一旁的槲樹茂盛，樹影將兩個人所站的位置切割成傘形。衛俞揪著衣領搧了搧，問道：「學姐，我想問妳，為什麼我在通訊軟體上問妳有關課業的問題妳就會回答，傳私人訊息給妳就不理我了呢？」

許隨遇過各式各樣明裡暗裡的追求者，但沒有一個像衛俞這麼直白大膽，她想了一下，坦誠地道：「因為我把你當學弟，我們以後還有可能是同事。」

衛俞一陣苦笑，他並不想放棄，正想說話時，許隨口袋裡的手機發出急促的鈴聲，她摸出來一看，並沒有動。

衛俞瞥了一眼，來電顯示「ＺＪＺ」，好奇怪的備註。他看著許隨，問道：「要不然妳先接電話？」

許隨搖搖頭，按了紅色的拒接，她的語氣淡淡：「不是什麼很重要的人。你有什麼事？說吧。」

「學姐，我喜歡妳，聽起來很冒昧，那次在關學長的心理諮商所，妳進來的時候很急，不小心碰掉了一個實習生的資料，妳立刻道歉，幫她把東西撿起來。諮商結束後，妳離開了，我以為這件事就這樣結束了，沒想到妳又折回來，捧著一盆小多肉送給她，並祝她事業順利。」

「所以我對妳一見鍾情了，雖然——」衛俞把手放在她肩頭。

許隨想要開口阻止他說下去時，一道冷冰冰且語氣不耐煩的聲音傳來：「雖然什麼？」

兩人回頭看過去，周京澤站在不遠處，穿著灰綠色的訓練服，單手插著口袋，手臂的肌肉線條流暢緊繃，他嘴裡叼著一根菸，寒著一張臉走過來，一副「敢撬爺牆腳就等死」的氣場。

他臉色沉沉，嗤笑一聲：「雖然她有男朋友，但你不介意做小三？」

周京澤都要被這人不要臉的程度氣笑了，他單手一把攥住衛俞搭在許隨肩上的手，用力往後一掰「喀嗒」，衛俞疼得「啊啊啊」大叫，他繼續剛才的話題：「但我介意。」

他的語氣霸道又囂張，慢條斯理地重複，每說一個字，他就用力一分，衛俞疼得冷汗涔涔。

「因為她只能是我一個人的。」

衛俞疼得忙求饒，周京澤猝不及防地鬆手，從菸盒裡摸出一根菸，指尖捻了捻菸屁股，語氣不太好：「滾吧。」

衛俞疼得五官扭曲，看都不敢看許隨一眼，就匆忙逃開了。周京澤就是要他記住這種痛，要衛俞長教訓。

他的人，別人看都不能看。

衛俞走後，氣氛一陣沉默。雨終於落下來了，幾滴雨點砸在臉上生疼，許隨抱著書本看也不看周京澤，轉身就要走。

可周京澤就跟無賴一樣，她走到哪，他就跟到哪。許隨往左走，周京澤就堵在左邊，他攥住她的手，帶到跟前，許隨整個人跌進他懷裡，手抵在他胸膛上。

許隨眼睫顫動，額前的碎髮被雨絲打濕：「放手。」

「不放。」周京澤低頭看著她。

「我買了妳愛吃的鳳梨包，是剛出爐的，牛奶是妳喜歡的盒裝，我以後會記住妳喜歡吃蔥和香菜，不喜歡吃醋，」周京澤語速緩慢，像是做出承諾，「把妳放在心上。」

許隨眼眶漸紅，依然是她走到哪，周京澤整個人就像銅牆鐵壁一樣堵在她面前，逃也逃不掉。

許隨抱著書開始砸他，書本稀裡嘩啦地掉在地上，雨水混著泥土，一下子就泡壞了。沒了書，她就開始踢打周京澤。

她今天穿的是一雙尖頭小皮鞋，踢人很痛，周京澤悶哼一聲，抱著她一言不發地受著。許隨手腳並用地打他，一邊打眼淚一邊不受控制地往下掉。

寬大的手掌抵在她腰上，許隨撞上身後的牆壁，周京澤捏著她的下巴，將她臉上的眼淚一點點舔舐掉。

唇瓣相貼，汲取，攪在一起，混入鹹的眼淚，喉結緩緩滾動，嚥下去。

一陣旖旎後，周京澤脖頸低下，鼻尖親暱地蹭了蹭她的額頭，許隨眼睛紅紅的，嘶啞的喘息聲中夾著委屈：「你賠我書。」

「我賠。」

「還有，我一點也不喜歡吃日料，對芒果過敏，但夏天又喜歡吃芒果冰沙。」

「我記備忘錄。」

第十六章　生日快樂，我最親愛的

「生日快樂，周京澤。」

「忽然想陪妳到老。」

胡茜西暈倒的那一刻，盛南洲立刻從不遠處跑過來，從別人手裡接過胡茜西，抱起她一路狂奔到醫院。

其實盛南洲送她到校門口時，就注意到了胡茜西臉色不對勁，所以打算悄悄跟著她回宿舍，以免她半路上出什麼意外，沒想到還真的出了事。

盛南洲將暈倒的胡茜西送到醫院後，掛號，打點滴。胡茜西躺在病床上接受著點滴，一切並無大礙。

醫生把盛南洲叫進了辦公室，盛南洲神色緊繃，問道：「醫生，她沒事吧？」

「按目前的情況來說，沒什麼大事，低血糖。」醫生推了推鼻梁上架著的眼鏡，「但是醒來後要做個體能檢查。」

「好的，謝謝醫生，沒什麼事我就出去了。」盛南洲站起來，有禮貌地說道。

盛南洲剛站起來要走，醫生臉色就變了，他指了指座位讓他坐下，手指扣在胡茜西的病歷本上，開始說話：「病人身體什麼情況，你不清楚嗎？你還讓你女朋友為你減肥？現在什麼社會了，還追求以瘦為美？」

「不是，醫生，我不是──」

盛南洲剛要解釋，就被醫生打斷，他用鋼筆敲了敲桌子，語氣有點生氣：「再說了，那女生也不胖啊，就是臉圓了一點，看起來不是挺可愛的嗎？我女兒要是找了這樣的男朋友，讓她減肥，我抽死他……」

到最後，盛南洲坐在那裡，被教訓了十幾分鐘，還不得不附和醫生的話：「對不起，都是我的錯。」

「你還是人嗎，啊？」醫生質問道。

「不是，是垃圾。」盛南洲主動罵自己。

醫生的臉色多少緩和了一點，鋼筆敲了敲藍色的資料夾，語重心長道：「我真的不希望看到有病人因為過度減肥而進醫院。」

「不會了，我以後再也不會讓我女朋友減肥了。」盛南洲一臉懺悔。

挨完訓後，盛南洲一臉戾氣地走出醫生辦公室，好不容易壓下的怒火在看到病床上臉色蒼白的胡茜西時瞬間燃起。

盛南洲喊了胡茜西的室友過來看著她，然後直接攔了輛計程車加速回到胡茜西的學校。盛南洲找到路聞白所在的班級，問了一個同學：「你們班的路聞白呢？」

女生見來人是個帥哥，笑著說：「他在實驗室呢。」

「謝了。」盛南洲點點頭。

盛南洲想也沒想，直接往實驗室的方向走，走了十多分鐘的路，他不經意抬眼一看，咬緊後槽牙，還真讓他逮到人了。

中午打了個悶雷，下了一場雨又開始放晴，下午兩點十分，太陽重新出來，烈日當頭，陽光斜斜地穿過紅色的實驗大樓，影子呈立體幾何的模樣打在對面的牆上。

路聞白坐在陰影裡的臺階上，這麼熱的天，他身上的實驗袍也沒脫，竟然沒出一點汗。他坐在那裡，背脊挺直，蒼白的指尖撕開包裝紙，正緩緩地吃著紫菜包飯，旁邊放著一瓶礦泉水。

盛南洲想走過去，走了幾步，才發現路聞白前方不遠處站著個女生，他停了下來。

女生穿著紅色的絲絨裙，露出的一丁點腳踝，白得像羊脂玉，裙擺晃動間，讓人喉嚨發癢，她的頭髮鬆鬆垮垮地綰著，露出修長白皙的脖頸，長了一張妖豔的臉。

看起來是個從髮絲到腳都精緻又講究的人。

她手裡拿著一罐可樂，藍色的貓眼指甲敲了敲瓶身，咚咚咚，嬌俏又大膽，可惜路聞白頭都不抬一下。

女生無所謂，看著他：「哥哥，真不想要啊？」

路聞白咀嚼著紫菜包飯，臉頰鼓動，將女生視若空氣。盛南洲見他們不說話了，走上去，語氣不善：「路聞白。」

女生順著聲音來源看過去，在看清盛南洲的臉後，立刻吹了個口哨，這寸頭酷哥還挺有型，於是抬手把手裡的飲料扔給盛南洲，後者下意識地接住。

「既然他不要，送你囉，帥哥。」女生背著手，頭也不回地離開，留下一陣溫軟的香風，空氣中散發著阿蒂仙最出名的那款小偷玫瑰的香水味。

路聞白停止咀嚼的動作，抬起薄薄的眼皮看著女生離去的背影，臉色陰沉得可怕。

盛南洲才懶得管他們之間的事，闊步上前，一把攥住他的衣領，沉著臉一拳揮了下去，路聞白整個人摔在臺階上，嘴角隱隱滲出血絲。

臺階旁一個新的紫菜包飯立刻沾了灰塵，不能吃了。路聞白琉璃珠似的黑眼睛壓著一絲戾氣。

路聞白掙扎著起身，揮了盛南洲一拳，緊接著兩人扭打在一起。怒氣更甚者、心底壓抑更多情緒的人打架，用力也更猛。

很快，盛南洲在這場架中占了上風，他整個人跨在路聞白身上，一拳又一拳，剛開始路聞白還會還手，直到他夾著怒火喊：「不喜歡，你好好講清楚不就行了？你知不知道全天下只有她這麼傻，聽了你推拒的鬼話去減肥，最後暈倒住院了！」

路聞白怔住，揪住盛南洲的手慢慢鬆開，整個人像攤爛泥一樣仰躺在地上，聲音嘶啞：「你打吧。」

盛南洲冷笑一聲，自上而下地看了躺在地上臉色白得有些病態的人一眼，心裡火氣更甚。

「去跟她道歉，不然接著揍你。」盛南洲微喘著氣，汗水順著下頷滴下來，想到什麼，頓了頓，「喜不喜歡她，都去醫院跟她說清楚，你最好語氣好點。」

路聞白掙扎著起身，朝旁邊吐了一口帶血的唾沫，殷紅的唇角忽地扯出一個笑：「我要是喜歡呢？」

盛南洲目光頓住，片刻後又裝作若無其事，聲音輕得只有他自己聽得見：「那就好好喜歡。」

路聞白識笑一聲，不置可否，脫了身上的實驗袍徑直離開，走到一半，他想起什麼，重新折回，一把奪回他手裡的那罐可樂，走到不遠處，「哐」的一聲扔進垃圾桶裡。

戀人吵過一架後總是會變得更甜蜜，許隨和周京澤也不例外。她能感覺出周京澤的變化，有叫他去玩的局，他基本一口拒絕。

對方問：『不是吧，周老闆，結束訓練後你還能幹嘛？』

周京澤把菸按進花盆裡，「刺」的一聲，火光熄滅，他的語氣坦蕩又無恥：「得陪我老婆念書。」

「嘖，不像你們，無所事事，虛度光陰。」

『我這輩子從來沒有這麼無語過。』對方氣得直接掛了電話。

遊戲人間的第一浪子還有臉說別人？

許隨下午沒課時，就會在圖書館念書。每天下午五點半，一天中日落最美的時候，周京澤結束訓練，套著一件黑T恤，拎著一份三明治和草莓冰沙，步調慢悠悠的，準時出現在醫科大圖書館四樓。

他每天會帶不同的食物過來，有時是奶黃包和港式奶茶，有時是她喜歡吃的變態辣拌麵，加了很多蔥和香菜，再也沒出現過醋。

週五，周京澤出現在圖書館時竟破天荒地帶了英語課本，許隨瞄了上面的字眼一眼，放下筆：「你要出國？」

「算是吧，我們是三加一的模式，大四要去美國試飛基地訓練一年，才算完全合格。」周京澤猶豫了一下，說出來，「不過很快回來。」

事實上，周京澤的英語道地又流利，他會這樣做，是因為許隨念書太專注了，不讓親，不讓摸，他就跟傻子一樣坐在旁邊沒事幹，只好自己找點事做。

許隨點點頭，拿起筆重新在課本上做標記，繼續背書。周京澤的腿懶散地踩在桌下的橫桿上看書。

天色不自覺間變暗，窗外的夕陽像裹了蜜的糖一般鋪在桌子上，周京澤閒散地背靠椅子轉過頭來看著許隨。

許隨穿著一件寬鬆的杏色針織衫，頭髮綁成丸子頭，額前有細碎的頭髮掉下來，抱著課本輕聲地默背重點。

周京澤拆了一顆薄荷糖，抬眉慢悠悠地打量眼前的人，嘖，怎麼看怎麼乖。

許隨背得很專注，完全不知道周京澤在看她，她背了一段時間後發覺口乾舌燥，一抬眼對上一雙漆黑深邃的眼睛。

他的眼睛很黑很亮，專注看人時會不自覺把人吸進去。許隨的心不受控制地跳動了一下，急忙移開視線找水喝。

一盒牛奶遞了過來，許隨抬眼，就著他的手咬著吸管喝了幾口牛奶，結果有幾滴牛奶沾在紅潤的嘴唇上。

周京澤喉嚨一癢，湊過去親了她一口，舌尖將她唇瓣上的牛奶捲入口中，想也沒想手就探了過去緩慢地摸著她的耳朵。

冰涼的指尖和他食指上的銀戒若有若無地蹭著許隨的皮膚，一陣激靈，她的臉頰溫度急劇升高，急忙推開他，為了轉移注意力，她開口：「剛好休息一下，玩個遊戲怎麼樣？」

「行啊。」周京澤漫不經心地接話。

「很簡單，我畫幾張數字卡片，比大小，輸的人要回答對方一個問題。」許隨趁勢拉開兩人的距離，介紹道。

周京澤挑眉，這手段怎麼那麼熟悉，不過算了……自己的人，得慣著。許隨埋頭寫好數字卡片後，打亂順序，讓周京澤抽一張卡，她也抽了一張。

掌心攤開，周京澤是紅心Q，許隨是小丑，她立刻笑起來，眼睛向下彎，悄聲說：「寫一個屬於對方的單字吧。」

「方向？」周京澤問。

「就是我是你的什麼呀之類的。」許隨小聲說。

周京澤手肘撐在書桌上，轉著筆，抬了抬眉尾，聲音低低沉沉：「寶寶？老婆？」

他的聲音很低，只有許隨能聽見，她臉上的溫度急劇上升，熱得不行。他第一次這樣叫她，無比自然。

老婆……以後會結婚嗎？

許隨認真地趴在桌子上寫單字，周京澤似乎早就寫好了，還將白紙翻了面，用筆壓住。

寫完後，周京澤拿過她手裡的卡片，本來散漫的表情在看到上面的單字時一怔。許隨一筆一畫，寫得認真——

First love.

First love，初戀，周京澤斂起不正經的表情，語氣認真：「那我也爭取成為妳的最後一任。」

「你呢，你呢？」許隨湊上前來，很想看他寫了什麼。

就在這時，「啪」的一聲燈滅了，許隨有點沒看清方向，整個人撞到他懷裡，膝蓋碰到了桌椅，周京澤單手攬著她肩膀，另一隻手把旁邊的椅子拉開，以免她再撞到。

「有沒有撞到？」周京澤問。

「一點點。」許隨悶聲答。

突然停電，保全拿著手電筒一間一間地掃射巡視，粗著嗓子喊：「學生們趕緊收拾東西，學校停電，馬上閉館了啊。」

保全趕過來時，周京澤正蹲下身查看她的傷勢，還好，沒什麼大礙，破了一點皮。一束強光照過來，周京澤整個人擋在許隨面前。

保全從窗口探出一個頭，問道：「你們怎麼還不走？等等我鎖門，你們就得在這過夜了。」

「不好意思，馬上出去，」周京澤抱歉地笑笑，「五分鐘，收拾好就出去。」

保全見周京澤一副好學生的模樣，對他比了一個手勢：「五分鐘啊。」

周京澤一邊收拾東西一邊開口：「出去，帶妳處理破皮的地方。」

「那我的卡片呢？」許隨心心念念，想知道他寫了什麼單字。

周京澤眉頭一攏，笑著說：「哦，我剛才沒寫。」

「你真的很煩！」許隨氣得踩了他一腳，表達自己的不滿。

走廊上，周京澤開著手機手電筒牽著她下樓，許隨想起什麼，苦著一張臉：「停電了怎麼辦啊？還有一半的重點沒背。」

「去外面。」周京澤說。

所有人離開後，四周徹底陷入黑暗，隱去的月光從雲層背後透出來，桌面上的一張紙上留了龍飛鳳舞的一行字，卻又無人發現——

The love of my life.

周京澤拿出手機低頭滑著什麼，兩人走出校門後，就有一輛叫好的車在等著他們。兩個人坐在後排，他拿出手機，在軟體上訂飯店，拇指在螢幕上滑動，大少爺首先看的就是評價最高、設備最好的星級飯店。

許隨湊過去看了一眼，價格貴得令人咋舌，立刻去搶他的手機，急忙道：「我就是念個書，不用訂這麼貴的。」

周京澤拇指倏地頓住，抬起頭似笑非笑地看著她，把手機遞過去：「行，我老婆還知道幫我省錢。」

許隨被調侃得有些羞赧，她接過手機，在軟體上看來看去，訂了一間價格優惠、看起來還不錯的房間。

車子抵達目的地，兩人下車，許隨按照手機上面的地址找來找去，感覺有點繞，最後發現這家飯店在巷子裡面，手機上顯示的招牌則是立在商鋪前，她有一種不祥的預感，感覺是掛羊頭賣狗肉。

果然，他們找到目的地後，發現就是一家破舊的快捷飯店。前廳很小，前臺人員打著哈欠幫他們開卡，周京澤禮貌地說了聲「謝謝」。

前臺人員聽到聲音立刻抬起頭，在看清周京澤的臉後眼睛亮幾分，人都精神了許多：「七〇六，上電梯左轉哦。」

到了七〇六後，刷房卡進門，一陣灰掉落下來，周京澤的表情崩壞，燈亮之後，放眼望去，一張床，一張桌子，破舊的紫色蕾絲沙發上面放著一個沒有插頭的電熱水壺、兩個杯子。

房間散發著霉味，周京澤抬手摸了一下牆壁，有水滲了出來。許隨拿著網路上的圖片對比，發現被騙得很慘。

她知道周京澤有潔癖，皺了皺鼻子，小聲說：「要不然我們換一家吧？」說完轉身就要走，周京澤抓住她的手，發出輕微的哂笑聲：「就這吧，再折騰下去，妳該背不了書了。」

許隨看了時間一眼，立刻放下包，拿出課本在桌子前複習。周京澤慢悠悠地跟在後面，手裡握著一個打火機，橘色的火焰時不時躥出虎口，他正檢查有沒有藏鏡頭。

周京澤這個人就是這樣，表面懶散、吊兒郎當，但做事穩重又可靠。

檢查一圈後，周京澤拉了把椅子坐在許隨旁邊，見她認真複習的模樣，心一癢，抬手掐了一把她的臉，揚了揚眉：「這麼缺錢啊？」

許隨聽後心虛地舔了一下嘴唇：「對。」

周京澤挑了一下眉沒有說話，從褲子口袋裡摸出皮夾，從裡面抽出一張卡，放到許隨面前：「妳男朋友有錢。」

許隨從課本前抬起頭，對上周京澤的眼睛，才明白他不是開玩笑的，搖頭：「我不要，我要自己參加競賽拿獎金。」

「而且——說不定你以後要靠我養呢。」許隨說得很小聲。

周京澤愣怔了一下，隨即笑出聲，胸腔發出愉悅的顫動：「行，那老公以後等妳養。」

許隨對他比了一個交叉的手勢，周京澤也就不再打擾她，在一旁玩了一下手機，最後揉了一下脖頸，瞇眼靠著椅子睡著了。

兩個小時後，許隨終於全部背了一遍，她搖了搖周京澤的手臂，眼睛晶亮：「我複習完了，你能不能幫我抽背一下？」

「行啊。」周京澤睜眼，語氣懶洋洋的。

許隨坐在床邊，周京澤腳踩在橫桿上，整個人坐在椅子上往後仰，拿著她那本《神經生物學》翻來翻去，語氣散漫：「四十五頁第二段。」

「在我國——」許隨回憶了一下，正要背誦下去，周京澤又往後翻，頓了一下，提問：「七十頁，倒數第三段。」

「神經系統疾病之一，神經官能症，喜……」

「七十二頁，順數第三段那個病例，開頭第六個字。」

許隨邊背邊掰著指頭數，下意識地說道：「歡。」

周京澤翻來翻去沒看到自己想要的字，「嘖」了一聲，開口：「第二人稱是什麼？」

「你。」

「這些字連起來。」周京澤壓低聲音，語氣誘哄。

許隨以為周京澤在跟她玩遊戲，努力連著答他前幾個問題，以至於答案一個字一個字從嘴裡冒出來——

「我、喜、歡、你。」

「我也是。」

一道低低的嗓音落在頭頂，許隨怔忪地抬起眼，撞入一雙漆黑深邃的眼睛裡，半晌才明白過來。不知道為什麼，許隨有點想哭。

和周京澤在一起，甜蜜又難過，常常覺得時間過得太快，不見他時又覺得時間漫長。許隨覺得自己最大的妄想就是和周京澤在一起。

她從來沒奢求過周京澤會說喜歡她。

這一次，許隨在他的眼睛裡看到了自己。

「你犯規。」許隨吸了吸鼻子，紅了眼睛。

一道挺拔的身影籠罩下來，周京澤的嘴唇壓了下來，一遍又一遍輾轉碾磨。周京澤單手捧著她的腦袋，嘴唇下移，騰出一隻手脫掉身上的衣服墊在她身下。

許隨的腰撞到床沿，生疼，她感覺穿著的藍色牛仔褲被褪到膝蓋間。他的拇指粗糙，緩慢地撫著她的肌膚，兩人額頭貼著額頭。

飯店房間內的燈光昏暗，暖色調，像一個被剝了皮的橘子，許隨想去關燈，周京澤不讓，他緩慢地動著，欣賞著她的每一個表情。

牆體再一次滲出水，一開始很慢，後面是大量地湧出來，海潮侵入，有牆皮被剝落下來。老舊的空調扇葉發出「吱吱——吱吱」的聲音，非常有節奏。

空調扇葉節奏很緩，先是發出前奏「吱吱——吱吱」，緩慢地重複一下，接著像是電力加大一般，兩短五長，節奏快而猛烈，卻依然吹不散燥熱。

時快時慢，許隨感覺眼前的視線一片模糊，四肢百骸都疼，她發現周京澤喜歡按著她的肋骨，疼到她皺眉。

像是為了讓她記住此刻的痛，記住此刻眼前的男人是誰。

下一秒，周京澤用拇指將她額前的頭髮順到耳後，眼睫微濕，嗓音嘶啞：「我是誰？」

許隨被磨得難耐，感覺像在海浪裡浮浮沉沉，眼淚快要掉出來：「周京澤。」

「啪」的一聲，《神經生物學》掉在發潮的地板上。房間內的老舊立式空調吹的風有些悶。風一吹，書嘩嘩地翻著，最後停留在一張人體神經圖上。

人體學上有一個說法，長時間盯著一個人的眼睛，據說能看到愛，是視神經末梢上的訊息傳達。你看到了什麼？

好喜歡你。

我也是。

晚上十二點，許隨躺在他身邊睡著了，長髮如瀑，眼睫緊閉，乖順得像個娃娃。周京澤指尖穿過她的髮間，眼梢溢出一點溫柔。

他上半身什麼也沒穿，單穿著一條黑褲子，上了個廁所。等他回來，洗手間的馬桶還發著抽水的聲音，桌面上的手機螢幕亮了。

周京澤按亮手機，通知欄顯示有一則訊息進來，點開一看，是葉賽寧傳的訊息——

『周，我回國了，這就是我跟你說的大驚喜。夠意思吧？親自回來幫你過生日。我現在在「零點」和他們一起喝酒，你要不要過來？』

一截菸灰掉在手機螢幕上，周京澤睇了睇眼，拇指拂開菸灰，在對話欄裡打字然後傳送——

『你們玩，我跟我老婆在一起。』

第二天醒來，許隨整個人都站不穩，渾身像被拆散了一般，她光腳踩在地板上，走一步都覺得艱難。

周京澤單穿一條運動褲走過來，一把將許隨橫抱在懷裡，將人抱到洗手臺，伺候他的女孩刷牙洗臉。

他把牙膏擠到拋棄式牙刷上面，聲音清冽：「張嘴。」

許隨乖巧地張嘴，然後低頭假裝認真地看著綠色洗手池裡的水流，她還是不太敢直視周京澤。

兩人一夜同床共枕，她一閉上眼就是昨晚的場景，想起來就面紅耳赤。早上兩人還待在同一個狹小的空間，解衣相對，一起刷牙。

看起來平凡又不平凡。

許隨嘴裡含著薄荷味的泡沫，周京澤擰開生鏽的水龍頭，水流了一下又停了，他黑如岩石的眼睛環視了一下這破舊、牆體還剝落的旅館房間，開口，語氣意味深長：「嘖，這第一次還挺……讓人印象深刻。」

說完，周京澤出去拿了兩瓶礦泉水給許隨洗漱，許隨含了一口水吐出來，彎腰時小腹隱隱作痛，都怪昨晚他沒有節制。

她輕聲抱怨道：「還好下午考試，都怪你。」

周京澤臉上掛著閒散的笑，他一把掐住女孩的腰往鏡子前送，語速緩慢，喉結滾動：「妳該慶幸妳下午有考試，不然在這來一次。」

鏡子前，她會死的吧。許隨嚇得拍了拍他的手，逃開了。

收拾好東西後，周京澤帶許隨出去吃了飯，又親自把人送到考場。許隨考完之後，看周京澤還在外面的長椅上等她。

他懶散地背靠椅子，黑長的眼睫低垂，拿著手機在玩數獨遊戲。來往的考生忍不住朝他的方向多看幾眼，周京澤眼皮都懶得抬一下。

許隨心血來潮想要嚇一嚇他，悄悄繞到椅子後，手肘夾著筆袋，抬手蒙住他的眼睛，刻意變著嗓子說：「猜猜我是誰？」

「一一。」周京澤語調平緩。

許隨覺得沒意思，鬆開他的手，嘟囔道：「你怎麼猜出來是我的？」

「妳身上有股奶香味。」周京澤語氣閒閒，透著一股痞勁。

許隨臉一紅，在這方面，她是哪哪都贏不過他，乾脆岔開話題：「我覺得我這次考得還不錯。」

「可以，帶妳去吃好的。」周京澤笑，抬手掐了一把她的臉。

週末一晃而過，成績很快出來，週二放榜時，許隨看見一等獎後面寫著自己的名字，一顆懸著的心終於落地。

她有錢買想要的東西了。

許隨拿出手機傳訊息給胡茜西：『西西，妳上次說的那個代購，把好友傳給我呀。』

另一邊，烈陽當頭，蟬鳴聲毫不停歇，周京澤這一幫人剛結束一個小時的緊急訓練，男生們一個個汗如雨下，額頭被曬得青筋暴起。

周京澤回到寢室的第一件事就是沖冷水澡，盛南洲把風扇調到最大，白色的扇葉呼呼地轉著，他仍覺得熱得發燙。

浴室傳來嘩嘩的水聲，盛南洲急得不行，走過去敲了兩下門，語氣急躁：「哥們，一起洗吧。」

周京澤：「？」

冷水淋下來，周京澤抬手把頭髮往後擼，漆黑的眉眼沾著水珠，正閉眼沖澡。「砰」的一聲，盛南洲火急火燎地推門而入。

兩人四目相對，盛南洲想到一個詞——坦誠相對。

「不想死就出去。」周京澤語速緩慢。

盛南洲一把搶過蓮蓬頭就往頭上澆，他語氣自然，反而覺得周京澤有些大驚小怪：「不是，我們從小到大都同穿一條褲子，一起洗個澡怎麼了？」

周京澤「啪」的一聲關掉蓮蓬頭，取下置物架上的浴巾正經八百地圍住自己，語速緩慢又夾著若有若無的炫耀：「情況不同了。」

盛南洲一頭問號。

「我得為老婆守身如玉。」周京澤語氣漫不經心，隱隱透著愉快。

盛南洲沉默三秒，才反應過來他說的是什麼意思，打開蓮蓬頭對著他一頓狂噴，周京澤挑眉，直接上手鎖住盛南洲的喉嚨，水花四濺，兩人扭打在一起。

緊閉著的浴室門時不時發出「砰砰」聲，盛南洲憤怒的聲音透過門縫隱隱傳出來。

「周京澤，你不是人。你這個老禽獸！」

兩人在浴室裡打了一架，還順便洗了個澡，周京澤出來時，頭髮還濕答答的，他抽了條乾毛巾在頭上隨意地擦了兩下，隨手丟進髒衣籃裡。

風扇在頭頂慢悠悠地轉著，周京澤拎起桌上的冰水喝了一口，整個人懶散地背靠座椅拿出手機看球賽。

盛南洲後出來，在經過周京澤時，踢了他的椅子一腳，周京澤眼皮抬也沒抬起來一下，撂出一個字：「說。」

盛南洲抽出自己的椅子在周京澤旁邊坐下，問道：「寧寧回來了，你沒過來啊。」

「有事。」周京澤眼睛沒有離開過手機。

盛南洲點了點頭，繼而對他抬了抬下巴，說出自己憋了很久的話：「哎，你現在算怎麼回事？打算跟許隨玩玩？以前你交過多少女朋友，怎麼渾，兄弟一句話都沒說過。可許妹妹跟別人不同，她是多好多乖的女生啊，得瞎了眼才會看上你這種人渣吧……」

周京澤的視線停在手機裡的球賽上，內馬爾剛進了一個球，全場歡呼，聲音過大，他的視線頓了頓，拇指點了一下，關掉影片，雙手枕在腦後：「想帶她見外公。」

盛南洲正在那絮絮叨叨，聽到這句話，聲音戛然而止，拍了拍他的肩膀：「厲害，兄弟，我沒話說了。」

周京澤的外公是誰？先不論這位老人家自身的厲害之處，最重要的是，他是周京澤在這個世界上最親的人。他從來沒見過周京澤把哪個女生領到外公面前。

嘖，浪子也有泊岸的一天。

行，他可真佩服。

週末，許隨在周京澤家待著，兩人一起吃了一頓飯，打算一起看部電影，周京澤單腿屈在沙發上，拿著遙控器對著投影機按，問：「想看什麼？妳喜歡的恐怖電影？」

「最近那個題材看得比較多，看懸疑推理吧。」

「行。」周京澤笑。

兩人並肩坐在一起看電影，室內黑暗，只有眼前的投影機發出幽光。許隨抱著一個抱枕看得認真，周京澤的心思卻沒放在上面，手指勾著她的一縷頭髮，纏得更深，又時不時擦過她的臉頰。

人一旦把自己交付給另一方，皮膚相貼、耳鬢廝磨後就是親暱、交歡融合，再無任何距離，對方完完全全屬於自己。

那種感覺是不同的，是他沒有過的。

周京澤有一種驕傲、滿足感。

她是他的。

許隨看得認真，只覺得他的指尖冰涼，僅是碰一下嘴唇，就引起一陣顫慄，沒多久，臉頰就熱了起來，縮在沙發上的腳指頭繃緊，後背出了一層細汗。

「你……能不能想點別的？」

許隨推開他的手，力氣又小，反而像在欲拒還迎，男人的大掌完全裹住她的手，根根骨節分明的手指硌人，不輕不重地捏了指腹一下，似帶電穿過，癢癢麻麻的。

周京澤偏過頭，熱氣灌進她耳朵裡，又癢又麻，他懶洋洋地笑：「晚了，我就這德行。」

「我還沒洗澡。」許隨耳朵紅得滴血，推開他，趁他鬆手時匆忙離開沙發。許隨匆匆跑進浴室，沒多久，傳來「嘩嘩」的水聲。

許隨在浴室洗澡，想起她明天要設個鬧鐘趕在快遞送到家門口前去拿。這樣一想，她手機還在外面。

「周京澤，你幫我找一下手機。」許隨把門打開一條小小的縫，聲音溫軟。

周京澤瞇了瞇眼，慢悠悠地回答：「行啊，叫聲老公就幫妳找。」

「才不。」許隨心跳明顯漏一拍，「啪」的一聲把門關上了。

外面一直沒有聲音，許隨一邊沖著身上的泡沫，一邊想，她好像習慣性地把手機調成了靜音，他大概要找好一陣子。

手臂上綿密的泡沫一點一點被沖掉，浴室外響起了篤篤的敲門聲，很有耐心。許隨慌忙扯下浴巾擋住自己，然後拉開門。

周京澤倚在門口，漆黑的眉眼壓著翻湧的情緒，氣壓有點低，把「不爽」二字寫在了臉上，好整以暇地看著她。

「怎麼啦？」許隨仰著一張臉看他。

周京澤把許隨的手機遞到她面前，舌尖舔了一下後槽牙：「解釋一下？」

許隨接過來一看，她的手機顯示著兩個周京澤的未接來電，而備註是ＺＪＺ。

她一下就明白周京澤為什麼生氣，可是這種複雜的少女心事解釋出來他恐怕也不會理解。

許隨吸了一口氣，一隻手揪著胸前的浴巾，無比乖巧地說：「我現在馬上改過來。」

門縫拉得過大，熱氣一點點消散，許隨下意識地縮了一下肩膀，她的手指有水，沾在螢幕上，幾次都沒打對字。

周京澤靠在門邊懶洋洋地看著她，她剛洗過熱水澡，全身透著一層淡淡的粉色，嫩得像剛剝殼的荔枝，露出的兩根鎖骨像兩道月牙。

她似乎在想幫周京澤改什麼備註，霧濛濛的眼睛寫滿了糾結，水潤粉紅的嘴唇輕啟，咬了一下手指。

「砰」的一聲，周京澤整個人擠了進去，擋住她的視線，漆黑的眼睛翻湧著情緒，喉結緩緩滾動——

「妳慢慢想。」

浴室的水聲「嘩嘩」，霧氣徐徐纏繞，許隨只覺得痛，摩挲感傳來，肋骨處一陣一陣地痛，像是螞蟻啃咬般，痛又帶著快感，空間狹小，她覺得無比燥熱。

蓮蓬頭的水還沒有關，水珠掛在布滿水氣的鏡面上，緩緩滑落，熱水「嘩嘩」沖在地上，一室蒸騰的熱氣。

周京澤眼睫沾著汗，啞聲道：「嘖，電影才看到三分之一，本來想和妳在沙發上看完的。」

「現在看來沒機會了。」周京澤抬了抬眉尾，帶著意猶未盡。

許隨咬著嘴唇一言不發，眼淚汪汪的，周京澤還有空閒撈起洗手臺上的手機遞給她，語氣散漫：「妳說改成什麼？」

許隨一點辦法都沒有，羞紅了臉，結結巴巴地說：「男……男朋友。」

許隨被他盯著當場要改備註，可她握不穩手機，男生整個人貼過來，寬大的手掌覆在她背上，手指捏著她的骨節，教她打字。

不知道他是不是故意的，許隨覺得自己一點力氣都沒有，那一刻，剛好有蓮蓬頭的熱水澆下來，一個激靈，又熱又麻，她顫顫巍巍地打上兩個字：老公。

最後許隨差點在浴室熱暈過去。

次日，許隨直接睡過頭，睡到了日上三竿，醒來時發現枕邊空無一人。奎大人趴在床邊懶懶地曬太陽，1017 則在床上跳來跳去，最後拖著她的頭髮咬來咬去。

許隨從胖貓嘴裡救回自己的長髮，披了件外套起床，發現周京澤幫她買了早餐，留了一張紙條——有事外出。

吃了一點東西後，許隨放在餐桌上的手機響起，她跑到院子開門，簽收了一個國際快遞。許隨小心翼翼地抱著它進門，直上二樓，猶豫了一下，走進二樓轉角最裡面的一個空房間，把東西放進去，重新打掃了一下房間，然後一下午都待在那裡布置。

晚上八點，周京澤跟到時間了必須要餵貓一樣準時回家，打開門，發現許隨坐在地毯上背靠著沙發正在看書。

許隨從書本裡抬起臉，在看清來人後，眼睛晶亮：「你回來啦？」

「嗯，回來餵貓。」周京澤笑，把食物拎到她面前。

許隨放下書本爬過去，手肘支在茶几上拆袋子，發現旁邊還有個紅絲絨蛋糕，臉頰梨窩浮現——

「咦，怎麼突然想起買蛋糕了？」

周京澤坐在沙發上，拆開塑封，遞叉子給她：「在路邊看到很多人排隊，看起來挺不錯。」

許隨吃了一口蛋糕，臉頰鼓動，似想起什麼：「對了，遊戲機好像壞了。」

周京澤把手機放一旁，走到矮櫃前，開機，敲敲按按，轉動了一下旋鈕，開口：「我上樓去拿工具箱。」

許隨點點頭，繼續吃小蛋糕，樓上一直沒動靜，隔了五分鐘她才反應過來，立刻衝上樓。

許隨慌慌張張地跑上去，中間差點摔倒，推開最後一間房的門，她走進去，看到周京澤腳邊放著一個紅色的工具箱，他正盯著眼前的東西看。

她撫著胸口鬆了一口氣，還好，東西他還沒拆，背後的幕布也沒掀。

「這什麼？我的生日禮物？」周京澤好整以暇地看著她。

許隨搖頭，佯裝淡然：「沒有，那就是我的快遞。」

周京澤似笑非笑地看著她，嗓音低沉：「拆吧，我想看。」

許隨對上周京澤的眼神，僵持了三分鐘後敗下陣來，都怪禮物太大件，容易暴露，還有一週才是他真正的生日。

許隨鼓著臉頰：「好吧，但你得閉上眼睛。等你生日那天，我還有一個禮物要送給你。」

「好。」周京澤。

周京澤閉上眼睛，周圍發出窸窣的聲音，然後是許隨拆紙盒的聲音，半晌，「啪」的一聲，燈忽然滅了，周圍陷入一片黑暗。

「你可以睜眼了。」許隨扯了扯他的衣袖，聲音軟糯。

周京澤感覺自己大概等了一個世紀那麼漫長，他睜開眼，臉上還掛著吊兒郎當的笑，正想問她是不是要跟他求婚才這麼慢，眼睛不經意一掃，笑容僵住，說不出一句話。

正前方亮著一盞長的 Halo Mandalaki 日落投影燈，橘色的光打在對面的白牆上，像一顆巨大的橘子，照亮了牆壁上的每一張照片。

有些照片他自己也記不清了，也不知道許隨怎麼有耐心地翻遍他的社交網路找來的照片，有的看起來是從官網上找來的，有些模糊。

第一次玩棒球，在聯賽拿了冠軍的照片，第一次參加奧數競賽得第一名和老師、同學的合影，還有他十六歲在美國 Navajo 大橋高空彈跳的留念，十七歲時，第一次代表大劇院在國外中央大廳演奏巴哈樂曲的照片。

落日中心正對牆中央的一個小小的模型——飛機 G-58017。

那是周京澤與高陽進行飛行比賽開的那架飛機，也是他人生第一次順利飛上天。

去年他開車送許隨去高鐵站，她問：「你放假通常都會幹什麼？」

周京澤開著車，語氣夾著無所顧忌的意味：「滑雪、高空彈跳、賽車，什麼刺激玩什麼。」

「可這些不是很危險嗎？」

「因為我無所謂，無人牽掛，只能揮霍光陰，想想有天死在一條日落大道上算值得了。」

周京澤這話說得半真半假。

這堵照片牆記錄了周京澤人生每一個精彩而有意義的瞬間，特別是中央那個小小的模型，許隨用自己的方式告訴他——你的人生並沒有揮霍浪費，前路才剛開始。

「生日快樂，周京澤。」許隨輕聲說。

周京澤有些說不出話，只能看著她笑，語速緩慢：「忽然想陪妳到老。」

怎麼會有這麼傻的女孩？前段時間一直辛苦準備競賽拿第一，就是為了拿到獎金來買禮物，她用心準備，就是想把最好的捧到他面前。

許隨回以一個笑容，悄悄勾著他的手指，周京澤反手握住她，力氣很大，攥得很用力，像是在抓住什麼。

希望你平平安安，驕傲肆意。

生日快樂，我最親愛的。

第十七章　就當風雨下潮漲

「不祝他前途無量，祝他降落平安。」

周京澤送許隨回學校，一路送她到女生宿舍樓下。許隨照常跟他說了晚安才離開，半晌，周京澤喊住她：「一一。」

許隨回頭，眼神疑惑：「嗯？」

「要不要跟我回去見外公？」周京澤眼梢溢出一點笑，低頭看著她。

「啊？」這話讓許隨有些措手不及，事後又覺得這反應不對，忙擺手，「我沒有不想見你外公的意思，我是怕外公不喜歡我。」

周京澤挑眉，似笑非笑地看著她：「妳都叫外公了，怎麼會不喜歡？」

許隨被調侃得臉一紅，周京澤抬手摸了摸她的頭，正色道：「我喜歡的，他們也會很喜歡。」

最終許隨點了點頭，回到寢室時她還是挺開心的，因為他打算帶她去見家人，這一切都在朝著很好的方向發展。

距離周京澤生日還有五天。

晚上洗漱完，許隨躺在床上，握著手機搜索一些資料，她打算在身上留一個關於周京澤的印記，當作送給他的生日禮物。

許隨幾個月前就想這樣做了，雖然怕疼，但她想勇敢一次。

之前在北山滑雪場時，周京澤說他覺得最遺憾的一件事是選擇成為飛行員而放棄了喜歡的東西。

想讓他開心。

次日，許隨上完課後一個人來到距離學校一公里處的隱蔽巷子裡。

店門口立著一塊木牌，上面寫著「一橫」，紅色的漆字經過風霜的侵襲已經脫落了一部分。

許隨撩起畫著武士貓的門簾，走了進去。女老闆施施然從隔間的珠簾後走出來，直接道：「考慮好了？」

「嗯。」許隨點點頭。

「想畫什麼圖案？」

女老闆在許隨旁邊坐下，她聞到淡淡的玫瑰香味，拿出手機找出照片給老闆看。

「看起來像男士圖案，」女老闆朱唇輕啟，語氣有點意味深長，半晌她話鋒一轉，「畫在哪裡？」

許隨想了一下，說道：「肋骨那裡。」

「胸部下側那裡？弄在肋骨皮膚層上方，可能會有點疼。」女老闆提醒道。

女老闆鳳眸掃過去，眼前的女孩子長髮齊腰，皮膚白膩，一雙黑眼珠十分乾淨，旁邊還放著幾本課本，一看就是乖女孩。

「確定要畫在肋骨那嗎？」女老闆再次確認了一下。

許隨吸了一口氣，雖然有點怕，她還是堅定地點了點頭：「嗯，在肋骨那裡。」

每一次交歡時，周京澤喜歡按住那裡，逼她睜開眼，在痛感和難耐中霸道強勢地要她記住他是誰。

她想記住這一份喜歡。

女老闆最終點了點頭，許隨跟著對方走進房間，褪下上衣到小腹處。

漫長的四個小時，許隨不知道自己怎麼忍過來的，身上出了一層薄汗。

許隨趴在床上慢慢起身穿衣服，她背對著女老闆，中間一條光滑的脊線往下延，後背兩塊骨頭很瘦，像隻振翅欲飛的蝴蝶。

女老闆走過去叮囑她注意事項，眼睛掃過去，她的胸型很漂亮，下側也就是肋骨處剛畫好的圖案，纏在羊脂玉般的皮膚上，有一種叛逆乖張的美。

「妳的胸很好看。」女老闆由衷地誇讚。

「謝謝。」

「希望妳不要後悔。」

許隨穿衣服的動作一僵，搖搖頭：「不會。」

許隨走出巷子時，太陽有些曬，她下意識地抬手遮住陽光，肚子隱隱喊餓。她剛想找家麵館，手機發出叮咚聲，是胡茜西傳來的訊息——

『隨隨，妳知道葉賽寧回來了嗎？』

許隨眼皮跳了跳，賽寧，葉賽寧？就是當初她傳訊息，周京澤誤以為她就是葉賽寧，讓他破天荒發了火的那個女生嗎？

怕許隨不了解這個人，胡茜西又傳了葉賽寧的社群主頁過來。太陽亮得刺眼，許隨走到樹木的陰影處，點開她的主頁。

葉賽寧在社群的粉絲有兩百多萬，名字叫艾蜜莉，工作簡介那裡寫著：模特，半吊子畫家。定位是英國，後面還放了一個工作信箱。

許隨背靠在牆壁上，拇指滑動，葉賽寧主頁分享的是她拍的雜誌照片，畫的油畫，以及打卡過的藝術展。

從她的社群主頁可以看出，葉賽寧是一位小有名氣的模特，身高一百七十八公分，眼型細長勾人，眼珠是純粹的琥珀色，像一位摩登貓女，還是偏御姐型的美女。

許隨滑到她的最新動態，視線頓住。葉賽寧分享了一張照片，沒有任何配字，照片顯示她參加了一個小型的私人酒局。

長桌上擺的酒類型很多，右側男生握著酒杯的一雙手占了照片的三分之二，他手腕上戴了一支銀色的錶，骨節清晰分明，根根修長乾淨的手指搭在透明的玻璃杯上。

虎口正中間有一顆黑色的痣。

留言下方都是「求姐姐發照片」、「艾蜜莉夏天也要快樂」這類的話，葉賽寧均沒有回覆。

唯獨有一則問：『這個男生的手好好看，是神祕男朋友嗎？』

高冷的葉賽寧俏皮地回覆：『祕密，嘻。』

原來周京澤送她回學校後去參加聚會了，許隨睫毛顫了顫，這時，通知欄有一則訊息進來，是胡茜西傳來的——

『隨隨，我也是剛知道她回國了，她以前追過我舅舅，兩人到現在一直玩得挺好的，妳要多看著他點。當然，也可能是我多疑了，我舅舅應該會和妳說吧。』

原來兩人還有這一層關係，許隨不知道怎麼回覆，關閉了聊天畫面。她也覺得，周京澤會主動跟她說起這個人吧。

可惜，周京澤之後照常和她聯絡，卻對葉賽寧這個人隻字未提。許隨一直沒說什麼，兩人約好週五晚上吃個飯，許隨讓他陪著買見外公的禮物。

周京澤帶許隨去了一家港式茶餐廳，餐點上來後，許隨用叉子捲了一口麵送進嘴裡，臉頰鼓鼓：「你外公喜歡什麼呀，象棋？茶葉？」

周京澤坐在對面，抽出一張紙巾俯身擦掉她嘴巴上的食物殘渣，故意逗她：「妳送他飛機吧，他喜歡。」

「啊，我沒有那麼多錢，」許隨眼睛睜得很圓，「但我還有一點獎金，送模型可以嗎？」

周京澤聞言掐了她的臉一把，臉色有點黑，開口：「妳只能送給我。」

「那我們抓緊時間吃完去逛逛。」許隨最後說道。

晚上八點，許隨咬著奶茶杯裡的吸管，輕嘬到底，發出吸溜的聲音。周京澤坐在她對面，早已吃完。

許隨放下杯子，笑著說：「我吃完了，我們走吧。」

周京澤點頭，拿起桌上的鑰匙，放在一旁的手機發出「嗡嗡」的震動聲，他看了來電顯示一眼，皺眉，但還是拿起手機貼在耳邊，開口：「喂。」

電話那頭隱隱傳來女聲，許隨垂下眼睫，下意識地揪住裙擺。周京澤握著手機，懶洋洋地應著：「剛吃完。」

「嗯。」

「現在？」周京澤抬起眼皮看了許隨一眼，猶豫了一下，「妳在那等著。」

周京澤掛了電話後，抬手叫服務生過來結帳，同時偏過頭來和許隨說話，嗓音清冽：「一一，我有個朋友有點事，禮物下次再陪妳買。」

他站起來，接過服務生遞過來的卡，騰出一隻手摸了摸她的腦袋，然後徑直離開。緊接著，縈繞在鼻尖的薄荷味漸漸消失。

「可是——」許隨望著他離去的背影。

話卡在喉嚨裡沒說完，頭頂被他撫過的溫度還在。

夏天的天色暗得晚，到了晚上，路邊的燈亮起，襯得天空一片暗藍。許隨坐在餐廳裡，看向窗外，廣場的噴泉在同一瞬間噴出樣式不一的水花，惹得小孩嬉戲尖叫。

廣場外有一對年輕的情侶走到麥當勞甜品站的窗口前，買了兩支冰淇淋，第二支半價，他們嘗了一口對方手裡不同口味的冰淇淋後相視一笑，眼底的甜蜜真切得不行。

她忽然想吃冰淇淋。

「可是——我不能是你的第一順位嗎？」許隨喃喃自語，眼底的失落明顯。

許隨走出去買了支冰淇淋，漫無目的地四處逛了一下，後來覺得無聊，坐在廣場的長椅上，靜靜地把手裡的海鹽冰淇淋吃完，打發完時間後乘坐公車回了學校。

整個晚上，周京澤沒再傳一則訊息過來。

次日，許隨醒得比較早，洗漱完去了一趟圖書館，十點回來上課，中午吃完飯回到寢室午休。

她躺在床上，拿出手機隨便滑，手指下意識地點開社群軟體，搜索了艾蜜莉的社群主頁，上面顯示葉賽寧更新了一則短片日常。許隨點開一看，是她近一週的日常合集，一共八分鐘左右。

影片分享了葉賽寧拍雜誌的日常、看過的展覽，鏡頭剪切，拍到了她參加的各種聚會，許隨眼尖地看見一個男生，出現在第五分三十秒，只是一個三秒的側臉鏡頭，他坐在椅子上懶散地笑，低頭點菸，伸手攏著橘色火焰，身後波光粼粼的游泳池將他切割成一個浪蕩的、散漫不羈的周京澤。

鏡頭一晃而過，接著是葉賽寧畫油畫的日常，她穿著藍色工裝褲，戴了頂小黃帽，鼻尖沾了一點彩色的顏料，有才氣又美麗。

最後幾分鐘影片裡的文字標注：『喝酒喝多了，進醫院了，還好有朋友。』許隨看了日期一眼，是昨晚，應該是周京澤送她去的。

鏡頭切換，到了清晨，醫院外面霧濛濛的，一層奶白色的霧籠罩在樹上。葉賽寧第二天很快出了院，她一路拍著前面的路，旁邊好像有一個人跟著，並沒有入鏡。

葉賽寧對著鏡頭說：『我看到前面有賣燒賣，好香，好久沒吃過了。』

說完，她舉著手機朝早餐鋪走過去，買了兩個燒賣和一杯豆漿，付錢時朝旁邊喊了一句：

『哎，借一下你的手機，我的要拍影片。』

對方遞上他的手機，寬大的手掌，清晰分明的指節，拇指指腹上還有一層薄繭。

許隨的心狠狠地揪了一下，如果她不認識這雙手有多好。

就在前幾天，這隻骨節分明的手還反覆按著她的肋骨，兩人的汗水滴在一起，抵死纏綿。

葉賽寧手握著手機，衣袖往上移，纖細的手腕上露出銀色的手錶，然後順利付款，鏡頭還把支付密碼打了馬賽克。

這支手錶前段時間還在周京澤手上戴著，兩人睡在一起時，她當時多看了兩眼，他還摘下來拿給她玩了。

許隨害怕再看到什麼，慌忙關掉影片，一滴接一滴的眼淚滴在手機螢幕上，視線一片模糊。她覺得胃裡泛酸，想吐。

她還沒見過葉賽寧，就已經輸了。

梁爽在寢室裡看著電影，聽到輕微的啜泣聲，忙關了iPad，一臉震驚：「隨隨，妳怎麼了？」

「沒，」許隨笑著掉眼淚，眼眶發紅，輕聲說，「中午吃的飯太辣了。」以致她後知後覺，覺得心口一陣一陣地疼。

下午，許隨上完課跑到校外便利商店買關東煮，在經過籃球場時，那邊猛地爆發出一陣喝彩聲。

許隨不由得停下腳步看過去，一到夏天，樹影落下來，籃球場上的人特別多，男生揮動著臂膀在球場上奔跑，女生則咬著一根綠豆雪糕，看到心儀的男生進球後眼底閃著亮光。

她忽然想起，周京澤參加比賽時，中途因為她暈倒而放棄比賽已經是去年夏天的事了。

想到這，許隨繼續往外走，走到轉角的一家便利商店。「叮咚」一聲，便利商店自動感應門打開，許隨進來，跟收銀員點了花枝丸、雞肉卷、蓮藕燒、雞翅、油豆腐之類的，還要了一盒牛奶。

她經常來這家店吃關東煮，收銀員認識她，自然也知道她的口味，笑著問：「中辣？」

許隨搖搖頭，說：「再辣一點吧，吃得胃痛到火燒的那種。」

她喜歡這種自虐型的發洩，不然依她的性格，不知道要憋到什麼時候。

許隨接過高筒紙碗，拿著手機正要付帳時，「叮咚」一聲，便利商店門打開，一道含笑的聲音傳來：「你們學校確實挺大。」

「是啊，怎麼樣，見到未來的飛行員，兩眼冒光了吧？」盛南洲接話。

女生的聲音很好聽，一口菸嗓，雲淡風輕的。許隨回頭，視線與一個女生在半空中相遇。

這是許隨第一次見到葉賽寧，真人很漂亮，她穿著一件版型寬鬆的男友襯衫，鬆垮地露出兩邊細細的鎖骨，齊臀短褲，頭髮如黑緞般披在身後，瘦高白，是比照片上好看十倍的那種漂亮。

葉賽寧也看到了許隨，愣了一下，盛南洲站在她身後，低頭看到QQ群訊息，眉頭擰成麻花，說道：「又是緊急訓練。」

「沒事，你先去訓練吧。」葉賽寧回頭看他。

盛南洲點了點頭，把手機放進口袋裡，匆匆扔下一句話：「妳自己先到處轉轉，晚點我和老周請妳吃飯啊。」

「行。」

盛南洲走得太急，根本沒看到站在零食貨架旁邊的許隨。

許隨轉過頭付款，拿著關東煮和牛奶打算去便利商店外面架著的桌子，在經過葉賽寧身旁時，她的衣袖拂過許隨的手臂，很輕地一帶而過，料子很軟。

她聞到了葉賽寧身上淡淡的香水味。

Serge Lutens 的松林少女，不易接近的冷香。

許隨走到外面的桌子坐下，空氣悶熱，即使到了下午五點，蟬還是叫個不停，傍晚的火燒雲厚得快要壓下來。

她剛拆完筷子準備吃東西，一道陰影落在一旁，率先放上桌的是一份全麥麵包，一盒黃桃口味的優格。

「妳好，我能坐這嗎？」葉賽寧主動打招呼。

許隨點點頭，葉賽寧拉開椅子，纖長的兩條腿放了進來，她挽著襯衫袖子，開始撕麵包：「周和我說過妳好幾次，妳是一個很好的女孩子。」

許隨動作一頓，低頭夾了一顆花枝丸塞進嘴裡，笑了一下，沒有說話。

「我以前追過周，他是我見過最難追的男生。」葉賽寧話鋒一轉，說話坦誠又大膽。

許隨想起那次自己稀里糊塗的表白，嘴角牽出一個笑容：「那我運氣還挺好的。」

葉賽寧以為說出這種直白、帶目的性的話，許隨會不開心或者情緒反常，可是她沒有，依然安靜地吃著自己的東西，讓人意想不到。

葉賽寧托著腮笑，手裡捏著的湯匙無意識地攪拌盒子裡的優格：「妳知道他拒絕我的原因是什麼嗎？他說不想失去我。」

許隨用筷子又夾了一顆花枝丸，聞言動作一頓，丸子順著桌面骨碌掉在了地上，她也沒有吃下去的欲望了。

放浪如周京澤，什麼也不在意的一個人，能說出這種話，證明葉賽寧對他來說，是一個很重要的人。

許隨抽出一張紙巾，蹲下身將地上的丸子撿起來扔進垃圾桶裡，然後對葉賽寧說：「葉小姐，謝謝妳。」

葉賽寧一愣，琥珀色的眼睛寫滿了疑惑：「謝我？妳不討厭我嗎？」

許隨收拾自己的東西，聽到這句話笑了起來，坦誠道：「有一點，但我更討厭自己。」

討厭自己像個癡女，飛蛾撲火般無條件地喜歡周京澤，到最後，支離破碎，連自尊都忘記。

她不想再朝他走去了。

說完以後，許隨轉身走了。葉賽寧以為自己贏了會很開心，可是並沒有，她太乖了，安安靜靜的，沒有一點攻擊性，讓葉賽寧懷疑自己是不是扮演錯惡毒女人了。

「當然，妳能在他身邊待那麼久，挺厲害的。」葉賽寧看著眼前纖瘦的背影說道。

許隨腳步停頓了一下，然後繼續往前走。

遇見葉賽寧這件事，許隨沒有跟任何人說，她照例上課吃飯，偶爾被室友拉去參加社團活動。

這兩天空閒時，她自己一個人也認真地想了很多。

六月二十一日，夏至，一年中白天最長的時候，周京澤的生日如約到來。盛南洲幫周京澤在盛世訂了一個大包廂。

可是當天晚上，兩位主角姍姍來遲。周京澤傳訊息給盛南洲說路上有點事，讓他們先玩。

晚上七點，周京澤站在醫科大旁的那家便利商店前等許隨，他的身姿挺拔，肩膀寬闊，懶懶地靠在綠色的公車站牌旁邊，他一隻手拿著菸，另一隻手握著手機，拇指在螢幕上打字：『盛南洲做主訂了個包廂，我們是打聲招呼再去外公家，還是直接開溜？』

傳完訊息給許隨後，周京澤不經意地抬眼，在看清來人時，扯了扯唇角，竟然在生日這天看見他最不想看見的人。

師越傑穿著白襯衫，推著一輛自行車走到周京澤面前，猶豫了一下，推了推眼鏡：「京澤，今天你生日，爸讓你回家吃飯。」

周京澤舌尖抵著下顎嗤笑一聲，淡淡地斜睨他一眼，語氣嘲諷：「那你覺得我該回去嗎？哥、哥。」

師越傑垂下眼，盡量讓自己語氣保持平和：「其實我們沒必要這樣，上次的事情是個誤會，事先我是真的不知道……」

一聽到「誤會」兩個字，周京澤臉上掛著吊兒郎當的笑斂住，看著他，語速很緩：「得到不屬於你的東西，爽嗎？」

「砰」的一聲，師越傑鬆手，白色自行車倒地，他上前攥住周京澤的衣領，一貫溫和的模樣崩裂：「那你呢！前段時間給爸的股份轉讓協議是怎麼回事？故意的？」

上個月，周正岩收到一個特快包裹，他拆開牛皮紙包著的資料袋一看，裡面竟然是周京澤寄來的股份轉讓協議，而他授意股權轉讓的對象是師越傑。

周京澤這點股份還是從他媽手裡繼承的，如果他把股份轉讓給師越傑，就意味著他和周家一點關係都沒有了。

他主動與這個家割裂。

周正岩當即叫來師越傑問他這是什麼意思，師越傑接過文件後，臉色一變，語氣有些慌張：「爸，我也不知道有這回事，可能是京澤搞錯了，我去學校問問他……」

周正岩從沙發上起身走過去，拍了拍他的肩膀，語氣看似親暱，卻意味深長：「爸還是比較希望看到你們兄弟倆感情和睦。」

「一家人還是要以和為貴。」

之後周正岩經常在家和祝玲爭吵，房間裡經常傳出摔東西的聲音，師越傑常常看到自己媽媽紅著一雙眼睛跑出來，卻什麼也做不了。他恨自己無能，也恨自己在這個家被動的地位。

師越傑揪著周京澤的衣領，盯著他，他卻昂著下巴，有一搭沒一搭地嚼著口香糖，眼皮要抬不抬的，睥睨著師越傑，給人一種居高臨下的感覺。

師越傑只覺得被輕視，心底一陣竄火，拽著他的衣領問道：「許隨呢？你是不是因為我喜歡她，故意報復我而跟她在一起的？」

周京澤難得正眼看他，師越傑永遠一副溫和、道貌岸然的老好人模樣，今天看他氣急敗壞、狗急跳牆的模樣還挺稀奇。

他看著師越傑，慢慢想起一些事，從祝玲領著師越傑嫁進來，家裡一切都變了樣。

周京澤性情乖戾，對一切都滿不在乎，他可以把原本屬於自己的東西分一半給師越傑。可沒想到的是，他們並不滿足於此。

四月三日他媽祭日時，周京澤準備了很多，買了花，還提前寫好信給她。可就在他滿懷期待準備和周正岩一起去時，師越傑卻發燒了。

周正岩火急火燎地帶著師越傑去看病，照顧他一天，忙到忽略了髮妻的祭日。而周京澤獨自一人，在言寧墓前坐了一天。

一開始，周京澤真的以為師越傑是生病，可後來他發現周正岩一直缺席有關於他的一些重要場合。

比如周京澤的生日、家長會、畢業典禮。

而理由不外是要照顧祝玲，要處理師越傑的事，好像他才是這個家多餘的人，周京澤才明白師越傑的野心。

「回答我！」師越傑吼道。

師越傑的怒吼把周京澤的思緒拉回，他抬起眼，視線掠過這個繼兄的臉，瞇了瞇眼，一副不在乎的模樣，很快地承認：「對，還挺爽的，是她送上門的。」

一句話落地，周京澤臉上挨了迅猛的一拳，他偏過臉去，抬手摸了摸嘴角，修長的指尖輕輕一捻，鮮紅的液體留在指縫中。

他冷笑一聲，緊接著也一拳掄了過去。兩人很快扭打在一起，路過的人看兩人打得太凶，也不敢勸架。

公車站牌旁放著的一排自行車接連倒地，發出砰砰聲。

許隨也不知道自己站在那看了多久，眼看周京澤被一拳揮倒在地，又反手揪住師越傑的衣領，她終於出聲：「你們別打了。」

她走上前，用了很大的力氣才勉強將兩人分開，眼睛一掃，兩人的情況都很慘烈。師越傑神色尷尬，擦了擦額頭上的血，說道：「學妹，妳什麼時候來的？妳聽我一句勸——」

許隨低頭從包裡拿出一包紙巾遞給他，聲音溫軟：「謝謝學長，你先擦一擦身上的血，我有事找他，你可以迴避一下嗎？」

師越傑神色猶豫，接過紙巾：「好吧，要是有什麼事可以找我。」

他走後，許隨走上前，扶著周京澤在公車月臺前坐下，溫聲說：「你先等我一下。」說完，她便轉身走進了一家藥局，沒多久，許隨拎著一小袋藥品朝周京澤走來，額頭上沁出一層薄汗。

許隨坐在周京澤旁邊，拆了一包棉花棒，蘸了碘酒，看著他：「你頭低下來一點。」

周京澤側著低下頭，她仰著臉小心地清理著他眉骨、嘴角處的傷口。他越是看到許隨平靜淡定的臉，心裡就越慌。

說實話，他也不確定許隨什麼時候來的，到底聽了多少，有沒有聽到他那句氣話，心裡也沒個底。

夏天的涼風吹到臉上，燥熱，還黏膩，吹亂了許隨的髮絲，有一縷頭髮貼在她臉頰上，周京澤抬手想碰她的臉，許隨側身躲了一下。

許隨幫周京澤處理完傷口後，擰上瓶蓋，手指無意識地敲了敲瓶身，看向他，語氣無比平靜：「周京澤，我們分手吧。」

這句話她好像反覆練習了很久。

風聲在這一刻停止，周京澤難以置信地抬起眼皮，眉骨處那道剛結痂的血痕瞬間湧出暗紅色的血，他的語氣夾著幾分戾氣：「妳說什麼？」

許隨知道周京澤聽見了，她沒再重複，把藥塞進塑膠袋裡留給他，起身就要走。不料被一股猛力拽住，拉著她往後扯，她一分一毫都動彈不得。

周京澤的語速很慢，一字一句：「說清楚。」

許隨垂下眼任他緊緊攥著，不吵也不鬧，手腕處漸漸起了一圈紅印，周京澤鬆了一點力氣，仍攥住她，語速放緩：「如果是因為師越傑，是我的錯，一直騙了妳，當初決定和妳在一起——」

「我在葉賽寧的社群主頁上看見她戴著你的錶。」許隨搖搖頭，忽然說出這個名字。

周京澤皺眉，回憶了一下：「是上次聚會，她看我的錶好看，說要買個同款……她是我朋友，以前跟妳說過。」

他難得說這麼長的話。

許隨看著他，眼睛越來越紅：「那支付密碼呢？我好像從來不知道你手機的支付密碼。」

周京澤沉默下來，半晌緩緩開口：「那是以前——」

「我直接問你，你以前是不是對她有過好感？」許隨嗓音發顫，指甲用力陷入掌心。

周京澤沉默半晌，承認道：「一部分。」

一句話就夠了。

可是許隨仍不肯放過自己，自虐般看著他：「現在呢？」

「現在——」周京澤正要認真回答。

「不重要了。」許隨打斷他，聲音很輕，一顆晶瑩剔透的淚珠滴到地上。

根據和葉賽寧的談話，還有他的回答，許隨大概能拼湊出一個故事。像葉賽寧這樣又漂亮又酷，品味還好的女生追求他，周京澤卻拒絕了。

那理由只有一個，他珍惜她，情願和她做朋友。

對方在他心裡的地位得高成什麼樣？周京澤這麼不拘小節的人竟也知道珍惜人。

葉賽寧和她們不同。

她試圖掙開他的桎梏，哪知周京澤沉著一張臉就是不放手，把許隨扯進他懷裡，她的肩膀被迫抵在他胸前，熟悉的薄荷氣味再一次沁入鼻尖，她怎麼都掙脫不開，周京澤像塊滾燙的烙鐵一般貼在她身上。

許隨的情緒終於崩潰，她每說一句話，眼淚都吧嗒吧嗒地往下掉，鼻尖、眼睛通紅：「你因為師越傑，一時意氣和我在一起，我不怪你，因為我理解你，我知道你平時和他關係就不好，西西上次跟我說了。只是剛才聽你說出來，有點難受——」

許隨好像有點說不出口，一滴滾燙的眼淚滴在他脖子上，她逼自己說那句話：「確實……是我主動送上門的。」

「對不起。」周京澤嗓音嘶啞。

「周京澤，你知道我小名為什麼叫一一嗎？因為爸爸以前是消防員，媽媽生我的那段時間，他因為要出任務，臨時看了我一眼就匆匆走了。上戶口之類的事只能奶奶去上，她不太識字，去辦事處，看到牆壁上掛的紅色橫幅，跟抽籤一樣，問工作人員橫幅上第三個字是什麼，工作人員說是隨，奶奶說那就叫許隨。」

「爸爸出完任務後回來不太同意：『我的寶貝女兒怎麼能隨便取一個名字呢？她出生是我這輩子最開心的事，是老天爺給我最珍貴的禮物，她是獨一無二的，唯一的』。」

「所以我小名叫一一。」許隨看著他，吸了吸鼻子，每說一句話，肋骨處刺青的傷口都隱隱作痛，疼得她下意識地按住那裡，「我希望對方眼裡只有我，能全心全意愛我。包括那天你去接葉賽寧也是，篤信我會在原地等著你的下次。你總是一副漫不經心的姿態，喜歡一個人也是有所保留的。你很好，只是我們不適合。」

許隨擦掉眼淚，從他懷裡離開：「我們到此為止吧。」

周京澤這個人，天之驕子，從不缺愛慕。愛人七分，保留三分，可能許隨連七分都沒有體會過。喜歡妳時轟轟烈烈，好像他只為妳泊岸，但妳冷靜下來，會發現，主動燃燒的是妳自己，所以妳才覺得熱烈。

他連愛妳都是漫不經心的。

妳能怎麼辦呢？他好像只能做到這樣了。

一聲剎車聲響起，晚上最後一趟公車返回，陸續有人下車，有人拎著一大袋東西下車，有學生穿著T恤和短褲，下車直奔學校的西瓜攤。

周京澤的心像被蟲子蜇了一下，四周產生密密麻麻的痛，懊悔與慌亂的情緒滋生，他想伸手去抓離開的許隨。

不料，不斷有人下車湧向綠色的公車月臺，其間有人撞了他一下，人潮不斷湧來，然後橫亙在兩人之間。

兩人竟走散在人潮裡。

許隨乘機離開，周京澤死死地盯著她的背影，纖細，弱不禁風，步伐卻很堅定，沒有停頓一下。

她沒有回頭。

一次也沒有。

許隨回到學校後，一個人去學生餐廳吃了一碗餛飩，因為去得太晚了，湯有點冷，她吃得很慢，表情也淡，看起來像什麼事也沒發生，甚至還跟在一旁收拾餐具的阿姨打了招呼。

吃完以後，許隨還是覺得有點餓，轉身去了學生餐廳福利社挑雪糕，買了一根綠豆冰沙、一塊糯米糍，還有荔枝海鹽雪糕。

許隨拆開綠色的包裝紙，咬了一口，冰到硌牙，但挺甜的。許隨白藕似的手臂挎著裝有雪糕的白色塑膠袋，邊吃邊發呆地回到寢室。

回到寢室後，許隨臉頰處的梨窩浮現：「要不要吃雪糕？」

「要，快熱死我了。」梁爽走過來。

許隨放下包，剛拉出椅子坐下，手機螢幕亮起，是胡茜西傳來的訊息：『隨隨，今天不是周京澤生日嗎？怎麼妳和主角都不到場，光我們在這玩？』

許隨垂下眼睫，在對話欄裡打字：『我和他……分手了。』

傳完訊息後，許隨把手機放在一邊，去洗頭洗澡了，忙完後許隨看了一下書，看不進去，乾脆打開電腦找了部喜歡的恐怖片。

梁爽在打遊戲，見狀也放下手機，搬起椅子和她一起看。為了營造看電影的氣氛，許隨關了燈，只留了一道門縫。

周圍陷入一片黑暗，影片詭異的背景音樂響起，梁爽摸了摸脖子：「我怎麼覺得有點詭異？」許隨雙腳放上椅子，抱著膝蓋，看得認真，觀影全程，梁爽緊緊地挽著她的手臂，許隨穿著的棉質裙子的吊帶，幾次被她弄滑落。

許隨開玩笑：「妳是不是趁機占我便宜？」

「誰不愛占美女便宜？」梁爽笑嘻嘻地說。

梁爽看得專注，電影正放到高潮部分，一隻貓瞳孔忽然變異，音樂一下子驚悚起來，貓一偏頭，一口獠牙咬住小女孩的脖頸。

「啊啊啊——」梁爽嚇得尖叫出聲。

與此同時，門外也響起一道相呼應的女聲慘叫，許隨忙開燈，拍了拍梁爽的手臂：「沒事了。」

門被打開，隔壁寢室的同學走進來，按著胸口：「許隨，妳們寢室也太恐怖了，差點把我嚇出心臟病。」

許隨笑：「其實還好，妳是來借東西的嗎？」

女生搖搖頭，語氣激動：「周京澤在樓下等妳。」

許隨點了點頭，看了時間一眼，開口：「十一點了，我該睡覺了。」意思是她不會下去的。

「可是他說會一直等到妳下去為止。」女生語氣擔憂。

同樣的招數，許隨不會再信第二次，她的語氣冷淡：「隨便。」

拒絕的話很明顯，女生訕訕地走了，梁爽送女生出去，反手關上門，她本想問許隨和周京澤是怎麼回事，可話到嘴邊又嚥了下去，還是算了，先讓她冷靜一下。

許隨接著看中斷的電影，看完後關電腦，上床睡覺。凌晨一點，忽然狂風大作，門和窗戶被吹得「砰砰」作響，陽臺上的衣服隨風搖曳，有的被吹下樓了。

看起來，是要下暴雨了。

許隨和梁爽大半夜起床收衣服，許隨趿拉著一雙兔子拖鞋，俯在走廊的陽臺上，一件一件地收衣服。

豆大的雨珠斜斜地砸進來，許隨收衣服的動作匆忙起來，等她收完衣服不經意地往下一看，視線頓住。

一個高挺的身影站在樓下，他竟然還在那裡。狂風驟亂，樹影搖曳，昏暗的路燈把周京澤的身影拉長，顯得冷峻又料峭。

他咬著一根菸，低頭伸手攏火，猩紅的火焰時不時躥出虎口，又被風吹滅，映得眉眼漆黑凌厲，還是那張漫不經心的臉。

菸終於點燃，周京澤手裡拿著菸吸了一口，瞇眼呼出一口灰白的煙霧。像是心有靈犀般，他抬起眼皮，兩人的視線在半空中相撞。

許隨視線被捉住，也只是平靜地收回視線，抱著衣服回寢室關門睡覺。梁爽顯然看到了這一幕，沒忍住，說道：「嘖，浪子變成情種了。」

許隨喝了一口水，語氣淡淡：「那妳想錯了。」

沒人比她更了解他。

次日，天光破曉，周京澤在女生宿舍樓下等了一夜，腳邊一地冒著零星火光的菸頭，他眼底一片黛青，熬了一夜，此刻喉嚨吞嚥有些艱難，只能發出單音節。

他生平第一次這麼狼狽。

周京澤腳尖點地，踩在石子上面發出嘎吱聲，等了一清早，愣是沒看見許隨的人影。他嗤笑一聲，還就不信了，許隨不可能連課都不去上。

好不容易逮到她室友，周京澤走過去，嗓音有些嘶啞：「許隨呢，怎麼沒跟妳們一起下來？」

梁爽被他的氣場鎮住，縮了縮脖子：「她……她從後門走了。」

周京澤的臉色黑得能滴出墨來。

許隨順利躲過一劫，平穩地上完課，中午休息完去實驗室，然而在去實驗室的路上，經過植物園時，被周京澤截下了。

周京澤站在她面前，漆黑狹長的眼睛盯著他，壓著翻湧的情緒，啞聲道：「聊聊。」

許隨抱著課本下意識地後退一步，淡聲提醒他：「我們已經分手了。」

周京澤冷笑一聲，眼睛壓著狠戾和濃重的情緒：「我沒同意。」

許隨繞道就要走，周京澤身子一移，擋在她面前，攥住她的手臂。周京澤整個人貼了過去，肩膀靠過來，兩人離得很近，許隨掙扎，頭髮卻纏在了他的衣領釦子上，臉頰被迫貼在他寬闊溫熱的胸膛上。

因為說話，他的胸腔顫動著，許隨沉溺在熟悉的氣息中，想逃離卻掙不脫，因為周京澤說的每一句話都抓住了她的軟肋，讓人無法動彈。

「家裡冰箱囤了那麼多盒牛奶妳還沒喝完，妳非要放在我床頭的多肉，妳不在，我不會管。」周京澤語速很緩，看著她，「1017 妳養得那麼胖也不要了？還有——」

「我，妳捨得嗎？」

許隨眼底有了濕意，心底有兩個不同的聲音在叫囂。一個聲音說，和他在一起，那些快樂是真的，情投意合也是真切發生的。

可另一個聲音在說：妳不是需要唯一的愛嗎？他給不了。

空氣一陣沉默，忽然，一陣尖銳的手機鈴聲響起，打破了僵持的沉默。

兩個人皆看向手機，她看了他的手機一眼，葉賽寧來電，許隨眼睛裡動搖的情緒退得乾乾淨淨。周京澤按了拒接，鈴聲再次不依不饒地響起。

這一次，周京澤直接按了關機。

許隨終於解開頭髮，趁勢退出他懷裡，目光直視他：「不接嗎？」

周京澤沒有說話，許隨在與他保持距離後，開始說話，一雙眼睛清又冷：「牛奶喝不掉你可以給……別的女生，多肉扔了吧，1017——」

「我不要了。」

眼看周京澤要上前一步，許隨後退，她脾氣一向很好，也不會對人說什麼重話。她了解周京澤，驕傲輕狂，氣性也高，知道說出什麼話，能讓他同意分手。

許隨吸了一口氣，想了想，生平第一次說這麼惡毒的話，語氣夾著不耐煩：「你能不能別再纏著我了？多看一秒你的臉——我都覺得噁心。」

周京澤停下腳步，抬起眼皮看向眼前的女孩，他一直看著她，只用了三秒便恢復了倨傲而不可一世的模樣，緩緩撂話：「行，我不會再找妳了。」

周京澤轉身就走，夏天很熱，植物園的花被曬得有點蔫，在地上打下彎曲的影子。周京澤抬起眼皮極快地掠過植物叢，這時，手裡握著剛開機的手機來了一則訊息。

外公傳來的：『你小子，不是說要帶女朋友回家嗎？人呢，還來嗎？』

周京澤一個字一個字地打：『不去了。』

太陽猛烈，將他的身影拉長，許隨盯著他的背影，眼睛發酸，周京澤在經過灌木叢時，伸出來的枝葉擋了一下他的額頭，他側臉躲了一下，下臺階，然後背影消失在轉角處。

直到這一刻，許隨整個人支撐不住，蹲下身，只感覺呼吸不過來，心口一陣一陣地抽著疼，大滴大滴的眼淚滴在發燙的地上，又迅速消失。

這種感覺太難受了。

須臾，老師傳來訊息，許隨蹲在地上，點進通訊軟體，是一段很長的話：『許隨，香港交換生的名額今天就要確定了，妳不考慮去？B大多好，機會難得，妳不是不知道，老師私心是希望妳去的。當然，妳要是有私人原因的話，我也尊重妳的意願。』

眼淚滴在手機螢幕上，視線一片模糊。許隨用衣袖擦了一下，回覆：『考慮好了，我想去。謝謝學校和老師給我這個機會。』

周京澤說到做到，許隨真的沒在學校再看見他，甚至在校外也不曾有一絲偶遇他的機會。不知道他是不是跟胡茜西說了什麼，一向心直口快的大小姐再也沒在許隨面前提過這個人。

周京澤完完全全消失在她生活裡。

就好像這個人從來沒有出現過。

室友得知許隨要去香港交換一年時，紛紛表示捨不得，胡茜西一把鼻涕一把眼淚地蹭到她衣服上：「嗚嗚嗚，隨隨，妳走了就沒人幫我套被套了。」

「我又不是不回來了，就一年，我還有大四大五呢。」許隨笑著拍她的背。

胡茜西擦淚：「可我是動物醫學的，大四就畢業了，能見到妳的時間真的不多了呀。」

「傻瓜。」許隨伸手幫她擦淚。

分別一向來得很快，許隨參加完考試，暑假回了黎映一趟，八月中旬提前飛到香港，準備入學了。

好像真的要跟這座城市告別了。

其實許隨見過周京澤一面，考試結束後，許隨去了舅舅家一趟，整理出以前的補充教材和數學筆記送去給盛言加。

送完筆記後，她從盛家出來，在經過便利商店時下意識往裡面看了一眼，在想會不會有一個穿著黑色T恤的少年懶懶散散地窩在收銀臺處，眉眼倦怠地打著遊戲，嘴裡的薄荷糖咬得嘎嘣作響。

可惜沒有。

是一張完全陌生的臉。

許隨收回視線，匆匆往前走，一抬眼，想見的人就在不遠處。周京澤嘴裡叼著一根菸，拽著牽引繩，正在遛狗。

有一段時間沒見，他好像變了。周京澤穿著一件黑色字母T恤、一條黑色運動褲，褲縫有一道槓，身形挺拔，白球鞋上露出一截腳踝，骨節清晰突出。

他變得越來越帥，也有了全新的一面。

他頭髮剪短了，又變回了寸頭，貼著頭皮，頂著一張桀驁不馴的臉，走到哪都引人注目。

奎大人走到一半渴了，周京澤停下來，擰開一瓶礦泉水，倒在掌心，蹲下來餵牠喝水。

經過的女生多看了兩眼，眼底放光，也不知道是衝他這張臉來的，還是真的喜歡這隻狗，「哇」了一聲，主動搭訕道：「這狗是什麼品種？好帥哦。」

「德牧。」周京澤伸手撣了撣菸灰，語氣散漫。

女孩一臉期待地看著他：「我可以和牠合張照嗎？」

許隨不打算聽下去，轉身離開，日落時分，周京澤低沉磁性的嗓音順著風聲傳到她耳朵裡，他停頓了一下：「可以。」

許隨八月飛去香港，整座城市熱得像是一個大蒸籠，她記得這一年好像是近年來氣溫最高的時候。

由於許隨只是過來交換一年，所以B大不提供住宿，她只好自己找房子。這裡房租極高且房間面積小，加上現在處於旺季，她找了一圈都沒有找到合適的房子。

幸好有學姐幫忙牽線，許隨和一名同校同級的女生合租，在西環那邊，小是小了點，但價格在接受範圍內，交通也方便，百老匯電影中心離她只有十分鐘路程，生活便利，附近也有吉之島百貨和百佳超市。

香港的氣候一年四季都非常宜人，特別是冬天，像在過秋天，天氣好時還能穿裙子。

許隨交換過來的這段時間過得還算不錯，學到了不一樣的醫學邏輯，在生活上也收穫了很多。

她試著參加各種社交活動，學會了打香港麻將，也會跳一點華爾滋，還學會了烘焙，好像體驗到了除念書外生活裡的小樂趣。

許隨最喜歡在週末做完實驗後，一個人從中環出發，乘船去南丫島散心。

只是她住的房子背陽，窗戶也小，一下雨，室內就潮濕得不行，衣服濕答答的，需要烘乾拿到天臺上去曬。這時她竟然很懷念乾燥又冰冷的京北城。

一年交換的時間很快結束。

又一年夏天。

班上的同學為許隨辦了一個聚會，一群人聚完餐後又轉戰KTV，中途不知道誰點了一首分別的歌。

室友嘉莉淚眼汪汪地抱住她：「隨，我捨不得妳。」

許隨順手回抱她，視線剛好對上一個男生，林家峰，是班上的一個男生，兩人關係還不錯，平常一起做實驗，還經常一起坐電車回家。

他坐在沙發上，開玩笑道：「我也是。」

氣氛有些傷感，許隨鬆開她，笑道：「快來個人調節一下現在的氣氛，要不我們來玩遊戲吧？」

「可以啊。」有人附和道。

他們玩的遊戲很普通——真心話大冒險，酒瓶轉到誰，誰就要接受另一個人的懲罰，真心話或者大冒險。

紅色的燈光昏暗，有的人輸了得出去跟指定的帥哥要電話號碼，有的人輸了則要在眾人面前跳烏龜舞。

許隨靠在嘉莉肩頭，握著酒杯，笑得東倒西歪。透明玻璃杯折射出一張落落大方的臉龐，一雙眼睛盈盈空靈。

她好像和以前不同了。

老話說得好，人不能太得意忘形。下一秒，就輪到許隨遭殃，林家峰握著綠色的酒瓶問她選什麼。

許隨想了一下，回答：「真心話吧。」

有好友推著林家峰快上，暗示他抓住機會。林家峰猶豫了一下，問了一個很沒勁的問題：「妳有沒有什麼話想對妳前男友說的？」

眾人一聽，「嘁」了一聲，有個女生回答：「這種問題還用問嗎？當然是祝我前任早日吃屎啦。」

「就是哦，希望我前男友找的女朋友個個不如我。相貌比不上我，性格也沒我好，死渣男，餘生都後悔去吧。」

許隨思考了一下，食指敲了敲玻璃杯，一杯烈酒飲盡，喉嚨如火燒：「不祝他前途無量，祝他降落平安。」

說完這句話，全體噤聲。沒多久，有人打破寂靜，很快進入下一場遊戲。

當晚，許隨喝了很多酒。

曾經喝一口酒都面紅耳赤的人，竟然學會了面不改色地喝很多酒。她喝得爛醉如泥，是室友嘉莉拖著她回家的。

回到家，許隨立刻衝進洗手間，抱著馬桶嘔吐，其實喝醉的滋味並不好受，胃如火燒，吐得她感覺膽汁都快要吐出來，整個人的靈魂與軀體分離。

其實一週前，許隨看到了盛南洲的動態，他們飛去了美國訓練基地，他應該也去了。許隨邊吐邊想，她回去讀大四，周京澤去美國一年，大五她準備考研究所，而周京澤已經畢業，成了一名真正的飛行員。

兩人再也見不到了。

當初分手太難看，潦草收場，她想，以後應該見不到他了吧。

許隨吐完之後，站在洗手臺前洗臉，水龍頭扭開，她捧了一把水澆在臉上，頭頂的燈泡有些暗，她看向鏡子裡的自己。

皮膚白膩，鵝蛋臉，秀鼻高挺，如果說和之前有什麼不同的話，好像更漂亮了點，烏黑的眼睛多了一層堅定，氣質也越來越清冷。

很好，沒有哭，一滴眼淚都沒掉，就是眼線暈開了一點。

許隨一覺睡到第二天中午，醒來自己倒了一杯蜂蜜水。她打開窗，有風吹過來，熱熱的海風。

綠風扇對著她呼呼地轉，嘉莉正用氣墊拍著臉頰，窗外蟬叫個不停，她把氣墊放下，抱怨道：「吵死了，幸好夏天快結束了。」

許隨往外看了一眼，窗外日光如瀑，藍色的海浪萬頃，綠色的林木蔥蘢，光影交錯間，一晃眼夏天就要結束了。她忽然想起高中轉學的那天，也是一樣的熾夏。許隨懵懂地遇到一個如烈日般的少年，她卻卑微如苔蘚。

一眼心動發生在夏天。

一段有始無終的暗戀也結束在蟬鳴聲中。

隔壁有人用音響放著港樂，隱隱地傳過來，透著淡淡的悲傷，許隨伏在窗戶，肩膀顫抖，聽著聽著，眼淚終於掉下來。

「但願我可以沒成長，完全憑直覺覓對象。模糊地迷戀你一場，就當風雨下潮漲。」

是，就當風雨下潮漲。

第十八章　經年已過

許隨的態度和反應，在提醒著他，經年已過。

七八年的時間一晃而過，誰也沒想到他們在大學時分開，各自在不同的路走了這麼長一段時間，還會再相遇。

許隨上午和周京澤撇清關係後，被匆匆跑過的護士叫走了。忙完後，午休時間，許隨扯下掛衣架上的外套，躺在辦公室的沙發上闔眼休憩。

她躺在沙發上用拇指滑動著手機螢幕，不自覺地登入高中校園網站，有好幾則留言抱怨周京澤同學聚會缺席了幾次，班長傳了一長串貼圖，解釋道：『人家可是飛行員，哪像你那麼閒啊？去年那次他說了要陪人，應該是女朋友。』

拇指停在這句話上面，螢幕熄滅。許隨忽然覺得重逢後，她所有關於他的情緒湧動，顯得挺可笑。

許隨決定不再看，理智終於回籠，兩人現在就是比普通人多一層前任的關係。

午後的風從窗戶灌進來，涼涼的，許隨閉上眼，做了一個漫長的夢，回憶的細節太真實以至於她真的以為自己回到了高中，認真考上了大學，再遇見了他。

許隨緊攥著的手機鬧鐘響起，她仍覺得眼皮沉重，感覺旁邊有人在推她的手臂，費力地睜開眼，下意識地說：「下課了。」

旁邊傳來嬉笑聲，今天輪值的護士小何問道：「許醫生，是上班了。妳睡著啦？」

一道聲音霎時將許隨拉回現實，許隨從沙發上起來，身上攤著的大衣滑落，淡淡地笑：「確實，睡呆了。」

「馬上兩點了，下午還要看診哦。」和她搭班的護士提醒道。

「好。」

許隨起身去洗手間用冷水洗了把臉，對著鏡子，把手腕上的髮圈拉下來，綁了一個乾淨俐落的低馬尾。

辦公室窗簾「唰」地被拉開，大片光線湧進來，許隨擰開蓋子，抓了一把花茶丟進養生壺裡，「嘀」的一聲按下電源鍵。

伴著茶水煮沸發出咕嘟咕嘟的聲音，許隨俯身著手整理桌面上的病歷本以及資料，大腦快速運轉，說話條理清晰分明起來：「何護士，等等看診按照順序來。要是遇上排隊人多，病人情緒焦灼的話，妳適當安撫一下；遇上鬧事的，不要強出頭，直接叫保全上來處理。」

「好嘞，許醫生。」

週末預約掛號的人比較多，許隨送走一個病人，又迎來一個病人，忙得連喝水的時間都沒有。

下午四點，許隨接到一個比較特殊的病人，一個媽媽領著一個小女孩進來，小女孩約十歲，綁了兩個沖天羊角辮，皮膚白淨，一雙眼睛圓溜溜的。

女孩媽媽抱著她坐下，撩起衣服露出女孩的腹部給許隨看，說道：「醫生，前天我女兒班上有一對男生打架，被打的那個是她隔壁桌，她比較熱心，一時衝動就衝上去拉架了，結果被其中一個人手裡拿著的鈍器撞了一下。」

「當天我看到她腹部有瘀傷，豆豆說不疼，我就幫她簡單地處理了一下，沒想到兩天後她喊疼，疼得睡不著覺，呼吸還有點困難。」

許隨點了點頭，視線從電腦螢幕上病人的病史上移開，開口：「抱過來我看一下。」

許隨傾身在小女孩腹部受傷處按了按，柔聲問：「疼不疼？」

小女孩眼睛裡有了濕意，嘴角向下撇：「疼的。」

許隨重新回到辦公桌邊，列印了兩份檢查單，在上面簽名：「帶她去做腹部超音波和CT，排查一下有沒有遲發性臟器損傷的問題。」

一個小時後，那個媽媽領著小女孩回來，許隨接過報告單，認真查看，最後鬆了一口氣：「萬幸，只是軟組織損傷，我開一個療程的藥給妳，讓她好好休養，吃完再回來檢查。」

女孩媽媽鬆了一口氣，忙點頭：「謝謝醫生。」

小女孩似懂非懂，但隱約感覺是好消息，臉上立刻陰轉晴，露出燦爛的笑容。許隨走到她面前，從口袋裡掏出一把水果糖，視線與她齊平，語氣溫柔：「妳很勇敢，這是獎勵妳的，但要答應我，下次勇敢之前先保護好自己，好不好？」

小女孩用力地點了點頭，盯著她掌心裡五顏六色的糖，眼睛咕嚕轉了一圈：「姐姐，有沒有薄荷口味的糖？我比較想要那個。」

聽到「薄荷糖」，許隨漆黑的睫毛顫動，愣了一下。小女孩的媽媽推了推她的手臂：「給妳還挑，快點收下，跟醫生說謝謝。」

「謝謝醫生姐姐。」小女孩從她掌心裡挑了兩顆糖出來。

許隨回神，抬手摸了摸她的腦袋，起身坐回椅子上繼續工作。太陽緩緩下沉，最後一抹橘紅色的光照進來，落在桌面上。

許隨看了時間一眼，還有五分鐘就到六點了，她按了內線電話，問：「小何，後面還有病人嗎？」

小何猶豫了一下，說：「還有一位，他在這等挺久了。」

許隨拿起桌面上的水杯喝了一口水，擰緊蓋子，喉嚨總算舒服了點：「讓他進來吧。」

沒多久，門外響起有節奏的「咚咚」敲門聲，許隨正低頭在病歷本上寫字，額前有不聽話的碎髮掉下來，在燈光下映在紙上成了陰影。

「醫生，我來看病。」

一道接近於金屬質地的喉音響起，低沉磁性，熟悉且陌生。許隨正凝神寫著字，「刺啦」一聲，筆尖驀地往下劃了長長的一道，病歷本破了。

她將病歷紙撕掉，扔進垃圾桶。

許隨的食指和拇指按在藍色資料夾上，視線中的是，黑色褲子，手垂在褲縫邊上，腕骨凸起清晰，虎口處有一條血紅的痕跡，剛結痂。中指戴著那枚銀戒。

許隨緩慢地抬眼。一件聯名款的黑色薄夾克，裡面搭著黑白條紋襯衫，領口將他的臉部線條削得立體分明，釦子鬆開兩顆，露出一截喉骨，還是那雙漆黑深邃的眼睛，看一眼便讓人移不開。

比原先的痞氣鬆散多了一點禁欲和男人味。好像哪裡變了，又好像沒變。

確實是周京澤。

一天碰見了兩次。

牆上的掛鐘正好走到六點整，許隨只看了兩秒，視線極淡地收回，把筆帽蓋回去：「已經下班了，看病的話出門左轉急診科。」

周京澤愣了一秒，剛讓人進來就趕人，這不就明擺著不想看見他？

他抬起眼皮，看著許隨說道：「許隨，我真是來看病的。」

許隨低頭記著東西的動作一頓，周京澤正經又坦然的語氣倒像她對他念念不忘，在刻意避開。

這時，門被推開，何護士抱著一堆資料進來，周京澤直接抽了張椅子坐下來，語氣挺鎮定：「護士，我能問妳個問題嗎？」

「什麼呀？」小何見帥哥和自己搭話，聲音都放軟了。

周京澤手裡把玩著一個銀質的打火機，問道：「如果妳路見不平，救了一個人，還因為那個人受傷了，對方不想負責怎麼辦？」

「這不是忘恩負義嗎！你必須讓那個人負責。」護士激動道。

「有道理。」周京澤煞有介事地點了點頭。

許隨不理他們的對話，整理桌面上的資料，餘光瞥見男人八風不動、氣定神閒地坐在那，一道視線始終不緊不慢地捉著她不放。

他一直不開口，許隨被他灼熱的視線烤得脖頸皮那一塊都是麻的，她終於說話，語氣還有點衝：「你怎麼還不走？」

在旁邊整理資料的何護士臉色驚訝，許醫生一直溫溫柔柔，今天還是第一次見她說話這麼衝。周京澤把打火機放在桌上，語氣閒散，嗓音低沉又好聽：「這不是等妳負責嗎？」

護士臉上的神情像是出現一大排驚嘆號，這是什麼情況？難怪許醫生單身，條件再好的也看不上，難怪哦，面前有這個優質的大帥哥求負責，換成她也瞧不上其他人。

「我已經下班了，需要看病的話可以掛急診科。」許隨重複道。

何護士算聽明白了，出去之前於心不忍地替帥哥說了一句話：「許醫生，要不然您還是幫他看了吧，之前本來是能輪到這位先生的，前面有個老人家比較急，他就讓給她了。」

原來是這樣。許隨垂下眼，鬆口：「哪裡不舒服？」

「後背。」周京澤話語簡短。

許隨指了指裡面的隔間：「去裡面讓我檢查一下。」

周京澤也不忸怩，走進去坐在床邊，大概是嫌麻煩，兩隻手抓住衣擺，直接把上衣脫了，露出塊塊分明緊實的肌肉，眼前一晃而過延至下腹的人魚線。

許隨下意識地別過臉。等周京澤脫好衣服後，自動背對著她，許隨上前兩步檢查。此刻太陽已經完全下沉，室內的光線有些暗。

修長的後頸一排棘突明顯，後背寬闊勁瘦，正中間有兩道暗紅的傷痕，透著紫色的瘀青，傷口有一點潰爛。

應該是那天晚上挨的，他也沒做任何處理，傷口惡化了才來。

許隨俯身在他後背傷口附近的骨頭處按了按，垂下眼睫神色專注：「哪裡疼跟我說。」

一雙柔荑在後背上按來按去，碰到傷口，周京澤淡著一張臉一言不發。倏忽，他發出「嘶」的一道吸氣聲，像是在極度忍耐什麼。

許隨動作頓住，問道：「這裡疼？」

「沒，妳頭髮弄到我了，」周京澤嗓音清淡低沉，緩緩地撂出一個字，「癢。」

許隨心口一縮，才發現她額前的一縷頭髮貼在他後背上，後退一步，伸手把掉下來的頭髮勾到耳後：「抱歉。」

「沒什麼大問題，」許隨重新坐回辦公桌前，語氣淡淡的，「我開個藥單給你，去一樓窗口拿就行。注意別讓傷口感染，忌菸酒，少吃辣。」

「行。」

電腦螢幕鏡面反射出男人正昂著下巴，慢條斯理地穿衣服，扣釦子，姿態閒散。許隨收回視線，等他走過來，把藥單遞給他。

兩人全程再無任何眼神交流。

人走後，辦公室內一片寂靜，牆上的掛鐘發出滴答滴答的聲音。許隨整個人仰在辦公椅上，如釋重負。

許隨特地在辦公室內坐了十五分鐘才拎著包離開。

地下車庫內，許隨從包裡拿出鑰匙按了一下解車鎖，走上前，拉開車門，把包放在一邊，換檔，倒車出庫。

出來後，許隨手搭在方向盤上，順手開了音樂，舒緩的音樂響起，她神經放鬆了很多。不知道為什麼，她最近總覺得疲憊。

也許她真的應該休年假了，出去好好散散心。

許隨這樣想著，完全沒注意到正前方忽然橫出一輛黑色的大G，斜斜地轉過來，然後停穩，就跟在前面等著她似的。

等她反應過來時，減速剎車已經來不及了，整輛車「砰」的一聲撞了上去。

許隨受到慣性衝擊腦袋磕在方向盤上，抬眸看過去，對方車尾凹陷進去一大塊，慘不忍睹，跟玩碰碰車一樣，撞完之後還冒著煙。

即將步入二十八歲，她今年是不是流年不利？

對方打開車門，側著身子朝她走來。等真正看清來人時，許隨絕望地閉上了眼睛。她整個人趴在方向盤上側過臉去，心如死灰。

周京澤嘴裡叼著一根菸，長腿邁開走了過去，他屈起手指，指節在車窗上叩響，許隨不得不按下按鈕，降下車窗。

風湧進來，他的臉清晰可見。

「下車。」他說。

許隨只好下車，周京澤咬著菸，手掌往上抬示意她走過去。許隨只好走過去，人剛站定，沒想到，周京澤拇指和食指捏著手機，對準她「呩嚓」照了一張相。

「你拍我幹什麼？」許隨皺眉。

周京澤把嘴裡的菸拿下來，伸手撣了撣菸灰，看著她：「留個證據，怕妳賴帳。」

許隨無語。

「說吧，私下和解還是報警？」周京澤問她。

許隨瞥了他那輛G系列65開頭的車一眼，以及被她撞得缺了一角的連號車牌，這麼一看，拿上全部身家她也賠不起，可是心底的那股自尊心與不想再和他有牽扯的決心促使她不得不故作雲淡風輕地咬牙開口。

「報警吧」三個字正要說出口時，周京澤倏地打斷她，手握著手機轉了一圈，拇指按在螢幕上：「電話。」

他選擇私下和解。

許隨抿了抿嘴唇，下意識地防備：「你直接來普仁找我，工作日我都在。」

「許隨，」周京澤緩緩叫出這個名字，他的聲音有點低，語氣正經八百的，「我最近比較忙。」

言外之意，他沒想騷擾她。

許隨只好說了一串數字，說完之後轉身就要走。三秒鐘後，身後響起一道清晰的、音量非常大的女聲：『對不起，您撥打的號碼是空號。Sorry……』

周京澤開的是擴音，許隨尷尬得臉頰迅速發燙，說不出一句話，周京澤吐出一口灰白的煙霧，眉尾抬了抬：「解釋一下，嗯？」

許隨重新說了一個號碼後，逃也似的回到車內發動車子離開。

周京澤重新回到車內，盯著眼前那輛白色的車離開，墨色的眼底情緒濃烈。忽地，螢幕顯示盛南洲來電。

周京澤拿起 AirPods 塞進耳朵裡，食指敲了一下開關，電話接通，盛南洲立刻說話，劈里啪啦一大堆：『小爺我打了好幾通電話給你，怎麼現在才接？被偏愛的都有恃無恐嗎？我問你，去中航校培訓基地的事考慮得怎麼樣了？我跟你說，以你的資歷是委屈了點，但好歹是個總教官啊，薪酬待遇也不錯，而且你最近不是缺錢嗎……』

「哥們，我把我的車撞了。」周京澤忽然冒出一句話。

『哥們，那可是你最愛的車啊，平時我要用你都捨不得讓我碰，怎麼說撞就撞了？』盛南洲嘮叨一大堆，最後反應過來，『不是，我怎麼覺得你有點開心？』

「是有點。」周京澤笑。

說完，他低下頭，拇指滑向相冊，許隨穿著一件針織裙，長髮披肩，站在車旁，高鼻朱唇，眉眼自然彎彎，臉上的表情茫然。

領口的鎖骨纖長又突出，盈盈纖腰一掌握起來綽綽有餘。

有多久了？

好像也沒有很久。

許隨看起來還是原來那個安靜漂亮的模樣，但細枝末節是有很多變化的。她不再是一個被人逗弄，眼神就露出膽怯的小女生。

許隨面對他時，從容的眼神透著防備，讓周京澤喉嚨發澀，心底像被一根軟刺扎著，密密麻麻地生疼。

他們只是比陌生人多一層關係。

許隨的態度和反應，在提醒著他，經年已過。

周京澤蹙緊眉頭，眼底翻湧的情緒到底壓抑不住：「瘦了。」

『你在那邊嘀嘀咕咕說什麼？過來喝酒。』盛南洲聽見他在那邊說什麼胖了瘦了，「啪」的一聲把電話掛了。

暮色沉沉，光線昏暗，周京澤從高架橋下來，打著方向盤一路直下環城路，一下來，視線變窄，霓虹高掛。

半路上便遇到塞車，一路喇叭響個不停，從上空俯瞰，環城路就像在煮五顏六色的餃子似的。

一路開開停停，周京澤到達酒吧的時間已經很晚了。他推開包廂門，盛南洲正好在倒酒，吐槽道：「你也太慢了。」

「塞車，我能怎麼辦？」周京澤笑，挑了挑眉，「在城市裡開飛機嗎？」

兩人碰了一下杯，聊了一下各自的近況，盛南洲手肘碰了碰他的膝蓋，問道：「欸，你的車被誰撞了？」

「許隨。」周京澤嗓音低低沉沉，這兩個字念得跟心經似的。

盛南洲愣了一下，有生之年還能聽到他提這個名字。都多少年了，許隨二字就跟他命門似的，一掐就中，提都不讓提。今天他還主動提了。

「你遇到她了？也是，京北城說大也不大，說小也不小。」盛南洲點頭。

「看你這表情，是在她那吃到苦頭了吧，活該，誰讓你當初不去找她！」盛南洲看他面色不爽就開心。

周京澤漫不經心地倒酒，聞言手一頓，有幾滴酒灑到桌面上，撩起眼皮看他：「你怎麼知道我沒找過她？」

盛南洲一愣，好像是有這麼回事，但他不太記得了。這麼一說，他有點憐愛周京澤了，拍拍對方的肩膀：「我聽說許隨現在是普仁的科花，人又優秀，身後大把好男人在排隊追求，得抓緊啊，哥們。」

周京澤仰頭一杯酒飲盡，喉嚨一陣乾澀，但他表面仍泰然自若，看他一眼，語氣慢悠悠的：「用你說？」

週六上午十一點，許隨還在床上，好不容易到週末了，她恨不得一天有四十八個小時都用來睡覺。

十一點一刻，梁爽來電，許隨從薄毯裡探出腦袋，半夢半醒間說話還帶著奶音：「喂。」

『喂，寶貝，』梁爽應了句，在電話那邊聽到她翻身發出的聲音，語氣帶著威脅，『妳今天不會是忘了什麼吧？』

許隨一下子想起來她們今天約了逛街，立刻從床上起來，緊張地嚥了一下口水：「沒，我在化妝呢。」

梁爽哼笑一聲：『行了，妳騙誰呢？我就知道妳還在睡覺。』

『反正現在還早，』梁爽看了腕錶一眼，『妳差不多起床，化個妝，吃完午飯再出來，今天天氣還蠻好的。』

「好。」許隨舒了一口氣，又重新躺回床上。

在床上賴了一下子，許隨才從床上起來，慢吞吞地刷牙、洗臉，然後煮了份義大利麵，熱了杯牛奶。

等她收拾好，已經是下午兩點半了。兩人約在國金廣場見面，半個月沒見，許隨感覺梁爽的氣色又變好了，人也越來越漂亮。

梁爽後來讀研究所時，忽然在某一天醒悟過來幹臨床太苦了，為了挽救自己日漸稀少的頭髮，毅然選了麻醉科。

畢業後她在她爸開的私人醫院當起了麻醉醫生，和許隨這個連軸轉的外科醫生相比，她在私人醫院相對輕鬆一些。

兩人一進商場，梁爽就開啟掃樓模式，不停地買買買，用她的話來說：「我們都二十八了！大好年華即將流逝，不得對自己好點？」

「別說了啊，我還差三個月呢。」許隨笑。

起初許隨還能陪梁爽試衣服，試包包，到後面一進店，許隨看見沙發就坐下來。梁爽穿著一件亮片裙出來，一見許隨坐在那翻看雜誌，便說道：「妳怎麼跟個大老爺們似的？」

許隨闔上雜誌，笑道：「那妳就把我當成爺們。爺們說妳這件裙子還挺好看的。」

梁爽這才滿意地離去，她又挑了條咖色的絲巾，一併痛快地結帳了。兩人手挽著手走出品牌店，梁爽推了推她：「欸，這才哪到哪啊？論購物的戰鬥力，我還比不上西西。」

一提這個名字，兩人都想到了當年那個張揚任性又活潑，給大家帶來過許多歡樂的大小姐西西。

兩人一致沉默下來。

梁爽問她：「欸，妳和西西還有聯絡嗎？」

「很少，」許隨搖搖頭，「上次她寄明信片給我還是半年前。」

誰能想到當年那個膽小嬌氣的女生在畢業後決然加入國際野生動物保護組織，成了一名野生動物救助醫生，滿世界亂跑。

這些年，胡茜西和大家都斷了聯絡，但她每到一個地方都會寄一張明信片給許隨。

梁爽伸了一下懶腰，指了指商場二樓：「隨寶，我們去喝點東西吧，邊喝邊聊。」

「好。」許隨點了點頭。

在咖啡店，梁爽點了一杯冷萃冰咖啡、一份雞蛋鮪魚三明治和一小塊藍莓栗子捲，許隨則點了一杯冰搖桃桃烏龍。

飲品和甜品上來後，梁爽喝了一口咖啡，拇指滑動著螢幕，點開相冊給許隨看：「怎麼樣，帥嗎？前陣子來我們醫院做手術的小明星，我做的全麻。」

許隨看了一眼，年輕俊朗，濃眉大眼，五官立體：「不錯，小奶狗。」

「欸，隨隨，我聽說那個誰回來了，妳知道嗎？」梁爽叉了一小塊蛋糕說道。

「哪個誰？」許隨咬著吸管，對上梁爽猶豫的神色，反倒很坦然地說出那個名字，「周京澤？上週我們還遇到了。」

「不是吧？」梁爽剛要送到嘴邊的蛋糕「吧嗒」一聲掉下來。

許隨點點頭，說了上週發生的事情。梁爽睜大眼，問道：「妳是說他要了妳的電話，既沒要妳賠償，後面也沒主動聯絡妳？」

「對。」

梁爽一臉疑惑不解，想起什麼，說道：「我那個後來處成兄弟的前男友王亮妳記得嗎？他不也是周京澤那屆的嗎？還是妳前男友的迷弟。我聽他說，周京澤好像是違反了什麼紀律，被停飛了，所以他現在是失業狀態。聽說他這次犯的事挺嚴重的，他的職業生涯有可能到這就結束了。」

許隨正用吸管戳著一塊冰塊沿著杯壁勾上來，聞言動作一頓，冰塊又「咚」的一聲掉回飲料裡。

梁爽一臉可惜：「唉，我真是想不到，我當初好歹也是他的粉絲，那麼厲害的人居然被停飛了，世事無常。」

許隨一直低著頭，乾脆擰開透明杯蓋，挑了一塊冰塊塞到嘴裡，嚼碎，吞下去，喉嚨裡冰涼，冰到說不出一句話。

晚上吃完飯，梁爽看著手機有一則訊息傳來，抬頭問：「看群組了嗎？李漾問妳去不去黑糖罐。」

許隨搖搖頭：「不去了，我今晚想早點睡覺。」

梁爽又看了手機一眼，說：「他說今晚有現場演出，臨時加的，那支樂隊妳還挺喜歡。」

「去。」許隨改口。

許隨這個人有一點不同的是，平時很少去酒吧、夜店之類的場所，但是逢樂隊演出必去，因為她覺得能聽現場演出是一件很放鬆的事情，而且在那她能釋放出另一個自己。

以前她因為那個人喜歡聽五月天，現在她發現可以喜歡的歌有很多。

梁爽立刻招手結帳，拿起包包就要走：「搞快點，姐妹，李漾說幫我們留了兩個絕佳的位子。」

「好。」

許隨攔了一輛計程車，上去之後報了個地址，計程車緩慢向前開，約四十分鐘後，抵達黑糖罐。

她們沿著巷子走進這家隱蔽的酒吧，推開門，電子音樂混著鼓點的躁動聲迎面而來，樂隊已經唱了三十分鐘，人浪一層又一層，無比燥熱。

李漾坐在吧檯旁邊對她們招手。等兩個人走上前，李漾遞了兩杯深水炸彈給她們，捏著嗓子說：「我的甜心，我可想死妳們了。」

「呵，」梁爽翻了個白眼，「你要不是和你健身房的肌肉教練掰了，會想到我們？」

許隨笑出聲，向他舉杯。李漾，比她們小一歲，二十七歲，攝影師，是個混吃等死的富二代，夜店咖，玩什麼都很有門路，也對她們很好。人長得不賴，長髮，氣質偏陰柔，是她們的「閨密」。

李漾一開始是梁爽的朋友，後來她帶著許隨出來幾次，大家相處得還不錯，就經常一起玩了。

「幫我們留的位子呢？」許隨目前比較關心這個。

「喏，Pro區。」李漾從口袋裡抽出兩個綠手環，還貼心地幫她們戴上。

梁爽坐在吧檯那喝酒，許隨滿意地拍了拍手腕處的手環，一向淡定的臉透著興奮的神色：「你們先喝，那我先過去啦。」

「好，甜心，等等就去找妳噢。」李漾對她揮手。

許隨轉身就進了Pro區，剛好樂隊開始了新一首歌的演出，當鼓棒敲擊鼓面的那一刻，許隨擠在擁擠的人群裡，眉眼一笑，跟著他們一起尖叫出聲。

紅紫光一起朝臺下照射著，乾冰騰起煙霧，繞著舞臺上的主唱，隨著打擊樂越敲越快，氣氛升至高潮。

人群裡，手臂貼著手臂，衣服摩擦著，有人披著一面旗衝上舞臺跳水，氣氛越來越熱。許隨出了一身汗，舞池裡的人開啟了跳舞模式，或是開火車。

許隨一開始是小幅度地扭動身體，後來太開心了，乾脆解下了脖子上的絲巾開始跳舞，放飛自我。

許隨跳著跳著感覺有人貼過來，想靠著她一起跳，她緊張地一抬眼，發現是李漾，鬆了一口氣。

許是許隨和李漾這對俊男美女太吸睛了，攝影師給了他們長達三十秒的鏡頭，兩人相視一笑的畫面轉瞬被投到大螢幕上。

李漾不要臉地給觀眾一個飛吻，全場立刻尖叫出聲，許隨則對螢幕露出恬靜的笑容。

周京澤百無聊賴地坐在卡座沙發裡，他正調著酒，紅酒緩緩倒入透明玻璃杯，修長的手指拿了一塊冰檸檬卡在杯口。

紅光遠遠地照過來，他的側臉輪廓硬朗，眉眼深邃，拿著香菸的手放在膝蓋處，另一隻手玩著桌面上的手足球，神態漫不經心。

背後的乾冰一直往外冒氣。

任臺上多熱鬧，他愣是懶得掀起眼皮看一眼。

鄰座有幾個女人看得心癢，想搭訕的又覺得他這樣正的男人，得什麼樣的女人才能入他的眼，心裡也沒個底。

這男人渾身上下透著一個「貴」字。

不是說身價看起來多貴，而是難能可貴的貴，這麼正的男人，打著燈籠都難找。

成尤坐在旁邊，被觀眾席的尖叫聲吸引，也跟著看向大螢幕，吃驚道：「老大，那不是那晚在燒烤攤你出手相救的女生嗎？」

周京澤終於捨得把目光分過來。

坐對面的盛南洲在心底嘆了一口氣，同時使勁對成尤使眼色，可惜傻大個沒看出周京澤眼底情緒的變化，還一個勁地求確認：「真的是她，之前是我搞錯了，原來這才是她男朋友，都一起來看演出了！」

周京澤瞇了瞇眼看過去，許隨穿著一件黑色針織衫，方領，胸口白皙，藍色高腰牛仔褲，臀部弧度挺翹，頂著張純欲乾淨的臉，許多男性蠢蠢欲動的眼光在她身上流連。

她確實長大不少，各方面，不僅身材，膽子也是，竟能在這種聲色犬馬的地方狀態自如了。

一個半綁著長髮的男人貼身過來，兩人挨得很近，手臂擦到肩膀，燈光流轉，舞臺上震天響。倏地，男人俯身不知道在她耳邊說了什麼，她眉眼彎彎，仰頭看著他。

兩人看起來像要接吻。

忽然，他們那塊的燈光暗了下去，紅光移向別處。一片黑暗，什麼也看不到了。

據說開啟一段新的戀情最好的地方是酒吧。

最讓人迷幻、抛卻理智的地方只需要一杯酒，曖昧氣氛裡的一個對視。

冰塊倒入杯中，剛兌了一點雪碧，碳酸氣泡發出吱吱的聲音，一瞬間競相湧了上來。

「砰」的一聲，酒杯不輕不重地放在桌上。

眾人回頭看他。

一根燃著的香菸丟進酒裡，猩紅的火光熄滅。這杯酒算是廢了。

周京澤單手插著口袋，朝擁擠的舞池走過去。

等成尤反應過來，才後知後覺地明白過來：「他跟那女生什麼關係？」

「前女友。」

成尤正喝著酒，一口噴了出來。不是吧，玩這麼大？完了完了，他要被橫起來吊著打了。

「盛總，你早不提醒我！」

「提醒了，剛才。」

「啊，我那時以為你眼睛疼。」

成尤女朋友坐在一旁無奈扶額，她怎麼交了個傻子男友？

許隨站在舞池中央偏左側，Pro區離臺上很近，所以別人說話時她基本聽不清，李漾把一隻手搭在她肩膀上，附在她耳邊，吼了一嗓子：「我的乖甜心，累不累，要不要喝一杯——」

最後那個「呀」的語氣詞還沒說完，李漾感覺一陣強烈的雄性荷爾蒙靠近，一股蠻力攥住他搭在許隨肩膀上的手，人猛地一下子被扯開。

旁邊的人連連後退撞了許隨一下，她戴在頭上拿來玩的絲巾掉下來，風口的冷氣吹了過來，像白紗，掉在周京澤腳下。

周京澤身材高大挺拔，單手制住他的手，沉默地橫在兩人中間，臉色沉沉地看著她。

李漾疼得不行，忙說：「哎喲，疼，帥哥，有什麼話好好說，先鬆手。」

「你鬆手。」許隨直皺眉。

李漾算高的，周京澤靠過來仍比他高一截。他鉗住李漾的手腕，乾冰瀰漫在他腳下，周京澤一身黑衣黑褲，凌厲的臉龐半陷在紅色陰影裡，眼睫掃下來，看著她，表情晦暗不明：「妳怎麼來這種地方了？」

許隨心裡是有點生氣的，他過來打斷他們不說，還莫名扣著她朋友。許隨上前兩步，俯身撿起自己的絲巾，看著他一字一句地說道：「我認識你嗎？」

你是以什麼身分來管我，前男友嗎？許隨直視他的眼睛，後半句話很想問出來。

什麼最誅心？就是許隨以一種平靜的、不帶任何情緒的語氣說出這句話，就是她這樣的。

氣氛始終僵持著，周京澤臉上的表情出現了變化，他倏地鬆開了李漾，仍看著她，點點頭：「行。」

說完他撥開舞池裡的重重人群，側著身子離開，舞池的人一見周京澤那張臉就想搭訕，只可惜得到一個冷臉。

許隨一路看過去，見他回到了自己的場子上，重新坐回VIP區，旁邊的人立刻挪了一個座位出來。他拿起桌上的酒杯和別人碰了一下，喝了一口，喉結滾動，漫不經心地開始和人說話，好像剛才只是一個無關緊要的插曲。

許隨收回視線，也確實是插曲。李漾表情隱隱透著興奮，附在她耳邊大聲問道：「甜心，還玩嗎？」

眼下許隨已然沒有再玩下去的興致，她搖搖頭：「有點累，回去喝酒吧。」

許隨走向另一邊的吧檯，遠遠看過去，梁爽和一個剛認識的男人打得火熱。對方不知道說了什麼笑話，梁爽趴在桌子上，笑得直捂住臉。

她對此不見怪。

用梁爽的話來說，青春尚在，及時行樂。想到這，許隨笑出來，走過去坐在高腳椅上。調酒師湊過來問她想喝什麼，許隨的手肘壓在酒單上，剛想開口，一隻血管分明、過分蒼白的手舉著一杯酒放到許隨面前。

「寶貝，請妳喝的綠野仙蹤，」李漾對她眨了一下眼，放了一連串彩虹屁，「這麼清新的酒就該配我的月桂美人。」

李漾剛認識許隨時，對她很客氣，熟了才敢說出心裡的想法。他說許隨身上有南方女人的軟糯氣質，很溫柔，但一雙眼睛清又冷。

像天上嫦娥身旁種的月桂樹。清冷的甜香，可望而不可即。

許隨端著酒杯喝了一口，還順勢嚼了一塊冰塊，臉頰一鼓一鼓的。李漾見她眉眼放鬆後湊過去開始說話：「我的甜心哦，剛才那個男人妳是不是認識？你們看起來關係不淺的樣子。他長得好帥，發火的樣子也好帥……所以，妳能不能幫我要他的好友？」

許隨正喝著酒，聞言猛地一下嗆到了，劇烈地咳嗽起來，整個人順不過氣。李漾立刻貼心地拍背，遞紙巾。

半晌，許隨終於順過氣來，接過紙巾擦掉眼角的淚：「不行。」

「為什麼呀？」

「我們不熟。」許隨說道，咳得眼睛有點紅。

而且她剛才都那樣劃清界線了，以周京澤驕傲的個性，他肯定不會再理她了。

「求求妳了，隨隨。」

周京澤真的是個禍害，這麼多年過去了，仍有人為他要死要活的，連男人都能招惹。

李漾使出最後的殺手鐧：「妳不是一直想要那場電影發布會的現場票嗎？我負責幫妳搞到手。」

她確實挺想去那場電影現場發布會的。

「但他這個人很挑剔。」許隨正想說這句話，對上李漾的眼神，又止住了。她是不是不該潑冷水？

李漾似乎看出了她的猶豫和為難，拍拍她的手：「哎呀，妳不要有壓力啦，先搞到好友再說。」

買賣不成仁義在，他就當多認識個帥哥囉。

「我試試吧。」許隨放下酒杯，檸檬片沉入杯底。

許隨站起身，硬著頭皮往沙發的方向走過去。人頭攢動，紅紫燈光輪流打過來，搖盅聲、談話聲、虛幻的笑聲時不時地擦過耳朵。

周京澤坐在沙發裡，低下頭，伸手攏著菸，寬大的手掌遮住一半的臉，露出一截漆黑凌厲的眉眼。

灰白的煙霧竄出來，他一手拿著菸，同時把打火機放在桌子上。有人附在他耳邊說話，周京澤緩慢撩起眼皮順著旁邊人看過去。

許隨也順勢看過去。

距離周京澤他們這桌不到五公尺，有一撥人發生了口角，緊接著一個胖子拿起酒瓶就往對方頭上砸，碎片四濺。

雙方立刻打鬥起來，冷漠的群眾只是圍觀，想拉架的人也不敢上前，實在是那兩撥人打架太猛了，怕誤傷到自己。

場面一片混亂。保全走過來拉都拉不住，反而被暴扣了一下。

場面太過激烈血腥，周京澤坐在沙發上低下頭玩手足球。倏忽，一塊玻璃碎片飛過來，正好砸在他額頭上。

尖的玻璃角撞過來，周京澤的眉骨上起了一道血痕，暗紅的鮮血立刻湧出來。成尤見狀和另一個男的氣憤地站起來，一副要跟這幫人幹架的模樣。

周京澤抬手將人按回了座位上。許隨站在不遠處，見他和盛南洲互換了一個眼神，怎麼說，她太熟悉周京澤臉上那個痞壞的笑了。

他憋著一肚子壞水，不讓人好過。

周京澤站起來，從不遠處牆壁上扯下了一個東西，又折回來，手裡拿著兩根燃著的菸，又收了在座男士的兩根菸，他嘴裡叼著一根，一共五根。

周京澤將那個東西和菸一併扔到打架鬥毆的人群中，不到五秒，煙霧警報器發出了巨大的聲音。

煙霧警報器的聲音尖銳，一群人捂著耳朵煩得到處找警報器，一部分人以為真的出事了，紛紛尖叫著逃跑，場面一片混亂。

不知道誰高喊了一句：「有人報警了！」紛亂的場面更甚。

盛南洲走過去，趁著混亂混進人群裡將那個胖子暴打一頓後才逃離。

許隨看著周京澤喝了一口酒，撈起桌上的打火機和外套，獨自往另外一邊走，高大的身影在她面前一晃而過。許隨立刻跟過去。

人潮如海，重金屬音樂炸在耳邊，許隨跟在後面，她發現周京澤走得很快，背對著她，後腦勺下面的棘突明顯，露出一截修長的後頸。

她一路跟著周京澤，見他直走，往左轉，從酒吧的一道側門走了出去。許隨快步跟上，走出側門，一推門，結果發現外面是消防通道。

許隨環視了一圈，什麼也沒有。

人不見了。

被她跟丟了。

許隨垂下黑長的眼睫，正要走，一道具有壓迫感的身影籠罩下來，將她直逼到牆邊，許隨整個人被抵在牆上。

氣息濃烈，喘息交纏。

周京澤的眼睛深邃，情緒濃烈，帶著侵略性，像是看獵物一樣，眼底是毫不掩飾的欲望。許隨僅和他對視三秒便匆匆移開了眼。

可男人並不打算放過她。

周京澤單手鉗住她的下巴，逼她直視他，他身上的氣息過於熟悉和具有侵略性，許隨呼吸有些不穩。兩個人的角度實在太曖昧不清了。

周京澤抵著她，單手撐在牆壁上，掰過她的臉，掌控住她。他的額頭快點到她的鼻尖，再貼近一寸，他就能親上她。

許隨有些後悔，為什麼心軟答應李漾的請求，就為了一張現場票，讓自己陷入被動的局面。

她清了清喉嚨，別開臉：「我那個朋友，叫李漾，他想加你好友。」

「不是說不認識？」周京澤仍不肯放過她。

「你想給就給，不願意給就算了。」許隨拍開他的手。

趁其不備，許隨從他手臂下鑽了出來，兩人的距離一下子拉開，大片新鮮空氣湧入，她往旁邊撤離，聲控燈亮起，視線一下子明亮起來，光線湧進來的瞬間將曖昧打散。

許隨握著手機找出李漾的好友，在對話欄裡打道：『沒戲。』正要往回走時，周京澤擋在面前，攥住她的手臂，不讓人走。

「不是要好友嗎？但妳得先加我，再傳給他。」周京澤把手機丟給她。

許隨乾脆俐落地點了點頭，拿著他的手機背過身去操作。自從上次被給了空號後，周京澤還能不知道她的小心思？她大概就做個樣子，掃碼但不點添加，於是抬手拽住她的馬尾，嗓音低沉：「我看著妳加。」

許隨沒辦法，在周京澤的注視下，她只能硬著頭皮添加了他的好友。任務完成，許隨立刻離開了消防通道。

周京澤握著手機，從一邊走了出去。路邊，周京澤站在光線昏暗處，拇指滑動螢幕，傳了訊息給盛南洲：『來接我，路口這。』

十分鐘後，盛南洲開著一輛邁巴赫出現在他跟前，周京澤打開車門，坐了進去，低頭看著手機，頭再也沒抬起來過。

盛南洲：「你為什麼不坐副駕駛，我是你的司機嗎？」

「你不是嗎？」周京澤答。

「下車，你自己沒車嗎？」

周京澤仍低頭看著手機：「不是跟你說我車拿去修了嗎？」

他拇指按在手機螢幕上，點開與許隨的聊天頁面，試探性地傳了六個點過去。下一秒，一個巨大的驚嘆號顯示：『您還不是對方的好友，對方開啟了好友驗證。』

周京澤臉色沉沉，瞇了瞇眼，可以，用完就踹。許隨，本事見長。

第十九章 衝上雲霄！

「我們的口號是什麼，啊？」

一片鏗鏘有力的聲音回答他：「竭盡全力，衝上雲霄！」

許隨把周京澤的好友傳給李漾之後，火速把周京澤刪了。

青春時期可以為愛犯蠢，但現在不能。當初愛得有多奮不顧身，她就跌得有多慘。

最好不要有糾纏，這樣就挺好的。

回到家後，許隨收到了李漾的訊息。

李漾辦事一向俐落，傳來一張截圖給她：『現場觀影發布會，結束後還有工作人員帶妳去後臺跟喜歡的那位演員握手拍照。怎麼樣，哥辦事可靠吧？』

許隨回：『大哥可靠。』

過了一下，李漾道：『不過發布會是兩個月後，妳有得等了。不是，我說妳什麼時候那麼文藝了？專看這種義大利電影。第一次看妳追星，這麼喜歡啊？』

許隨笑了一下沒有回。

非說理由的話，大概是因為某個人吧。

週末一晃而過，許隨很快忘記這個插曲，又成了一枚勤勤懇懇的螺絲釘，釘在外科室。

週二，院內開會，其中一個環節是醫生如何看待患者的依賴關係。院主任放了一系列短片，其中有院內醫生為搶救病人而勞累患疾的例子，也有病人堅強抗癌但最終不幸去世的例子。

會議上的醫生無不動容，甚至有人眼眶濕潤。

張主任坐在許隨對面，靜靜地觀察著她。許隨坐在會議桌的一側，目光沉靜地看投影布幕上的ＰＰＴ，沒什麼太大的表情，但她在認真聽，偶爾低下頭做筆記，綁在腦側的馬尾輕微地晃動著。

會議結束後，許隨蓋上筆帽，整理好桌上的會議紀錄簿，抱著它走了出去，走到一半，聽到有人喊她。

許隨停了下來，回頭一看，是她的老師張主任。

張主任背著手走到她面前，笑咪咪地問道：「小許，這次會議主要講了哪幾個重點？」

許隨略微思索了一下，條理清晰地說了出來。

「不錯，」張主任點點頭誇讚道，話鋒一轉，「我之前跟妳說的問題，妳找到答案了嗎？」

張主任身為一直帶她的老師，前段時間還特地找她進行了私人談話。他說許隨勤懇、認真，醫術一直在進步，對病人也負責、有耐心。

哪裡都好，獨獨少了一份作為醫生的悲憫之心。也就是說，在這份職業上，許隨過於理性了。

許隨搖了搖頭，開口：「對不起，老師，我——」

張主任嘆了一口氣，拍拍她的肩膀，走之前說了句：「會有人告訴妳答案的。」

許隨忙完一天後回到家，室內一片寂靜，一按開關，亮如白晝。許隨站在玄關處換鞋放包，還順手點了份外送。

洗完澡洗完頭出來後，外送剛好送到。

許隨接過外送，隨手打開電視裡的一檔綜藝節目，邊吃邊看。中途許隨放在桌邊的手機發出叮咚聲。

她放下筷子，拿起來一看，是李漾傳來的訊息：『甜心，我好累哦。』

許隨太熟悉李漾說這句開頭的模式，意味著他有一堆要吐槽的事情，於是她回了個貼圖過去，李漾立刻開始抱怨：『隨寶，妳那個朋友也太冷酷了吧，問他五句話就回我一個字。只因為他長得帥，我就得忍受他的冷血嗎？』

冷？許隨仔細想了想以前，好像也還好吧。

許隨不知道回什麼，回了句：『你辛苦了。』

李漾回了一連串刪節號過來。

兩個小時後，許隨收拾房間，點了一根柑橘調的薰香，拍了拍枕頭準備睡覺，李漾傳了則訊息過來：『我決定放棄了。』

許隨剛躺下，側著身子，腦袋枕在手臂上，問道：『啊？』

李漾回了一大堆話：『人長得好看，性格無趣是沒用的。他說自己無任何愛好，點進他個人頁面一看，一則動態都沒有，個性簽名還是破折號。』

很快，李漾附了張截圖過來。

許隨點開一看，黑漆漆的眼睫顫了顫，他的頭貼之前一直都沒換過，是奎大人，現在卻換成了奎大人和 1017。

許隨看著牠們的合照鼻子一酸。

這麼多年，牠們已經變成老貓和老狗了。

周京澤的個人頁面什麼也沒有，很乾淨，個性簽名竟然還是那個破折號。

許隨想起大學時期，兩人剛在一起不久，在他家玩遊戲。夏天漫長，巷子外的陽光很烈，蟬鳴聲陣陣。

許隨和周京澤在家看球賽，兩人坐在沙發上，橙色的陽光落在一角，周京澤摟著她，他興致很好，開了罐冰鎮啤酒。

拉環扯開，無數泡沫爭相湧了上來。

許隨看得嘴饞想喝，周京澤不讓，最後只讓她嘗了一下啤酒沫。周京澤收回啤酒，放到一邊，隨意地問道：「一一，妳押哪隊贏？」

許隨看著他，反問道：「你覺得誰會贏？」

「藍隊，因為有內馬爾。」

「那我押紅隊，總覺得十六號穿紅色球衣的那個會踢出關鍵性的一球。」許隨說道。

周京澤來了興趣，挑挑眉問道：「哦？為什麼？妳認識他？」

「沒，我就是想跟你唱反調。」許隨笑。

說完她叉了一塊冰西瓜送進嘴裡，飛也似的逃開周京澤，坐在沙發另一邊，生怕周京澤會收拾她。

那個異常悶熱的下午，兩人共同看了一場球賽，誰知許隨一語成讖，十六號那個穿著紅色球衣的運動員竟一腳抽射進球，這關鍵性的一球竟然讓紅隊贏了。

內馬爾所在的隊竟然輸了。

許隨笑得眼眸晶亮，說道：「這就叫有志者事竟成。」

周京澤喝了一口冰啤酒，笑了一下：「妳想要什麼？」

他們先前講好，輸的那一方要為對方做一件事。

許隨想了一下，挽著他的手臂，有些不好意思地說道：「你就……發一則關於我的動態，或者我在你臉上畫烏龜？」

周京澤選了前者，他撈起茶几上的手機，直接發了則動態，還順帶改了個性簽名。他發的動態迅速被大劉看到。

大劉：『這是什麼奇奇怪怪的東西，你喜歡破折號？』

周京澤：『喜歡。』

『我喜歡句號，表示事情結束。』

許隨拿過他的手機一看，微微皺眉：「破折號？」

周京澤抬手揉她的腦袋，跟摸他家狗一樣，有意逗她，語氣不正經：「嗯，一一不像破折號嗎？」

「長得也挺像。」

許隨反應過來，氣急，伸手打他，發起脾氣聲音也是軟的：「你才像破折號！」

周京澤胸腔裡發出愉悅的顫動，他正喝著啤酒，許隨撲過來，一不小心撞到他的手肘，他手裡的啤酒晃到許隨身上。

她穿著白色的裙子，胸口處濕答答的，氣泡在消失，周京澤看她的眼神發生變化，室內氣溫升高。

他欺身吻了上去，將人壓在沙發上。

黑色褲子壓著白色的裙擺，在喘息聲中透著一抹禁色。許隨嘗到了他餵過來的啤酒，涼涼的，津液相吞，好像有眩暈的感覺。

雙腿交纏，繃緊，照進來的陽光很烈，「啪嗒」一聲，啤酒罐掉在地上，剩餘半罐啤酒倒在地上，發出吱吱聲，氣泡隨即慢慢消融。

當初的甜言蜜語彷彿就在耳邊，許隨看著截圖想，他是什麼意思，到現在也沒把簽名改掉。

這一點也不像是周京澤的作風，畢竟他不是一個長情的人。

這些年來，許隨開始工作後學到的一點是，想不通的事就繞過去，她想了一下，找不到答案，那應該就是周京澤單純懶得改了。

許隨最後也沒再回李漾，沉沉地睡著了。

週五，許隨起得有點晚，叼著一袋麵包，拿了盒牛奶就匆匆去上班了。醫院照常人滿為患。

許隨坐在辦公室忙了一上午，忙得腰痠背痛，剛歇下喝了一口水，主任就拿著一疊資料進來了。

「主任。」許隨忙站起來，想去幫他倒水。

「欸，妳坐下，別忙活了。」主任拿著資料夾指了指座位，示意她坐回去。

許隨只好重新坐了回去，主任把一份資料遞給她：「小許，是這樣的，我們醫院呢，有個醫療合作項目，在中正航空公司。他們那邊讓我們派出醫務人員過去授課，教授飛行人員緊急醫護知識，順便配合拍一下合作宣傳影片，共贏嘛。」

一聽到「航空」兩個字，許隨本能地排斥，但是一口拒絕的話，主任肯定會懷疑。她只好順著他的話往下問：「在哪裡？」

「京北西郊，就他們底下的一間子公司航空飛行培訓基地，妳和婦產科的同事收拾一下過去，有車接送你們。」

許隨象徵性地翻了一下文件，神色猶豫：「主任，我這邊工作還挺多的，所以……」

「放心，安排讓妳放假嘛，再不行，我讓他們幫妳調班。」主任勸說道。

許隨還想再說點什麼，主任打斷她：「小許，妳在我們科室可是門面擔當，醫術又一直進步，不派妳去派誰去？再說了，我這個老頭子的工作妳總得支援一下吧。」

話都讓他說完了，主任還順勢把她架在那麼高的位置，許隨只好點頭：「好的。」

下午兩點，許隨和同事出發去飛行培訓基地。有四個人去，兩男兩女。許隨坐在後排，還帶了一臺筆記型電腦出來，她本來想看一下資料，可是開去西郊的路上太晃了，沒多久她就把電腦關了，靜靜地坐在後面。

同事吐槽道：「這也太遠了。」

車開了一個半小時，許隨坐到後來越想吐，臉色一陣一陣發白。她實在是受不了，胃裡一陣噁心，按下車窗，趴在了窗口。

同事遞給她一瓶水，語氣擔心：「沒事吧？暈車怎麼這麼嚴重？」

許隨接過喝了一口，多少舒服了一點，說道：「老毛病了。」

車開得離城區越來越遠，許隨趴在車窗，外面的風景一路倒退，太陽如火燒，青草香混著風的濕氣猛烈地灌進來。

遠遠地，許隨看見不遠處的基地，背山而建，青綠色的操場，灰色地面上刻的飛機起降指標並排在一起。頭頂飛機的轟鳴聲越來越清晰。

立在左側的石碑刻著八個鮮紅色的大字：中航飛行培訓基地。

車開到前方停了下來，門口的守衛接過證件後開閘門，司機開進來還沒找到停車位，許隨就示意要下車。

車子停下來後，許隨立刻衝下車，整個人頭暈目眩，噁心得想吐，匆忙中，她問了一個路過的人：「你好，廁所在哪？」

對方指給她：「直走左轉。」

許隨一路小跑過去，太陽像追著她的影子在跑，直走到第一個路口時，一道清晰有力的熟悉聲音傳來：「我們的口號是什麼，啊？」

一片鏗鏘有力的聲音回答他：「竭盡全力，衝上雲霄！」

許隨抬眼看過去，周京澤穿著一件松枝綠的訓練服站在一片藍色的「海洋」前面格外顯眼，周京澤領著他們跑在最前面，肩上的金色刺繡在陽光下閃閃發光，他咬著銀色的哨子，有汗水順著鬢角流下來。

痞氣又透著不羈。

藍色方陣從面前經過，許隨睇眼看過去，恍惚間好像看見了他少年時的模樣，意氣風發地做著訓練，同時大喊：「報告教官！我女朋友！」

彷彿在昨天。

只是看了兩秒，許隨捂著嘴，皺著眉向洗手間的方向跑去。

周京澤帶著隊在跑道上訓練，在經過東面時，好像看見一個熟悉的身影，他停下腳步，落在隊伍後面，微喘著氣，哨聲戛然而止，他盯著某個方向若有所思。

許隨衝進洗手間，苦著一張慘白的臉吐了個昏天暗地，最後整個人趴在洗手臺上，擰開水龍頭，捧著涼水簡單洗了把臉。

許隨緩了一下走出去，往右走，不經意地抬眼，發現男人懶散地倚在牆邊，一道高挺修長的身影打下來，手插在褲子口袋裡，嘴裡叼著一根狗尾巴草，側面喉結弧度流暢，透著一種痞氣的禁欲感。

許隨面無表情地收回視線，抬腳就要走，周京澤喊住她，嗓音低低淡淡的：「暈車？」

她點了點頭，周京澤站直身體，走到跟前，手裡拿著一顆綠色的薄荷糖，看著她慘白的臉色：「吃顆糖。」

「不用了，謝謝。」許隨語氣淡淡地拒絕。

說完許隨就要走，結果手臂被人拽住，手掌的溫度覆上來，男人的掌心粗糲，有一層薄繭，擦著她白嫩的皮膚。這感覺熟悉又久遠，她只覺得手臂很燙，如火炙烤一般，下意識地掙扎。

任她怎麼掙扎，周京澤嵬然不動。

許隨眼睛直視他，輕聲開口，一字一頓：「需要我提醒你嗎？我們已經分手了。」

周京澤一怔，手臂一鬆，許隨得以掙脫，剛好不遠處有人喊她。許隨應了句「來了」，從他身邊擦肩而過，不經意地撞了周京澤的手肘一下。

人已走遠，空氣中還留著她身上淡淡的山茶花的味道。若有若無，和人一樣，恬淡，存在感卻極強。

掌心裡的薄荷糖掉在水泥地上，頃刻沾染上灰塵。周京澤俯身撿起那顆被遺棄的糖，走到不遠處的水龍頭前，擰開開關，用水沖了一下。

周京澤拆開包裝，也不嫌棄，把糖丟進嘴裡，雙手插著口袋，掀眸看著遠處的女人，皮膚白到發光，和男同事說話笑了一下，梨窩浮現。

他慢條斯理地嚼著薄荷糖，唇齒間含了雪一樣，無比冰涼，忽地「嘎嘣」一聲，粉末四散，轉動著的舌尖嘗了一下，有點苦。

下午兩點半，烈日當頭，許隨和同事坐完車累得神色懨懨，他們試圖跟基地的負責人溝通，希望能把原本三點的拍攝提前到現在。

他們一致認為早結束早完成任務。

基地負責人吳凡一臉為難：「其實吧，我就是個負責接待的，這裡管事的人不是我，機長、空服人員還在總部那邊，我也沒辦法溝通，要不然我叫我們老大跟你們說？先進來休息吧。」

許隨和幾位同事走進休息室，她放眼望過去，對面牆壁正中央掛著一幅世界地圖，上面貼著幾塊紅白色的磁鐵。旁邊掛著一面小小的國旗。

這看起來像是誰的臨時辦公室，布置十分簡陋，只有一張辦公桌，黑色長沙發，一臺白色的落地扇，連盆植物都沒有。

吳凡幫他們倒了一杯茶，笑著說：「你們辛苦了，他馬上到。」

同事拉著許隨的袖子輕聲抱怨道：「好希望快點上完課和拍完這些東西，我晚上還要約會呢。」

許隨笑了一下沒有接話，因為她暈車的後遺症實在太嚴重。

頃刻後，門外走進一個人，許隨握著免洗茶杯剛想喝水，在看清來人後，手一晃，滾燙的茶水濺出幾滴到褲管上。

周京澤走進來對他們一一點頭，食指上掛著一串鑰匙，晃動著發出叮叮聲。許隨的同事見是個大帥哥，都有了幾分精神。

其中一個同事說了他們的想法，周京澤從冰箱裡拿出兩罐冰可樂，放在茶几上，他坐下來扯開拉環喝了一口，抬眸問：「想提前拍攝？」

女同事點點頭：「對，能不能通融一下？」

周京澤把可樂放在茶几上，手指在瓶身叩了叩，視線看向屋內的所有人，在掠過許隨懨懨的蒼白臉色時停了一下，收回，抬起眉尾，語調慢悠悠的：「不行。」

「啊，為什麼？」同事問道。

「因為場地不到三點不開放。」周京澤撂下一句話。

一旁的吳凡擦了擦冷汗，他想不通周京澤為什麼會拒絕。再說了，開不開放還不是你一句話的事，說話就不能委婉一點，非得這麼不通人情。

傻子都聽得出這是搪塞的鬼話。果然是出了名的冷酷大魔王。

「各位休息。」周京澤起身，拿起桌面的冰可樂走了出去。

室內又歸為一片寂靜，同事小聲說道：「哎，他怎麼這樣啊？不近人情。」

許隨搖了搖頭，她不知道周京澤為什麼不肯通融。她懶得去猜他的想法，正好，還有半個小時，她可以好好休息，緩解一下暈車的後遺症。

下一秒，手機發出「叮」的一聲，顯示有簡訊進來。許隨點開一看，是一個陌生號碼：

『桌子上有一罐冰可樂，妳貼額頭緩一下。』

許隨抬頭一看，周京澤離開的座位前放著一罐冰可樂，瓶身附著細小的水珠，冒著冷氣。

三點，機長和空服人員準時一起出現，周京澤就跟個看門大爺似的拿著個保溫杯坐在跑道口給他們放行。

副機長看見周京澤，原本嚴肅的臉立刻眉開眼笑起來，抬手握拳，周京澤放下保溫杯，跟他碰拳，極輕地笑了一下。

「好久不見，機長大人。」副機長說道。

「嘖，不敢當，」周京澤拆了一顆糖，眉眼低垂，勾了勾唇角自嘲道，「我現在就是一個教官。」

「兄弟，總會好起來的。」副機長嘆了一口氣，話鋒一轉，「不巧的是，不是民航七十週年嗎？和我搭檔的機長去參加航太飛行大會了，所以這次拍攝還要請你幫個忙。」

他還沒說完，周京澤就明白是什麼意思了，一臉「你逗我玩」的表情，他抬了抬眉尾：「你們中航沒人了嗎？找我這個有紀律錯誤的人。」

「錯本來就不在你，」副機長拍他的背，說道：「你駕照又沒吊銷，而且你放心，這次是彩排，最多是素材取景，主要是拍空服人員，你就當幫兄弟這個忙。」

周京澤被人推著往前走，一臉散漫，他單手插在褲子口袋裡，伸出一根食指往後比了比，副機長一愣，笑道：「行行行，改天請你喝最貴的酒。」

兩人一前一後往機場方向走去，遠遠看見換好衣服在那參觀的醫務人員。周京澤撩起眼皮掃了一眼，人群中並沒有許隨的身影。大概還在換衣服，她做事一向慢半拍。

周京澤走過去，他們紛紛回頭和他打招呼，有醫生稱讚道：「這裡好酷，我們這是第一次參觀。」

副機長幽默地接話：「等等讓周機長帶你們到天上參觀，他開飛機可穩了。」

眾人笑出聲，周京澤跟著扯了扯嘴角，沒有說話。這人可真行，為了讓他幫忙，什麼高帽都能戴。

他正對面發出「啰嗒」一聲，周京澤掀眸看過去，一個女醫生正在開可樂，碰上他的視線，女醫生不好意思了：「周機長，謝謝你啊。」

「嗯？」周京澤愣了一下。

女醫生舉著可樂晃了晃，說道：「這個啊，我一直想喝冰的，許隨說你留了一罐給我。謝謝啊。」

「不客氣。」周京澤僵硬地扯了一下嘴角。

「我先去換衣服。」他拍了拍同伴的肩膀。

周京澤雙手插口袋，朝更衣室的方向走去，胸腔一陣鬱結，怎麼都散不去，他咬了一下後槽牙，這丫頭越來越有本事了，讓他吃了一次又一次的癟。

機場內，攝影師扛著攝影機早已就位，許隨他們也站在那等空服人員出現。太陽四點鐘方向，一批年輕帥氣的飛行人員穿著筆挺的制服出現在眾人面前，男的俊，女的美，十分養眼。

副機長和座艙長走過去和他們一一握手，副機長笑笑：「有勞各位了，主要是培訓我身後的空服人員，教授急救知識，座艙長會全程配合你們。」

許隨點頭：「我負責心肺復甦，產科的同事負責在飛機上教大家如何幫助乘客緊急分娩。」

座艙長一個非常漂亮知性的女性，她主動伸出手：「合作愉快。」

他們正說著話，一道慵懶冷淡的聲音插了進來：「老鄭，我們先上去。」

許隨抬眼看過去，周京澤穿著藏藍色的機長制服，肩上四道槓，寬肩窄腰，一雙眼睛黑又亮，裡面的金邊白襯衫釦子扣得嚴謹，喉骨突出，添了一絲禁欲感。

以前兩人在一起時，許隨很少見他穿西裝白襯衫，一轉眼，他從散漫肆意的少年成了一個男人，多了一絲成熟的男人味和穩重。

許隨看周京澤走過去，跳上機艙，副機長緊跟在一邊。他們則在空姐的帶領下上了飛機。

飛機緩緩啟動，機身向上離地，一路向高空飛去。許隨和同事坐在艙內，翻看著雜誌，很快，飛機離地一萬公尺，飛上平流層。

空姐甜美的聲音響起：「女士們、先生們，歡迎乘坐中正航空公司的航班，本次航班……」

許隨朝窗外看去，雲朵飄在旁邊，稀薄，綿軟，像白色的棉花糖，放眼看下去，剛好經過一片金燦燦的梯田，氣勢磅礴，十分壯觀。

萬里河山盡收眼底。

十五分鐘後，醫務人員開始培訓乘務組緊急救護知識。許隨負責的是心肺復甦，她穿著醫師袍，半蹲在地上，旁邊放著一個急救演練用的橡皮人，也就是模擬人。

她的聲音沉著又果斷：「首先要疏散周圍圍觀的人群，讓空氣保持流通。」

「其次，解開患者衣領釦子，伸出食指和中指併攏，檢查患者頸動脈跳動的情況。」許隨俯下身，手剛要探過去，「像這樣——」

飛機向右急劇搖晃了一下，許隨說話的聲音被打斷，整個人差點控制不住向後倒。她只好重新示範了一遍。

「左手掌貼緊胸部，雙手交疊，肘關節要伸直，用力按壓，」許隨動作熟練，跪於「病人」一側，「反覆按壓三十次。」

許隨雙手按在「病人」胸膛，剛按壓了不到十次，飛機顛簸了一下，強烈的搖晃感讓她一時沒跪穩，當著一眾機組人員和同事的面向一旁摔去。

頭髮散開，髮圈掉落，不知道滾到了哪個座椅底下，十分狼狽。

抖。

當眾出糗，許隨臉有點燙，她佯裝淡定地爬起來，一眼瞥見攝影師在憋笑，連鏡頭都在

接下來，許隨演示了心肺復甦的緊急救助法，可到關鍵處，飛機不是向左晃就是向右傾斜，她的工作多次被打斷，如此反覆，饒是再好的脾氣也扛不住這樣戲弄。

許隨忽然想起周京澤上飛機時看了她一眼，那眼神似乎有點咬牙切齒。難道她一而再再而三拒絕周京澤的好意，他要故意找碴回來？畢竟他是機長，在天上，是他在操控一切。

她正出著神，飛機又劇烈地搖晃了一下，像是機頭故意不緊不慢轉了個圈，許隨一時沒站穩，磕在了門板上。

輪到其他同事操作時，飛機又穩得不行。

飛機降落後，一群人先後下飛機，站在那裡聊了一下。兩位機長留在駕駛艙內檢查完一切設備，最後下飛機。

兩人先後出來。同事和現場的工作人員紛紛鼓掌，都誇周京澤技術好，坐他開的飛機很有安全感。

在一眾誇讚聲中，許隨卻記著輪到自己時飛機上特別顛簸，笑著開口：「是嗎？剛才有點晃，我覺得劉機長開得比較好。」

「哈哈，還是許醫生慧眼。」副機長笑咪咪地說道。

周京澤視線停在她身上，目光筆直地看著她，臉色有點黑。副機長剛好站在旁邊，好像察

覺到了兩人的暗流湧動。

還挺好玩，他第一次看周京澤跳腳又忍住不發作的模樣。稀奇。

人群逐漸散去，被攝影師喊去拍照，許隨一個人落在後面，周京澤慢悠悠地跟在後面，他脫了外套反掛在寬闊的肩膀上，一隻手插在褲子口袋裡越過她。

在與她擦肩時，周京澤低頭看著她，漆黑的眉眼壓著一抹輕佻和痞氣：「剛才晃是氣流影響，還有，我技術好不好，妳不是最有發言權嗎？」

許隨腦子轟的一下，感覺臉頰溫度急劇上升，她瞪著周京澤。這人怎麼這麼孟浪，居然能在公共場合臉不紅心不跳地說這種話！

這下換成許隨快步向前走了。

攝影師安排醫生們站在飛機前拍一張集體照，四個醫生穿著醫師袍統一定好角度後看向鏡頭。

大龍舉著相機對準他們「咔咔」一連照了好幾張，他湊近相機看了照片，總覺得有點不對勁。

「老大，你看看是不是有什麼問題？」大龍把相機挪到周京澤面前。

周京澤視線一瞥，目光停在右邊第二個女生身上，她瞳仁漆黑，唇色一點淺紅，僅是淡淡地笑了一下，就有梨窩浮現。

他挑了挑眉：「有什麼問題？不是挺漂亮的？」

「你這個直男不懂。」大龍一拳捶在他胸口上。

大龍看了好半天，一個激靈，猛地發現了盲點：「許醫生，妳的頭髮能不能綁起來啊？這樣比較統一。」

「我嗎？」許隨愣了愣。

眾人看過去，許隨再一次成為焦點，她下意識地摸口袋找髮圈，卻發現怎麼找都沒有，不巧的是，同事也沒有多餘的髮圈。

許隨神色有點窘，後退了一步，她本來也不是太愛拍照和出風頭的人，道：「要不然我就——」

「不拍了吧」後半句話許隨哽在喉嚨裡，一道高大的身影籠罩下來，周京澤俯下身，插在褲子口袋裡的手伸出來，手裡捏著一條米色珠光的髮圈。

周京澤當著眾人的面，竟毫不避諱地低下頭神態認真地幫她綁起頭髮。

許隨下意識地想退後，男人按住她的肩膀，低沉的嗓音震在耳邊：「別動。」

他身上凜冽的薄荷味撲到鼻尖，許隨整個人僵住，只感覺他的手肘抵在她的肩膀處，修長的指尖穿過她的頭髮，偏著頭，不太熟練地取下髮圈，去綁她的頭髮。拇指的薄繭擦過她細嫩的脖子，很輕的一下，許隨的心猛地縮了一下。

「你哪裡來的髮圈？」許隨抬起眼眸看他。

如果沒記錯的話，這條髮圈是她的，但不是掉在飛機上的那條。

「路上撿的。」周京澤的語氣漫不經心。

拍攝完畢，一群人舒了一口氣，互相握手道謝，說著「辛苦了」。吳凡則負責送醫生們出去。

下午五點，夕陽斜照，直射在基地圍牆的一角，呈現出稀薄的橘紅色。許隨收拾好東西，跟著他們走出去。

「許隨。」周京澤冷不防地出聲喊她。

許隨停下來，回頭看他。周京澤抬手拽了拽領帶，一截喉骨露出來，冷峻的臉上表情散漫，看著她：「髮圈。」

這人說話一向懶且言簡意賅，許隨立刻明白過來，他是讓她把髮圈還給他。許隨抿了抿嘴唇：「你不是說路上撿的嗎？我用了就是我的。」

說完許隨轉頭就走，周京澤長腿一邁，三兩步擋在她面前，低下頭，漆黑的眼睛緊鎖著她：「一一，那是我的東西。」

許隨不明白他為什麼執著於一條無比尋常的髮圈，她剛想開口，一道聲音打斷他們。有個飛行學員氣喘吁吁地跑過來，一把抹掉額頭上的汗：「周教官，不好了，有個學員出事了！」

趁周京澤分神要去處理事情，許隨一溜煙跑開了。

等周京澤處理完事情，基地早已恢復緊張訓練的模樣，哪還有一個醫生的影子，只剩大龍還留在辦公室看他拍的照片。

周京澤從冰箱裡拿出兩罐碳酸飲料，扔給大龍一罐，他大剌剌地坐下來，食指扣住拉環，「剌」的一聲，氣泡冒出來。

他喝了一口，問道：「在挑照片？」

「長官吩咐的事，我可不得做到最好？」大龍打起官腔來一套一套的。

周京澤放下飲料，手掌往上抬了抬：「我看看。」

大龍把相機遞給他，周京澤接過來，眼睫垂下來，拇指不停地按動著播放鍵，走馬觀花般一一看過去。在看到某張合照時，視線停了停：「你把這張照片傳給我。」

大龍接過來一看，是醫生們剛才的合照，他比了「OK」的手勢，開了藍牙傳到周京澤手機上。

「周教官，你要照片做什麼？」大龍有點納悶。

周京澤點了「接收」，盯著眼前的合照，拇指點擊截圖，將照片上安靜帶笑的許隨單獨截了下來，似自言自語，哼笑了一下：「我不得要點補償？」

回去的路上，這次，許隨有先見之明，在基地便利商店買了一包話梅。車沿著環形公路一路開出去，山對面的夕陽完全下沉，只殘留一點餘暉。

同事韓梅剛好坐在旁邊，她推了推許隨的手臂，問道：「哎，許醫生，妳和那位機長什麼關係啊？」

「我——」

「剛才拍照的時候，我站妳旁邊，我感覺你們不對勁，有一種我形容不上來的氣氛，」韓梅說起話來頭頭是道，「妳可別說你們什麼關係也沒有，騙誰都不能騙我這個已婚婦女。」

許隨舌尖抵了一下右臉頰的話梅，話梅滾到另一邊，腮幫發酸：「前男友。」

「我就說嘛！他看妳的眼神不一樣，帶著糾纏和欲望。」韓梅八點檔看多了，這種專有詞語張口就來。

許隨扯了一下嘴角沒有接話，韓梅見她不太想繼續往下說，便轉頭看自己的電視劇了。車子緩慢向前開，她看向窗外，沒過多久便抬手拽下腦後綁著的髮圈。

她拿著髮圈盯著看了一下，這個髮圈有些陳舊，米白的緞面，在陽光下散發著貝殼般的光澤。

如果沒記錯的話，這是她的髮圈，應該是兩人在一起時，許隨掉在他家的。

都七八年了，他留著做什麼？

許隨轉頭看向窗外，車窗外成排的樹木快速向後移，思緒發怔，只當他有收集舊物的癖好。

許隨以為去中航飛行培訓基地授課，還配合了宣傳，這件事算是結束了。哪知道主任再次找上門，讓她每週去一次基地給飛行學員授課，一共兩個月。

「主任，我真走不開，要不然您找別人？」許隨推辭道。

主任背著手，笑咪咪地說道：「固定每週五下午去一趟，也可以根據妳的時間來安排。傻孩子，我這是在幫妳減壓，這樣妳就不用什麼活都往自己身上攬了。年輕人出去上上課挺好。」

許隨有苦說不出，語氣無奈：「我還是不太想——」

「就這麼定了。」主任擺手，示意她不要再往下說了。

許隨不得不硬著頭皮接下了這個任務。人就是這樣，越想逃離什麼就越會遇見什麼。許隨最終還是加了周京澤的好友。

畢竟他是教官，基地負責人，出了什麼事，許隨要第一時間和他溝通。

加了周京澤好友後，他倒沒有主動來騷擾什麼的，只是安安靜靜地躺在她的列表裡。週五下班，許隨和同事聚完餐，晚上十點多才到家。

到家洗漱完，許隨躺進被窩裡，床頭留了一盞暖色的燈，她側躺著習慣性睡前滑動態，忽然看見周京澤發了一個影片，配了一個字：『愁。』

許隨點開一看，竟然是1017，牠趴在一張白色的桌子上，影片裡周京澤拿著逗貓棒逗牠也不動。

牠軟軟地趴在那，很疲憊，眼神渙散，沒什麼力氣。

許隨注意到牠的牙齒掉了一顆，嘴唇和鼻子周圍橘色的毛也變成白色了。周京澤一直用手撫著牠，1017閉著眼趴在那。

1017真的變成一隻老貓了。

周京澤難得發動態，把很多人炸出來了，許隨一個個看過去，心裡漸漸不是滋味。

胡茜西：『1017好可憐，嗚嗚嗚，等我從非洲大草原回來，第一個看望的就是牠！』

Z回：『呵。』

大劉：『好可憐，等我飛完這趟，買1017以前最愛吃的貓糧罐頭給牠，最貴的。』

Z回：『別，牠現在吃不動了。』

許隨關心1017的情況，問：『牠生病了嗎？』

周京澤很快回覆：『嗯，老了，心臟出了點問題。』

李漾竟然也出現在留言裡，說道：『哎呀，你也養貓啊，我朋友家有隻藍白，可愛得不行，最近好像生小貓了，要不要送一隻給你？剛好給你的貓做伴。』

許隨原本難過的心情一下子被沖淡了一部分，周京澤沒有回他，要是對方是熟人的話，他絕對會回「傻子」二字。

1017生病這件事，她還是不太能接受，心裡總是記掛著牠，輾轉反側睡不著。剛撿到1017時，牠就已經兩歲了，他們分開七年，1017也變成一隻老貓了。

原來時間過去這麼久了。

倏地，放在床頭櫃上的手機螢幕亮起。

許隨探出手拿手機，點亮螢幕，是周京澤傳了一則訊息過來：『視訊嗎？』

下一秒，他又補充了一句：『看貓。』

許隨想了一下，敲出一個字：『好。』

對方傳來視訊請求，許隨點了接受，周京澤的下頷一晃而過，緊接著1017出現在鏡頭前，牠側對著許隨，呆呆地看著正前方。

『1017，你看看是誰？』

視訊畫面外響起一道聲音，一隻骨骼分明、青筋凸起的手摸了一下牠的後頸，示意 1017 往鏡頭這邊看。

1017 不情不願地回頭，在看見鏡頭裡的許隨後目光呆滯了一秒，許隨試探性地叫了牠一聲：「1017。」

熟悉的聲音把老貓喚醒，1017「喵嗚」一聲，像是胸腔裡發出一聲巨大悲鳴，原本渙散的瞳孔有了光，不停地用爪子抓著 iPad，對著螢幕不停地叫喚。

牠一直記得她。

許隨鼻子一酸，差點掉下眼淚。當初她走得太決絕，為了和周京澤斷乾淨，連 1017 都不要。

其實狠心的一直是她。

當初在宿舍附近看見牠時，牠還那麼瘦小，喵喵小奶音對她叫著，一見她，就時不時舔她的掌心。

許隨和 1017 視訊了半小時，最後牠撐不住，眼皮垂著趴在桌子上睡著了。貓睡了以後，許隨也就掛了視訊。

次日，許隨醒來時，太陽剛好照到床頭，她起床把髒衣籃裡的衣服扔進了洗衣機，還把家裡裡外外打掃了一遍。

許隨趿拉著拖鞋走到陽臺，拿著噴水壺幫陽臺上成排的小多肉，還有一些綠植澆水。澆著澆著，她的手機發出「叮」的響聲，顯示有訊息進來。

許隨把噴水壺放在一旁，點開通訊軟體，是周京澤傳來的訊息。

Z：『下午我帶 1017 去看醫生，妳要不要一起去？』

她想去看 1017，畢竟牠已經很老了。

許隨在對話欄打了字又刪掉，而手機上面一直顯示對方正在輸入，周京澤好像看出了她的猶豫，語氣帶著一股懶散的痞勁：『大白天的，妳不會以為我會大白天對妳做什麼吧？要做也是晚上。』

對方正在輸入：『就是看貓。』

許隨最終回覆：『好，我也會帶好防狼噴霧。』

周京澤回了六個點過來。

下午四點，周京澤準時出現在許隨家門口，車窗半降，他一眼就看到了許隨，抬手按了一下喇叭。

遠遠地，他看見許隨穿了一件霧霾藍的襯衫裙，露出一截白皙瑩潤的小腿，條紋絲巾將頭髮綁在腦後，細眉紅唇，氣質動人。

許隨打開車門時，一陣淡淡的香氣飄進來，周京澤看著她愣了一秒，喉嚨乾涸。

「貓呢？」許隨見他在出神，擰起兩道細眉。

周京澤輕咳一聲，對她抬了抬下巴：「寵物包裡。」

許隨見狀把貓從包裡放出來，抱著牠去了後排。1017 趴在許隨腿上起初還不適應，後來不知道是不是認出了許隨，拚命舔她的掌心，也活潑了點。

周京澤發動車子，自從許隨抱到貓以後，一直逗著牠，跟牠玩，把他當成了空氣，彷彿忘了他的存在，全程一個眼神都沒分過來。

他周京澤也有被忽視的一天。

玩了沒多久，1017 因為上了年紀沒多久就睡著了。許隨抱著牠，等貓睡著後，才發現車子裡面靜得可怕。

一絲尷尬的氣氛在空氣中蔓延。

許隨發現周京澤開的還是這輛大G，看樣子他應該把車修好了。他後來說私下和解，卻沒有人來找她，周京澤沒拿這個跟她算帳。

想來挺過意不去的。

許隨想著賠一點是一點，開口問：「你這車花了多少錢修──」

周京澤開著車，緩緩說出一個數。

許隨立刻沉默了，周京澤根根分明的手指搭在方向盤上，猛地一踩油門，左轉，他再一次開口說話，語氣散漫不羈：「嘖，修車這件事把我存好娶老婆的錢都花光了，等於間接賠了一個老婆。」

這話許隨接也不是，不接也不是，想了半天，語氣誠懇：「要不然我介紹個女朋友給你？」

話音剛落，周京澤猛地一踩剎車，輪胎快速摩擦著地面，「吱」的一聲，汽車發出一聲尖銳的緊急剎車聲，十分刺耳。

許隨受到慣性衝擊，抱著貓，腦袋磕在了前面的座椅上，1017嚇得差點跳下去。

車子停下來，許隨摸著腦袋往外看，已經到了寵物醫院。她抬手開車門，發現被周京澤鎖了，車門紋絲不動。

周京澤從中控臺上撈起菸盒，摸出一根菸咬在嘴裡，低頭，點菸，橙紅的火熄滅，薄唇裡吐出一口灰白的煙霧，渾身散發著低氣壓。

許隨抱著貓，開口：「你開一下門。」

「嘀」的一聲，車鎖解開，許隨伸手去開車門，她人下去了，正要關車門時，周京澤沒有看她，抽著菸直視前方，臉色沉沉，咬了一下後槽牙，笑道：「許隨，妳可真行。」

介紹女朋友給前男友，她是唯一一個。

回應周京澤的是一陣沉默，許隨「砰」的一聲關了車門。

周京澤抽完一根菸便下了車。兩人並肩上臺階，周京澤拉開玻璃門讓她先進去，前臺工作人員立刻迎上前來：「你們好，請問有預約嗎？」

「有。」周京澤應。

「麻煩提供一下手機號碼。」工作人員說道。

周京澤摸出手機，低聲說出了一串數字。工作人員在電腦上輸入手機號碼，查到預約資訊後，說道：「啊，兩位是1017的爸爸媽媽吧，請直走右轉上二樓，醫生在裡面。」

說完，工作人員遞過來一個號碼牌。

許隨下意識地開口解釋：「我不是——」

「進去了，不然該晚了。」周京澤接過號碼牌，往左側看了一眼，打斷她。

一名護士走出來領他們上樓，許隨只好把解釋的話憋了回去，跟在後面。

許隨抱著1017走進寵物醫生辦公室，醫生先檢查了貓的心臟，以及其他的身體狀況，然後幫牠打點滴。

針扎在貓後頸皮上時，牠一個激靈叫出聲，不停掙扎，明顯抗拒打針。許隨只好溫聲安撫牠：「乖啊。」

「疼不疼，1017，等等我幫你吹吹啊。」

周京澤掀眸看過去，正好看見許隨恬靜的側臉，額前有碎髮掉下來，輕聲細語的。他的心忽然揪了一下。

這是他很久沒見過的場景。

1017在許隨的安撫下逐漸放鬆，在她懷裡乖得不行。打完點滴，許隨仔細請教了醫生1017的飲食注意事項，以及該如何照顧好牠。

醫生摸了一下1017的頭，說道：「貓老了就是這樣，病痛多，你們要陪陪牠。」

周京澤走過來，伸出一根手指撥了撥牠的鬍鬚，說道：「會的。」

護士在一旁用濕紙巾幫1017擦腳，以及臉上一些髒兮兮的地方，邊清理邊和他們搭話：

「你們是1017的爸爸媽媽吧，看起來真般配，感情真好哇，要不然這貓也不會被你們養這麼久——」

許隨知道打斷別人說話沒禮貌，可她聽不下去，出聲打斷：「我們不是男女朋友關係，這貓是他一個人養大的。」

護士動作頓住，一臉尷尬，周京澤定定地看著她，許隨不顧落在自己身上的眼神，對護士笑了笑，聲音溫軟：「總不能耽誤我們各自找對象吧。」

這是第一次，重逢以後，許隨正式表明自己的態度，坦誠又乾脆。

她在劃清兩人的界線。

護士這才感覺到兩人之間的暗潮湧動，她尷尬地把視線投向一旁身材挺拔的男人。周京澤雙手插著褲子口袋，眼睫垂下，掩住情緒，漫不經心地笑：「聽她的。」

貓看完醫生後，兩人走出去，周京澤指了指樓梯間旁的長椅，磁性的嗓音響起：「坐一下，我去抽兩根菸。」

許隨點了點頭，抱著貓坐下，她抬眼看見周京澤走到走廊吸菸區，站在窗前抽菸，他的背影看起來冷峻又沉默，不知道在想什麼。

他抽得有點凶，一根接一根，側臉線條凌厲，像一塊被切割完整的冰。忽然，一陣猛烈的風颳來，周京澤微弓著腰，被嗆了一下，劇烈地咳嗽出聲。

周京澤抬手關上窗，風聲停止，菸頭按在不銹鋼垃圾桶蓋上，「刺」的一聲，燙出一片漆黑。

他轉身朝許隨走去，來到她跟前，開口：「走吧。」

兩人走出醫院時，天都已經黑了，路上熙熙攘攘，燈光亮起。周京澤看了時間一眼，問：「去吃飯嗎？」

「不了，我還要回去整理資料。」許隨搖了搖頭。

周京澤扯了扯嘴角，沒有說話，任誰都聽得出這是許隨找的藉口。他沒再說什麼，從褲子口袋裡摸出車鑰匙，抬了抬下巴：「走。」

這次許隨坐在副駕駛座上，因為她先下車，1017總得待在他旁邊，周京澤才好看著牠。

車子平緩地向前開，周京澤沒再主動搭話，手搭在方向盤上，沉默地直視前方，許隨也不知道該說什麼，一路無言。後來她嫌無聊，抬手開了音樂。

總算打破了沉默。

車子開了約四十分鐘後抵達了許隨家門口。她長長地舒了一口氣，總算到了，車裡的氣氛實在太壓抑了。

許隨準備解開安全帶，說道：「我先回去了，你也早點休息。」

「許隨。」周京澤突然出聲喊她。

「嗯？」許隨解著安全帶，抬頭看他，清凌凌的眼睛透著疑惑。

周京澤手裡把玩著一個銀質打火機，打火機「啪」的一聲，火焰躥起，虎口上那顆黑痣禁欲又撩人。

火光明明滅滅，他低垂著眼，不知道在想什麼。

車裡的音響開得很大聲，孫燕姿唱著：「自尊常常將人拖著，把愛都走曲折。」

「啪」的一聲，火光熄滅，他把打火機放回中控臺。周圍一輛車接一輛車呼嘯而過，車尾燈一閃一閃，忽明忽暗。

周京澤的臉半陷在陰影裡，車內一片黑暗，許隨看不清他的表情，只聽見他忍不住咳嗽了一聲，因為先前連抽幾根菸，一開口，聲音有些嘶啞，他扯了扯嘴角，閉了閉眼，似妥協：「許隨，我想妳。」

許隨怔住，黑漆漆的眼睫顫了顫，重新靠回椅背上，看向窗外對面的單行道。車子一輛接一輛地開過，緊接著消失在漆黑的夜色裡，好像永遠都不會再回頭。

周京澤這麼驕傲的個性，在重逢後某一天，竟然說想她了。是真的吧，畢竟兩人在一起時，她對他的這份喜歡真切且一心一意，他眼底的寵溺也是真的。

許隨看著前方，問他：「你記不記得，我們賭的那場球？我隨便押了一個人，結果他竟然贏了內馬爾。」

周京澤想起來了，他輸了，最後把個性簽名改成了破折號，他的聲音嘶啞：「記得。」

許隨偏過頭來看著他：「十六號贏了，當時我說了一句話，有志者事竟成。」

「有志者事竟成，但愛情不是。」

第二十章 ——不是你叫的

沒有誰會一直在原地等著誰。
她確實是不喜歡他了。

九月一過，秋雨接踵而來，這一陣子天天下雨，天氣一下子就轉涼了。自從上次在車裡談話後，許隨再也沒見過周京澤。

許隨白天上班，晚上回家休息時，會想起那天晚上周京澤的表情，他在聽她說完那句話後，黑如岩石的眼眸一瞬黯然，隨後又神色平靜地跟她說了晚安。後來他再也沒出現過。

許隨也忙，一直在認真地生活，下班了偶爾去看樂隊巡演，或者跟朋友喝酒，自己一個人在家時就是健身、看書，生活充實。

上週許隨有事不能去飛行基地就請了假，這週去的時候，天空陰沉沉的，冷風陣陣，一團烏雲往下壓，似有下雨的跡象。操場上的學員們穿著訓練服，在懸梯、固滾上訓練著，藉此提高高空飛行的身體素質。

一個身材修長挺拔的男人背對著許隨，正吹著哨子整合隊伍，他的肩膀寬闊，訓人時食指指節敲資料夾的動作很像周京澤。

許隨坐在車內，以為是他，隔著車窗不由得看過去。恰好對方回頭，是一張長相氣質完全不同的臉。

一聲哨響，隊伍解散。

一群年輕人轟的一聲作鳥獸散，許隨剛好在基地內的空地上找好車位停車。下車後，腳下的石子地因為前一晚剛下過雨，濕的。

天氣好時，這裡塵土飛揚。每次許隨從市區大老遠地跑過來，常常帶著一身灰回去。

幾個學員正好停在正前方洗手，水龍頭擰開，嘩嘩往水槽裡沖水，他們一邊洗手一邊聊天。

「這個教官比周教官鬆多了，要是他能一直帶我們就好了。」有男生感嘆道。

「嘖，周教官，他就是魔鬼教官。」有人啐道。

「唉，只求他能多病兩天，不然我這老命都要讓他折騰沒了。」有人附和道。

許隨正好按車鎖鎖門，聽到他們的談話，不由得問道：「你們周教官沒來嗎？」

正在洗手的學員回頭，見是許隨打招呼，紛紛喊道：「哎，許老師好。」

水龍頭還在往下淌水，嘩啦啦的，有人解釋道：「周教官生病了，這兩天都請假了。」

許隨點了點頭，沒再說什麼，轉身朝休息室的方向走去。

天似乎又暗了一點，風聲更勁，操場的紅旗迎風獵獵招展，雲層似乎要滴下水來。

要下一場暴雨了。

許隨提前走進教室，檢查了多媒體設備，又在筆電上試了課程軟體。十五分鐘的休息時間過去，上課鈴聲響起，學員陸續走進教室上課。

許隨一週只需上一節大課，中間十分鐘休息時間，也就是兩節小課。

這節課許隨講了一些急救知識，並請了學員上來示範。她正認真講著課，一陣旁若無人的哈欠聲打斷了許隨的思緒，隨即課堂上傳來一陣哄笑聲。

一雙杏仁眼掃下去，是一個名叫錢森的男生，他沒個正經地背靠椅子，見許隨在看他，也不怕，還對她比了個心。

許隨對這個學員有印象，聽工作人員講過，富二代，插班生，大學學的是金融學，畢業後心血來潮對飛行有興趣就來這了，來了卻不服從這裡的管理和紀律，是個問題人物。

「安靜，不想上課的可以出去。」許隨聲音清冷。

課堂這才安靜點，許隨繼續講課。四十分鐘後，下課鈴聲響起，有的學員趴在桌子上，有的則起身去走廊上吹風。

一群男學員坐在教室裡不外乎討論三件事：女人、酒、球鞋。

這幫有錢的公子哥大聲討論著前陣子在哪家會所開卡，一夜花了幾十萬，誰又買了一件聯名款棒球服，但總有人跟他們格格不入。

沒兩分鐘，走廊上的人又進來，甩了一下身上的水罵道：「下暴雨了。」

「冰冷的雨往哥臉上拍。」有人一腳踹緊了門。

許隨正在講臺上整理資料，不由得往窗外看過去，嘩嘩的雨兜頭而下，似白瀑，狂風撲來，拍打著窗戶，發出如困獸嗚咽般的聲音。

坐在窗戶旁邊的學員手忙腳亂關窗戶，雨珠趁勢砸進來，有一兩滴濺到許隨脖子上，涼絲絲的。

許隨將視線重新投到電腦裡的課程軟體上，忽地，一道聲音喊她。許隨回頭，是一個學員，打扮乾淨整潔，但天氣很冷，他身上穿著一件薄得不能再薄的外套，裡面只套了一件短袖。

他對許隨靦腆一笑，問道：「老師，上次妳說的那個急救姿勢，是左手疊在右手上面，按住胸廓那裡嗎？」

他一邊問一邊比劃著，許隨注意到他的手背皮膚乾裂，有血痕顯出來，半晌回神，她重新仔細地跟對方說了一遍。

說完之後，對方跟許隨道謝。靠右邊的一個男學員見狀吹了一個悠長的口哨，明晃晃地嘲諷：「喲，同學，這麼認真啊，還知道問問題。」

許隨眼睛掃過去，對方收到她警告的眼神後無所謂地聳了聳肩，不再說話。那個問問題的男學員低下頭，本來要回自己的座位，但為了避免和他們發生衝突，只好從前門出去。

那個學員性格看起來安靜木訥，甚至有些自卑。

許隨放下資料出去上了一下廁所。

走廊上，男學員抬手用手臂擋著走廊斜斜淋進來的雨，急忙從後門進去，誰知走得太急，一個沒注意，撞在一個人胸前，還不小心把從走廊帶來的泥水濺在了他鞋上。

氣氛凝滯起來。

錢森站在後門口，低頭看著自己新買的球鞋，限量款，從美國捎過來的，他等了一個多月，此刻赫然留下了髒兮兮的水跡。

對方明顯慌了，不停地道歉，道完歉之後，縮著肩膀正想走，錢森猛地攥住他的手臂，盯著他，語氣森然：「就這樣？」

原本鬧哄哄的教室安靜下來，大家不約而同地看向後門，一部分人是看熱鬧不嫌事大，還有一部分人眼底是同情。

惹上錢森這種不學無術的敗類富二代，確實挺慘。

「我的鞋你打算怎麼辦？」錢森問。

對方漲紅了臉，一時不習慣被這麼多人注視，低下頭囁嚅道：「對……不起。」

錢森冷笑一聲，高高在上地看著他，語氣輕蔑：「反正你也賠不起，不如我弄髒你的鞋，就扯平了，怎麼樣？」

不等他同意，錢森就抬腳開始踩他的鞋，這個男學員低著頭，手指緊握成拳顫抖著，看著一雙名牌鞋在他磨損得厲害又破舊的鞋面上慢慢碾磨，再用力往下踩。

羞恥感襲遍全身，忍受的過程相當漫長。

錢森踩完之後總算肯放過他，男學員低著頭，鬆了一口氣往前走。錢森拍了拍身上的灰，和夥伴們笑道：「呵，窮鬼也配來當飛行員！」

一陣哄笑聲響起，夾雜著幾分嗤之以鼻。男學員原本走遠了，這時忽然回頭，三兩步跨上前，一把攥住他的衣領，那麼瘦弱的人竟將壯實的錢森拖到走廊上，用力朝他揮了一拳，紅了眼：「你說什麼？」

錢森人被打愣了一秒，別過臉反應過來，朝地啐了一口口水，惡狠狠地踹了男學員一腳：「李明德，你不是嗎？窮、鬼。」

錢森每凶狠地揍他一拳，就說一句羞辱人的話——

「真晦氣，跟你這樣窮酸的人分在同個班。」

「學費哪來的？偷的吧。」

「就你這麼窩囊的人，還能考上飛行員？」

李明德聽到這句話大受刺激，怒吼道：「怎麼不能？我媽說一定可以！」

他整個人跟受了刺激一樣，攥著錢森的手臂拖出去，兩個人在操場上打起架。李明德知道錢森這種人最講體面，於是拽他到雨裡，拚命打他。

雨下得很大，如白瀑般，風大得彷彿要把樹連根拔起。許隨上廁所回來遠遠看見他們打架這一幕，嚇了一跳，急忙跑過去。

上課鈴聲響起，大家都不去上課，站在走廊上圍觀。想拉架的人也有心無力，這雨太大了，天冷得不行，誰想出去找罪受啊！

許隨站在走廊上看著雨幕裡扭打在一起的兩人，急得不行。這兩個學員是在她上課期間打架的，理應她來負責。

她問清了兩人打架的緣由後，眼神一凜，咬了咬牙，直接衝了出去，旁邊的人拉也拉不住。

許隨跑出去，雨砸在臉上生疼，導致她說話斷斷續續的：「別打了。」

雨劈里啪啦地下個不停，風聲和打架聲混在一起，他們根本聽不清許隨說話。雨很大，身上的衣服變重、濕透，許隨被雨澆得心底有點火大，衝上去，一把將兩人分開，不料被錢森用力一推。

許隨一時沒支撐住，整個人不受控制向後摔去。

本以為會摔得很慘，不料一隻手臂牢牢地接住了她，熟悉又凜冽的氣息撲來，頭頂一片陰影，雨停止了。

許隨抬眼，看見出現在這裡的周京澤，一怔。

周京澤穿黑色的衝鋒衣撐著一把黑色的傘站在她面前，額前的頭髮有點凌亂，臉色有點蒼白，他單手抱著許隨往上一抬，人瞬間站穩。

他把長柄傘遞給她，許隨有點愣。周京澤直接抓住她的手，讓她握住傘。人一移，長腿邁進雨裡。

周京澤走過去，強行分開他們，分別拽過兩人，寒著一張臉把他們拖進走廊裡。李明德還好，周京澤左手攥住他的衣領，他只能踉踉蹌蹌向前走。錢森就慘了，剛跟人在泥土雨裡打了一架，狼狽得不行，別說他身上穿的是名牌了，現在髒得說他是工地上施工的都有人信。

周京澤拽住錢森的帽子，食指和中指纏住他帽子的兩根繩子，跟拖垃圾一樣拽著他往前走。錢森這輩子沒這麼狼狽過。

周京澤一把將兩人摔在地上，聲音冰冷：「你們來這就是為了打架嗎？啊？還推老師，嫌不嫌丟人？」

「就你們這樣還考飛行員，第一關紀律考核就不合格。」周京澤盯著地上的兩人，緩緩地說道。

圍觀的人越來越多，許隨收了傘站在一邊，其實她有點冷，上半身穿的鉤花毛衣濕了，頭髮也濕透了，水珠淌進脖子裡，冰涼涼的。

周京澤看著他們，問：「誰先說？」

躺在地上的兩人相繼掙扎著站起，都沒有說話。圍觀的學員也不敢說話，倏地，周京澤放在上衣口袋裡的手機發出「叮」的一聲，顯示有訊息。

周京澤摸出手機一看，有學員傳了一段影片給他。周京澤誰也不怕，直接開了擴音。誰仗勢欺人，很明顯。他臉上的表情慢慢起了變化。

周京澤肩膀上一片深色，眉骨上的水珠滴下來，旁邊不知道誰遞了一包紙巾給他。周京澤接過來，以一種審視的目光，慢悠悠地走到李明德面前。

李明德全程低頭，整個人縮在一起，身上髒兮兮的，他十分害怕受到教官懲罰，心裡也後悔一時衝動打了架。畢竟教官偏袒錢森的話，他以後的飛行路也不好走。

就這樣戰戰兢兢，李明德正猶豫著要不要先開口道歉時，周京澤站在他面前，忽然半蹲下來，撕開紙巾包裝，在眾目睽睽下慢條斯理地幫李明德擦著褲管。

場面一片譁然。

李明德立刻後退，脖子通紅：「周教官，我……我沒事，您不用。」

「讓你站好，哪那麼多廢話？」周京澤聲音含糊。

兩張紙巾擦下去，立刻變髒變黑，周京澤捏著紙巾的一角，忽然開口：「錢森，道歉。」

錢森第一次被揍得如此狼狽，他沒找李明德算帳就不錯了，還道歉！他剛脫完外套，一把扔在垃圾桶上，語氣不服道：「憑什麼？他先打我的！要道歉也是他——」

「啪」的一聲，黑紙巾以一種迅猛的力道砸在他的衣服上，原本就髒得不行的衣服再添一道印記。

「憑我是你的教官！像你這樣的富二代我見多了，仗著家裡那點勢，專走捷徑幹渾事，」周京澤雙手插著口袋走到他面前，看著他，語氣緩緩，嗤笑道：「到最後什麼也做不了。」

原本還安靜的場面漸漸有了聲音，有人說道：「是啊，錢森，你跟人道個歉吧，你平時欺負李明德還不夠嗎？」

「道個歉也沒什麼，本來就是你做錯了。」人群中有人喊道。

也有人見縫插針開玩笑道：「是啊，你這樣，誰敢坐你開的飛機？我要是乘客，肯定第一個寫信投訴你！」

圍觀人群中聲討錢森的聲音越來越多，周京澤看了錢森臉上的表情一眼，憤怒而屈辱，像是在極力隱忍什麼。

他不指望這人有什麼悔改之心了。周京澤從錢森身上收回視線，轉過身，牽住在一旁早已凍得不行的許隨的手腕就要走，外面的雨還在下著，仍沒有收勢，雨斜斜地飄進來打在臉上，生疼又冰涼。

他牽著許隨正要走，身後一陣爆發性的聲音響起，語氣無比嘲諷：「你不就是教官嗎？哦，不對，你也就只能是個教官了。」

周京澤回頭目光筆直地看著他，原本哄鬧的人群聲音戛然而止，氣氛凝固住。

他一直沒有說話，臉上的表情也沒有變化，只有許隨感覺牽住自己的手緊了又緊，像是在極度壓抑什麼。

錢森走到他面前，低頭笑了一下，當著眾人的面，臉上的表情因為憤怒而扭曲，他的語氣夾著輕蔑，字字誅心，像是一把彎刀直捅一個人心底隱蔽的、剛結痂的傷疤：「周教官，你的事呢，在班上都傳開了。我聽說你可能永遠也開不了飛機了，一輩子只能窩在這山裡。而我，大好前程，快意人生。」

被自己手下的學員看輕是什麼感覺？許隨不敢去看身邊周京澤的反應，只感覺到他身體緊繃得像一把弓，好像隨時要斷開。

她感覺，這道傷疤可能從來沒有結痂，從來沒有好過。

只是他藏起來了。

一股猛烈而迅疾的風穿堂而來，許隨只覺得眼睛被吹得發澀，眼看錢森還要說什麼，她出聲阻止道：「你別說了！」

氣氛僵持，周京澤身上的氣壓實在低，漆黑的眉眼壓著戾氣和濃重的情緒，學員們以為周京澤要發火，包括許隨也以為他甚至會動手打人——畢竟年輕時，周京澤個性輕狂又驕傲，從來不做困獸，每一面都是銳角，意氣風發時打架是常事——可是他沒有。

周京澤只是深深地看了錢森一眼，半晌才開口，聲音有點啞：「等你做到我這個分上了，再來說這些話。」

說完，他收回在錢森臉上的視線，虛攬著許隨，頂著一張波瀾無痕的臉，撥開重重人群，離開了。

天很暗，一片灰色，他的背影高大挺拔，被昏暗的光線割碎，沉默，未見一絲天光。

教官宿舍，一把帶著鐵鏽的鑰匙插入孔中，大力一扭，門被大腳用力一踹才打開。一進門，周京澤撈起矮櫃上的遙控器按了好幾下，老式空調才緩緩地運轉，慢騰騰地吹出熱風。

許隨環視了一圈，還是上下鋪的床，上面空蕩蕩的，下鋪只放著一個枕頭、一條薄毯，正對面一張桌子、一個米色的衣櫃、熱水壺，除此之外什麼都沒有。

「你睡在這？」

「偶爾。」周京澤漫不經心地應道。

他正鼓搗著這破空調，應得也隨意，沒看到她的表情，一低頭，對上許隨的眼神，抬了抬眉尾，語氣無奈：「我就是午休的時候過來休息一下。」而且這也沒什麼，他早習慣了。

許隨被凍得臉色慘白，嘴唇有一點紫，周京澤讓她坐在床上，打開衣櫃，拿出好幾件大衣把人裹得嚴嚴實實的。

他大步走進洗手間，一把扯下牆壁上的熱水器噴頭，想試水溫，抬手擰開開關，水澆到手背上，周京澤低聲罵了一句。

這水居然是冷的。

周京澤一把拎出洗手間的桶和臉盆，又用熱水壺接了冷水，燒熱後再倒進去。他看了許隨一眼：「妳忍忍。」

許隨搖了搖頭，說：「沒事。」

水總算燒熱，周京澤找了一條沒用過的乾毛巾給她。許隨哆嗦著走進洗手間，「砰」的一聲關上門。

周京澤走出去，站在走廊上抽了一根菸，撩起眼皮看著外面的雨，好像小了點。一根菸抽盡，丟進垃圾桶，他進門，身上濕得不行，打算換套衣服出去。

他從衣櫃裡拿出一套衣服，正要換時，往左手邊的方向一瞥，視線頓住。洗手間的門是磨砂玻璃門，許隨脫衣服的動作被看得一清二楚。

許隨單穿著內衣，脫高腰牛仔褲時好像有點卡住，她扯了一下，牛仔褲褪掉，兩條纖長筆直的腿直晃眼。

她長髮披在身後，手臂屈起，繞到後面，「啪嗒」一聲，內衣釦子解開，渾圓，被門一半的陰影遮住。

周京澤看得口乾舌燥，下腹一緊，立刻收回視線，不能再看下去了，他匆忙換好衣服後再次跑了出去。

許隨洗澡一向很慢，她洗了熱水澡後舒服很多，身體暖烘烘的。她洗完走出來一看，宿舍空蕩蕩的，空無一人。

她下意識地往外看，發現周京澤站在門外走廊上，他穿著一件黑色的派克外套，肩膀瘦削寬闊，正單手抽著菸。

雨勢收了一點，呈直線墜落，遠處一片模糊。他抽著菸，青白的煙霧從薄唇裡滾出來，瞇著眼直視前方，神態漫不經心的，不知道在想什麼。

不知道為什麼，許隨總覺得他的背影有一種落寞的頹敗感。

一根菸燃盡，周京澤正準備扔進旁邊的垃圾桶，一偏頭，看到了剛洗完澡的許隨，菸頭發出「刺」的一聲，熄滅了。

周京澤朝她走過去，看著許隨濕漉漉的頭髮，開口：「我去拿吹風機給妳。」

許隨指了指他眉骨上、嘴角處的傷口，說：「你處理一下傷口吧。」應該是剛才拉架時，他臉上挨了兩下。

周京澤正打開衣櫃找著吹風機，聞言一怔，笑了一下：「嗯。」

許隨接過白色的吹風機，向上滑了一下開關，吹風機發出嗡嗡聲，吹起頭髮。而周京澤從床底找出一個藥箱，坐在床邊，拿起手機當成鏡子開始處理自己的傷口。

許隨右手拿著吹風機吹著頭髮，一眼看見周京澤胡亂地往自己臉上上藥，她實在看不下去，「啪」的一聲，關閉吹風機，看著他：「我來吧。」

周京澤把藥遞給她，許隨接過來，幫他上藥。作為一名醫生，許隨上藥無疑是專業又熟練的，她用棉花棒蘸了碘酒，輕輕點著他眉骨的傷口，再移向唇角。

室內只有兩人的呼吸聲，許隨上藥上得認真。周京澤居高臨下地看著眼前的女人，她穿著他的灰色休閒衣，因為袖子過長還要挽兩截，露出白藕似的手臂。

窗外有雨絲斜斜地打了進來，許隨穿著寬大的男式拖鞋，白皙的腳指頭縮了一下。周京澤喉嚨一陣發癢，眼底一瞬間情緒暗湧。

許隨不經意地抬眼，與他的視線在半空中相撞。

她的眼睛依然清澈安靜，嘴唇淺紅，神態卻帶著一種自然天成的媚。

好像她隨便一個動作，甚至一個眼神都能把他搞得呼吸紊亂。明明什麼也沒做，卻把他的生理欲望勾出來了。

一對視，像一張勾纏的網，他心甘情願落入陷阱裡。

許隨率先移開視線，把藥遞給他，說：「塗好了。」

周京澤伸手去拿藥，卻一把拽住她的手，連帶將人扯向懷裡。許隨的手肘抵在他胸膛前，兩個人靠得很近，分不清是誰的心跳聲，很快。

外面的雨又密了起來，許隨的頭髮披在身後，還未乾，水珠順著髮梢滴落下來，地板濕了。

許隨有一縷濕髮貼在他鎖骨上，他仍緊攥著她的手不放，另一隻手的拇指擦過她額頭，把額前碎髮勾到腦後，仍是溫柔的。

室內光影昏暗，老式空調的熱風吹得人頭腦發暈，許隨抬起眼，被他炙熱的眼神盯得心慌，兩人靠得太近了，近到眼裡只有彼此，好像什麼都忘了。

周京澤偏頭，吻了下去，許隨看著他緩緩靠了過來，拇指撫摸著她的臉頰，就在僅剩一公分的距離，嘴唇要碰上的關鍵時刻，許隨偏過頭，躲開了。

他最後吻在她右邊的耳朵上，嘴唇落在上面紅色的小痣上。

陰沉的天空響起一道悶雷。

兩人都像是突然驚醒般，周京澤鬆開她，低聲說：「抱歉。」

許隨待在周京澤的宿舍，把衣服烘乾後才回家，周京澤剛好送她。

雨停了，一打開宿舍門，一陣涼風撲來。

「等一下。」周京澤喊她。

許隨眼神疑惑，見他走進去，從桌子上拿起剛才中途跑去福利社買的暖暖包，拆開包裝遞給她。

「啊，謝謝。」許隨一怔。

周京澤扯了扯嘴角算作回應，他雙手插口袋，走在前面，許隨跟在後面，兩人一前一後地向停車場的方向走去。

晚上八點，周京澤送她到家門口，許隨解開安全帶，下車前想了想說道：「今天謝謝你。他們說的話你別放在心上。」

周京澤去撈中控臺上的菸盒，抖出一根菸銜在嘴裡，低下頭，語氣漫不經心，自嘲道：「讓妳看笑話了。」

許隨搖了搖頭，輕聲問道：「所以你為什麼會被停飛？」

點了兩下菸沒點燃，周京澤乾脆從嘴裡拿下菸，看著她，語氣吊兒郎當的，挑了挑眉：「關心我？」

又是那個放蕩不羈的周京澤。但許隨知道，他不想說，所以裝作一副沒正經的樣子。

許隨只好放棄，打開車門說了句：「我是關心你，作為前女友。」再怎麼樣，她也不希望周京澤過得不好。

回答許隨的是良久的沉默。

下車，關好車門，許隨走了沒幾步，聽見有人喊她。回頭停下來，車窗徐徐降下來，兩人的距離不過一步之遙。

打火機發出「啪」的一聲，菸瞬間點燃，發出猩紅的光，周京澤吸了一口，磕了磕菸灰，漆黑凌厲的眼睛緊鎖著她，讓人無法動彈：「我不需要同情。妳知道我要什麼，一一。」

「我要妳。」

自從基地那件事發生後，許隨私下去問了盛南洲，周京澤為什麼會被停飛，結果一向嘻嘻哈哈的盛南洲守口如瓶。

他回了一大段話給許隨：『我能跟妳說的就是這件事影響挺大的，他的事情還在調查中，但國內幾家航空公司都介意京澤會帶來不好的聲譽影響，而暫停考慮用他，所以他只能來子公司的基地當教官。這件事，他最不想讓妳知道。』

許隨盯著這段話看了兩遍，怎麼也想不到周京澤面對的是這樣的局面，可他還跟個沒事人一樣。

周京澤當初被大學老師讚不絕口，說他是真正為天空而生的孤狼，是天才型的飛行員，到如今，竟然困在一方天地間。

許隨垂下眼回覆道：『好，謝謝你。』

『小事。』盛南洲很快回覆。

過了一下，盛南洲又傳了一則訊息過來。點開一看，隔著螢幕，許隨都能感覺到他語氣裡的小心翼翼：『那個……西西有沒有跟妳聯絡過？』

許隨回道：『有，但是很少。節假日她會寄明信片過來。你放心，她挺好的。』

『那就好。』盛南洲回了三個字過來。

許隨在對話欄裡打字，猶豫了一下才傳送：『其實當初她對路聞白就是一時興起，後來我問過她對你的感覺，她卻跟我說，你一直把她當妹妹看。其實我一直想問，這麼多年，你們為什麼沒有在一起？』

過了很久，盛南洲回了一句話：『我也想知道。』

許隨在盛南洲這裡找不到答案，只好在和梁爽吃飯時提了這件事，拜託她幫忙打聽周京澤被停飛事件的始末。

梁爽聽後有點摸不著頭腦了，問道：「隨寶，我有點不懂妳了。」

畢竟當初是他辜負許隨在先，讓許隨傷心欲絕，一個月瘦了五公斤，最後遠赴香港。

「兩回事。」許隨知道梁爽說的是什麼。

她手裡拿著吸管無意識地攪拌杯裡的冰塊，想起了上週的場景，錢森一臉嗤之以鼻，說周京澤這輩子只能窩在那個破爛地方，她吸了吸鼻子，輕聲說：「我就是有點受不了，他不該是現在這樣的。」

許隨似乎想再說什麼，還是頓住了。梁爽握住她的手，安慰道：「沒事，總會好起來的。」

上次基地那件事情後，兩人的關係有所緩和。她不知道周京澤是什麼想法，但她一直都是坦蕩的，保持著一定的距離。

兩人能正常聊天後，周京澤以一種不動聲色的姿態參與著她的生活。比如許隨在動態抱怨有些樂隊巡演票太難搶時，底下是朋友清一色的留言：『找個程式設計師男朋友，什麼票沒有？』

許隨笑：『確實可以考慮。』

這時，周京澤傳了一張截圖過來，附言：『讓人留出來兩張。』

『兩張都送我？謝謝，我剛好和朋友去看。』許隨回。

對方沉默半晌才回覆，許隨點開一看，隔著螢幕似乎感覺到了他的咬牙切齒：『是，都送妳。』

又如，周京澤會在週末約許隨去吃飯，但他不是直截了當的那種，大概是怕許隨拒絕，他會在聊天的空檔問道：『有個朋友開了家餐廳，非要塞兩張優惠券給我，三折。』這次他吸取教訓，在後面加了句，『一起去？』

此刻周京澤正在一家會所包廂喝酒，裡面笙歌縱情，歡笑聲連連，他卻坐在沙發上，膝蓋挨著茶几，懶散地背靠著沙發，握著手機，頭未曾抬過一下。

盛南洲坐在一邊剛開了瓶人頭馬，見周京澤坐在那一副「很忙，勿擾」的架勢就來氣。「你是來喝酒的還是開個房來蹭 Wi-Fi 的？」盛南洲邊倒酒給他邊罵，結果周京澤眼皮都不抬一下。

盛南洲趁勢湊過去看，雖然被周京澤抬手擋了一下，他還是眼尖地看到了，但裡面的內容讓他更氣了，罵道：「哥們，那家餐廳我只投了一點股份，而且給你的優惠券是八八折，不是三折！」

盛南洲說著說著覺得不對勁，一臉恍然大悟：「好傢伙，我說你為什麼答應我去培訓基地當教官了，之前磨破嘴皮都沒用，你那天看到我車上放著中正和普仁醫院的合作項目合約了吧。」

「不愧是我周爺，悶聲不響幹大事。」盛南洲豎了個大拇指。

盛南洲前兩年因為一次飛行事故，手出了點事就沒再當飛行員，後來轉業了。這些年他一直投資基金，加上有父母支持，轉而投資起航空事業。

周京澤出了事，業內都擔心聲譽影響而再沒用他。盛南洲在中正航空占了一部分股份，是他力排眾議，提出以三倍的薪水聘用周京澤當基地的飛行教官，但現在對方也只能去分公司的培訓基地任職。

周京澤會拒絕，在盛南洲意料之中，也覺得委屈他了，游龍怎麼能困於水池中？他應該是迎風雨直上九霄的。

他突然答應去那犄角旮旯的地方任教，盛南洲一直想不通。現在看來一切都能說通了。許隨是他的答案。

一切都想通之後，盛南洲碰了碰周京澤的肩膀，手搭在他脖子上，問道：「哥們，你不會在追許隨吧？」

像周京澤這麼狂妄驕傲的人，盛南洲實在想像不出他放下身段去追一個人的樣子。這簡直可以列為年度期待事件之一。

周京澤的視線終於從手機上挪開，他傾身拿了桌上的酒，一飲而盡，一眼瞥見盛南洲看好戲的表情，他抬了抬眉尾：「關你什麼事？」

紅光打過來，周京澤用叉子叉了果盤裡的一顆草莓送進嘴裡，起身拍了拍他的肩膀：「爺走了。」

這才八點，不知道的人還以為他有約會。

盛南洲盯著他的背影冷笑，這不就是不承認嗎？呵，死要面子活受罪，遲早有你受的。

周京澤走出會所，許隨的訊息正好在這個時候傳來，他點開一看：『這週沒有時間，下週一中午有空，只有兩個小時。』

周京澤盯著上面的訊息忍不住自嘲，這字裡行間透露著乾脆俐落，她的行程很滿，和他吃飯不是很重要，所以只抽出午休的兩個小時。

真行，他這輩子受過的挫折都在一個叫許隨的女人身上了。

周京澤沒辦法，少爺不得不屈尊俯就，在對話欄打出一句話：『行，聽妳的。』

但這頓飯到底沒吃成，許隨在開車去餐廳的路上，忽然接到醫院的電話，環城路那邊發生一起巴士側翻事故，傷亡人數過多，人手不夠，許隨只好趕了回去。

忙完之後，許隨累得頭昏腦脹，自然把這頓飯拋在腦後了，周京澤也自然而然地沒和許隨吃到飯。

許隨忙得腳不沾地時，李漾傳了訊息給她：『隨寶，下週六我生日，妳可不能忘啊。留出一天時間給我，來我家聚會。』

收到這則訊息時，許隨剛在消毒室洗完手，她抽出一張紙巾擦手，回覆：『好。』

『禮物買不買都無所謂，重點是妳和爽爽來。』

許隨看到這則訊息笑了一下，繼而把手機放進醫師袍的口袋裡，走了出去。

雖是這樣說，但許隨還是挑了條領帶打算作為生日禮物送給李漾。

晚上下班後，許隨回到家，點了一份外送，掛外套，燒熱水，收拾好桌面後，她盤腿坐在沙發上吃起了飯。

她一邊吃飯一邊無聊地刷動態，李漾忽然傳訊息過來：『我看周京澤發了貓的影片，問了他家貓貓的身體情況，順勢邀請他來我的生日聚會，他回了我兩個字：沒空。』

許隨看到後失笑，李漾真是一天一齣，她安慰他：『那……不是有我們陪你嗎？別不開心啦，人家可能確實有事。』

週六，許隨本意是想坐梁爽的順風車去生日聚會，結果副駕駛座坐著她的新任男友——找她做全麻手術的那個十八線明星。

小明星叫譚衛，眉眼輪廓深邃，模樣俊朗，穿著時尚前衛，對許隨禮貌地打了個招呼。兩個人你儂我儂，正是打得火熱的時候，許隨不想吃狗糧，把兩個人趕到了後排，主動成了他們的司機。

車子開了一個多小時到達李漾開生日聚會的那棟別墅——閔羅公館。他們到的時間剛剛好，一進門，梁爽吸了一口氣，低罵道：「富二代就是會玩，這場面，沒有這個數布置不了。」

許隨放眼看過去，李漾確實是個老玩咖，廳內琉璃吊燈如藤蔓垂下來，連帶飄在上空的氣球都閃著流動的光。

甜品、前菜、酒，甚至餐具他用的都是最好的，餐點用的不是進口的就是空運過來的新鮮食材。

他把這個生日聚會分為兩個主題，一個是室內的，一個是室外的——落地窗外還有一個泳池聚會。

壽星在人群簇擁中，看見許隨和梁爽來了，放下酒杯，走過來佯裝生氣：「妳們讓我苦等。」

許隨把禮物遞過去，溫聲說：「生日快樂，李漾。」

「愛妳，甜心。」

李漾領著許隨他們走向正中沙發處，那裡坐著的全是李漾的朋友，男的女的都有，都是富二代圈子裡的，個個都是菁英，會玩會賺錢會享受，人也開放。雖然人不錯，但總感覺他們散發著階層優越感。

許隨靠著沙發一側的扶手坐下來，大部分時間聽他們講話，話題提到自己，她會大方地開兩句玩笑，總之，氣氛還行。

李漾拿出相機，猛地一拍大腿：「哎呀，我們還沒合照呢。」

「拍唄。」

李漾連拍了幾張，挑了一張滿意的，又拍了長桌上的酒杯，配文：『雖然……但生日聚會開始了。』

一群人聚在一起，罵瞬息萬變的股票，罵完之後不外乎又把話題扯到了男男女女的那點感情事上。

許隨斜對面的一個女人叫佰佳佳，她從包裡摸出一根女士香菸放在嘴裡，旁邊的同伴一把抽掉她的菸，嘆道：「在這妳也抽？注意一下形象。」

佰佳佳聳了一下肩，撫著裙擺，一把搶回自己的菸：「這裡沒有能征服我的男人，我只好屈從於當下想抽菸的生理欲望。」

「那個呢？」

「太瘦。」

「穿燕尾服的男人呢？」

「普通。」

「八點鐘方向的呢？」

「不好玩。」

同伴收回目光，窩回沙發上，說道：「確實，一圈看下來也就那樣，不是虛有其表就是中規中矩，也給我來一根。」

他們正喝著酒玩遊戲，李漾忽然盯著手機呆了兩秒，反應過來後，語氣隱隱透著興奮：「等等這裡加個人。」

「誰啊？」有人笑道。

「帥嗎？」

李漾：「他性格比較冷啦，不過可以給你們看照片哦。」

李漾找出照片給在場的女士看，一群人興致缺缺地抬眼。

結果在看清照片的那一刻——真的真的帥。

像是碳酸飲料倒入有冰塊的酒，吱啦吱啦，無數氣泡爭相向上湧，場面氣氛立刻變得不同了。

佰佳佳這一幫人振奮了幾分，開始動手補妝，噴香水。

「我的天，這絕對是我的菜。」

「虎口的痣好性感，想親。」

許隨坐在沙發邊，聞言眼皮動了一下，視線瞟過去，對面的女人正反覆放大欣賞照片上的男人。

她看了一眼。

周京澤。

周京澤看到李漾動態時是八點十分，他正好在外公家喝椰子雞湯。

他捏著湯匙的柄，一邊慢條斯理地撇上面的油，一邊看手機。

「你小子！說了多少次，不要玩手機。」外公一點也不含糊地摔了個塑膠湯匙過去。

外婆把調味料瓶拿上桌，一看親外孫被打，立刻心疼了，罵道：「你還好意思打他，自己吃飯不也老愛看報紙？」

外公一臉悻悻，不敢再說話。

周京澤唇角帶著散漫的笑，拇指滑著手機螢幕，正走馬觀花般看著動態，視線忽然頓住，李漾發了一張大合照。

許隨在最旁邊，應該是吃著東西，被人喊了一聲才抬起頭，她手裡的番茄剛送到嘴邊，臉頰鼓起來，安靜的眼眸裡透著一絲茫然。

外公還在那邊說話，頗為嚴肅地咳嗽了兩聲：「你小子，一向固執得很，什麼都不跟家裡說。你那個違反紀律停飛的事，要不要我問問？」

「外公，」周京澤放下湯匙，站起來，「改天再陪您喝湯，我有事先走了。」

周京澤撈起一旁的手機，拿起搭在椅背上的外套就要走。外公氣得不行，說道：「你十天半個月不回家一趟，現在好不容易回來，哪有臨時要走的道理，天大的事？」

「嗯，天大的事。」周京澤語氣帶笑。

他走到玄關處，宋媽又急忙把他落下的菸和打火機送過來，周京澤接過來，想起什麼，對外公說：「您都退休了，再問，別人該說閒話了。而且這件事不是在調查嗎？您要是真插手的話，我到時真說不清了。」

況且，他也有他的驕傲。

在等周京澤過來時，聚會上的女人們不是往手腕、脖子上噴香水，就是對著鏡子補口紅。梁爽和她的新晉男友去泳池嬉戲了，許隨則一臉認真地吃著眼前的水果，順便與旁邊坐著的一名男士玩起了象棋。

許隨下棋下得認真，走棋的風格跟她本人一樣，慢熱，穩健型，開局走了個飛相局。

輪到她走時，許隨托腮思考著下一步棋該走哪，餘光中，一個身影走進來。黑色的飛行夾克，手垂下來搭在褲縫上，腕骨突出，從他落座開始，氣氛陡然發生變化。

場上幾個女人的小心思十分明顯，有人藉由幫他倒酒搭話，有人則明目張膽地換座位。周京澤坐在許隨這一側的沙發上，與她隔了一個人的位置。

因為有人過來換座位，有點擠，許隨向後挪了一下，連帶把棋盤一起往後移。許隨的神色依然沒什麼變化，她喝了一口酒，棋子向前推。她決定走馬。

陸續有人跟周京澤搭話，可他四平八穩的，問什麼都撬不出來，會理人但看得出來是敷衍。看起來他對在場的女人都沒興趣。

聰明的人知道從興趣愛好下手，佰佳佳手撐著下巴，食指在臉頰處點了點，問：「喜歡看球賽？」

周京澤喝著酒，分了眼神過來，仍滴水不漏：「還行。」

坐在對面的佰佳佳挑眉，自動把這兩個字理解為喜歡。沒說死，那就是還行。

佰佳佳話多了起來，但周京澤臉上依舊沒什麼波瀾，和她保持一定的距離，喝著自己的酒，漫不經心地往左手邊看。

許隨下棋時，不經意朝對手一笑，男人立刻愣了，執棋都緩了一秒。

全程，她都沒有往周京澤這邊看一眼，淡然又從容。

這一幕盡收男人眼底，周京澤根根修長的手搭在玻璃杯上收緊，臉色沉沉，似乎要將玻璃杯捏碎。旁邊的女人一心想和周京澤搭訕，沒注意到他臉上的表情變化，問道：「哎，你在看什麼？」

「自然是在看——」周京澤將手裡的酒一飲而盡，放在桌上，像是在蓋章似的，喉結緩緩滾動，「我的人。」

三個字，差點把現場炸翻。

他們都好奇死了到底是哪個女人，周京澤剛才還一副興致缺缺的冷淡模樣，這麼快就對在場某個女人有興趣了？

李漾坐在中央，看見自己好不容易邀請來的人被一幫女人團團圍住，自己卻講不了兩句話。

棋下到一半，許隨申請中場休息去上廁所，她洗了個手，發現唇妝有點花，便從錢包裡拿出口紅對著鏡子描畫。

她正認真補著，洗手間進來一幫女人，她們看見許隨在裡面，笑著打了一下招呼，便開始旁若無人地聊天。

「他剛才說『我的人』三個字時，我都要被他的聲音迷死了。」

「好奇，他說的誰啊？我看他說的時候往左手邊看了一眼。」

「佳佳，不會是妳吧？左手邊，不就正對著妳？」同伴驚訝道。

佰佳佳笑了一下，沒有說話。同伴戳了戳她的手臂，問：「妳怎麼知道他喜歡看球賽啊？」

「他穿著的那件夾克，領口別著一個小徽章，不巧，正是我哥經常掛在嘴邊的那支球隊。」佰佳佳側著頭，撩著長髮，一點清甜的香水味飄到許隨鼻尖。

對著鏡子換耳環的那個說道：「也可能是我，我感覺他在看我，是時候把那個賤人男友踢了。」

許隨補完口紅就出去了，身後的討論聲也漸漸變小，然後消失。許隨回去繼續下棋，那群女人先後回來，坐到座位上，神色比之前更興奮了點。

許隨對於別人怎麼勾搭周京澤，他會是什麼回應，一點也不在乎。除了他剛進場她瞥了一眼，注意力全放在棋盤上了。

她喜歡慢慢布局，放長線釣大魚，到最後把對手圍得死死的。與她下棋的是一個斯文的男人，此時兩手一攤，正要認輸，一道壓迫性的身影落下來，骨節清晰分明的手執起一棋，兵殺中士，一著，許隨的底線全露。

周京澤忽然湊過來，導致在場一大半的人都將視線移過來，讓坐在角落裡的許隨忽然成了焦點。

許隨抬起眼，撞上周京澤的視線，他在看她，眼皮掀起，語氣慢悠悠：「這叫穿心殺。」她的心縮了一下。

戴眼鏡的男人沒感覺到兩人之間的暗流湧動，還豎起大拇指，向周京澤討教：「厲害啊，許隨下棋這麼穩的人，馬上要敗給你了。」

周京澤極輕地笑了一下，當著眾人的面投下一個驚天炸雷，開口：「因為她是我教的。」

空氣停止流動，在場的人相互對視，短短幾分鐘內就經歷了看上、愛慕，最後失戀的情緒，可謂高潮迭起。

原來他剛才說「我的人」是指許隨，原來兩人有糾纏，甚至有過很深的纏綿。佰佳佳這樣想著，又忍不住有點酸。

許隨的神色淡定，認真看著眼前的局，也不是沒有辦法，左移了一個棋子，場面還是扭轉了，平局，她沒輸。

她緩緩開口，聲音不大不小，卻讓在場的人都聽見了：「我也不是只跟一個人學棋的。」

周京澤下頷線繃緊，原本眼底散漫的笑意斂住，視線落在她的身上，看著她，她卻看也不看他一眼。

這時，「啪」的一聲，燈滅了，有人推著五層豪華蛋糕出來。李漾終於成為中心，他站起來，搖了搖手裡的紅酒，嘆道：「真的生日來了，還有點難過。」

「難過什麼？越老越帥。」有人笑道。

外面泳池的人早已換好衣服進來，他們也站起來，拍著掌幫李漾唱〈生日快樂歌〉。

「砰」的一聲，香檳噴出氣泡，彩帶和金色碎片紛紛揚揚地落下來。

唱歌切生日蛋糕後，不知道誰按了一下牆壁上的燈，紅綠圓燈掃射，重金屬音樂在耳邊炸開。

一群人尖叫著鬧事，跳舞的跳舞，玩遊戲喝酒的也有，派對才剛剛開始。

許隨喝了一點酒之後，走到外面看夜景透氣，她倚在玻璃窗上發呆，梁爽走過來拍了拍她的肩膀。

「終於想起妳的朋友啦。」許隨扭頭看清來人，笑道。

梁爽難得不好意思，她吐了一下舌頭：「哎，不談不知道，一談才發現弟弟好黏人。」

「知足吧妳。」許隨捏了一下她的臉。

「嘖，裡面那幫女的太饞周京澤了吧，那眼神恨不得在他面前把衣服都脫了。」梁爽對她眨了眨眼，語氣揶揄，「哎，妳和周京澤到底算怎麼回事啊？剛才他在裡面對妳打直球，我可全聽李漾說了啊，他這不會是想再招惹妳一次吧？妳現在什麼想法？」

許隨搖頭，笑道：「沒想法。」

「行。」梁爽擁著她的肩膀走進去，開口，「外面風大，進去玩遊戲。」

許隨點了點頭，和梁爽一起進去。從許隨進來後，周京澤一直看著她，眼裡也只有她，導致氣氛發生了一點變化。

「哎，你們在玩什麼？」梁爽拉著許隨坐下。

有人答：「坦白局，也叫真心話大冒險，妳們玩嗎？」

許隨點頭，梁爽坐在一旁，拉起譚衛的手，說：「玩唄，不過你們可得注意點，我男朋友在這呢。」

眾人大笑，許隨俯下身，拿起了桌上一塊蘋果，慢吞吞地咬著。第一局，酒瓶轉了十幾圈後，在佰佳佳面前停下。

問話的那個男人剛好是佰佳佳的追求者，忸怩著憋紅了一張臉，問了一個模稜兩可的問題：「妳最近有沒有喜歡的人或事物？」

佰佳佳蔻丹色的指甲敲了一下桌子，不看周京澤，笑答：「有。拜仁慕尼黑。」

氣氛一下子熱了起來，有人吸了一口氣，不禁佩服佰佳佳這招實在是高，算明裡暗裡都出手了吧。

其他人暗暗感慨：輸了輸了，確實玩不過她。

只可惜當事人神色淡淡地抽著菸，並沒有給任何反應。

佰佳佳一向主動，是窮追不捨型，第二次轉酒瓶轉到周京澤面前，佰佳佳神色興奮，她托著下巴，面若桃花，問道：「我也喜歡拜仁，你為什麼喜歡？」

好傢伙，既變相宣布這是她喜歡的人，又表明兩人還有共同話題。佰佳佳一招就把在場幾人的路堵死了。

周京澤伸手彈了彈菸灰，緩緩開口：「說實話，我是內馬爾的粉絲，他效力於巴黎聖日耳曼足球俱樂部，但我前女友在一次打賭中押贏了他的對手，喜歡上了拜仁，所以我也跟著喜歡了。」

這個回答表示周京澤拒絕，他主動轉了酒瓶，開始了下一輪遊戲。只剩佰佳佳一臉失魂落魄。

第二局開始，酒瓶「哐哐」轉了幾圈，在梁爽面前停下來。他們一點也不客氣，讓梁爽和譚衛現場熱吻。

梁爽一點也不害羞，兩人十指相扣，直接來了個法式熱吻，惹得在場眾人尖叫連連。惹得譚衛紅著臉說：「我雖然不紅，沒幾個人認識，但是各位姐姐千萬別拍照。」

「我已經偷拍了。」許隨笑著把小番茄塞進嘴裡。

「要死啊妳。」梁爽作勢要打她。

許隨一整晚都沒怎麼吃東西，掃完面前的水果，又拿了一塊小蛋糕認真地吃著，酒瓶

「哐」的一聲轉到她面前時，眾人都看著她，她還有點愣。

反應過來後，許隨放下蛋糕，拿紙巾擦了擦嘴，笑著說：「真心話吧。」

對方不太了解許隨，但先前周京澤的表態讓人覺得他們肯定有一段，是過去式還是現在式也不清楚，他們只好借助真心話問題卡片。

對方抽了一張卡片，她認真念著上面的問題：「初戀之後，妳一共談過幾段戀愛？」

佰佳佳幫忙解釋：「沒有的話，妳就說沒有。」

明明是很中規中矩的問題，周京澤好像終於碰到了感興趣的話題，緩慢撩起眼皮，直視著她，也在等她回答。

許隨灌了一口龍舌蘭，口腔裡辣得厲害，轉了一下手裡的玻璃杯，看到杯壁上反射出眼眸烏黑，但始終帶著笑的女人，她大大方方說道：「兩段。」

話音剛落，空氣凝固，坐在周京澤旁邊的人忽然覺得氣壓很低，嚇人。

周京澤漆黑的瞳仁緊鎖著她，眼底的情緒像一頭要掙脫出來的猛獸，隨時要將她吞沒，而許隨一直沒看他。

也就是說，分開這些年，許隨一直向前生活，努力工作，認真談戀愛。她的世界裡也可以沒有他。

這一環節很快被揭過去，遊戲繼續，周京澤一杯接一杯地喝酒，燈光移向別處，他的臉龐半陷在陰影裡。

雖然看不見表情，但是身旁的人都感覺出他的情緒不佳。

酒瓶「哐」的一聲，像是命運的齒輪緩緩轉動，轉到周京澤面前停下來。有人看熱鬧不嫌事大，問道：「跟剛才許隨的問題一樣，怎麼樣？你一共談過幾段戀愛？」

這裡了解周京澤的人除了許隨就剩梁爽了，問一個紈褲子弟這種問題，是什麼爛問題，她才不會放過他。梁爽拿起放倒的酒瓶放到他面前，笑吟吟地看著他，語氣嘲諷：「不，改個前提，這七八年裡，周大少談過幾段戀愛？」

周京澤手指夾著的菸猩紅，菸灰掉落下來，灼痛掌心，他將面前的酒拿起，仰頭一飲而盡，聲音一張口就啞了，低頭扯了扯嘴角：「一段也沒有。」

這話說出來，任誰也不會相信。

因為周京澤看起來就是遊戲人間、真心換不了真心的浪子。

但人家玩個遊戲確實也沒必要騙人。佰佳佳托腮想，那就是他陷在上一段感情裡，沒放下，但七八年，也太久了。追他這件事變得更棘手了。

在場的人神色不一，就連梁爽的表情都是愣怔的。許隨臉上倒沒什麼表情，她唇角掛起淺淡的笑，傾身將周京澤面前的酒瓶放倒，推著它轉動起來：「來，下一局。」

話題被她帶過去了，場面又熱鬧起來。夜已深，許隨看了一下時間，十點半，她明天還要值班，於是她起身去找李漾，跟他打了個招呼。

許隨大方地擁抱了一下李漾，笑著說：「生日快樂啊，朋友。」

時間沒過多久，到了十一點，大家陸續離場。周京澤還坐在那裡，一杯接一杯地喝酒，眼前堆滿了酒瓶。

周京澤微弓著身，手抵在大腿上，另一隻手拿起桌上的可樂娜啤酒，瓶蓋的鋸齒磕上桌沿，「呀嗒」一聲，瓶蓋脫落，掉在地上。

一隻骨骼分明的手拎著酒瓶就要往嘴裡送，不料被另一隻手奪下來了。李漾正收拾著桌面，用腳踢著木籃前進，把空酒瓶扔進去。

「我說，你把我這當酒吧了？」李漾在旁邊坐下，自顧自地喝著剛從周京澤手裡奪來的那瓶酒。他才是最應該喝酒的那個人，要不是今晚這些事，他也不會知道原來隨隨是這人的前女友。

周京澤仰靠在沙發上，喉結弧度流暢，落地窗外的光將他的側臉切成落拓不羈、頹喪的立體。

他開口問：「分手後，她真的交往過兩個？」

李漾點點頭，想了一下：「第一任我不認識，第二任她帶來過，我們一起吃飯——」

他話還沒說完，身旁一個身影站起來，周京澤拎起外套就往外走，撇下一句話：「謝謝你的酒。」

李漾有點生氣，他話都還沒說完人就走了。自己怎麼一點存在感都沒有？於是他故意大聲刺激對方：「——交往過的男人，各方面條件都不錯，一點也不比你差！」

周京澤正下著臺階，聞言腳步頓住，回頭，他目光筆直地看向李漾，臉色有點沉，一字一頓：「——不是你叫的。」

許隨回到家，洗完澡洗完衣服後，打開冰箱門一看，空的。

她拿起桌上的手機和鑰匙，穿著睡衣，趿拉著一雙棉拖鞋就跑下樓了。便利商店內，許隨把一堆啤酒，以及明天早餐要喝的牛奶、三明治全裝進去，白色塑膠袋發出窸窸窣窣的聲音。

付完錢，許隨推開玻璃門從便利商店出來，遠處的車一輛接一輛地開過去，一陣冷風颳來，她下意識地瑟縮了一下肩膀。

她手肘挎著塑膠袋，邊往社區走，邊從裡面挑出一罐生啤酒，食指扣住拉環，拇指按住鋁面，往上一拉。

「呩嗒」一聲，拉環打開，許隨舉著啤酒喝了一口，唇齒間都是冰涼的，還有一絲絲甜味。

許隨拿著啤酒罐，還低頭伸出舌尖舔了一下鋁面上的泡沫。

她邊喝酒邊走到自家社區樓下，這裡的感應燈壞了，不經意地抬眼看過去，結果隱約看見有個人背靠在牆壁上，站在樓梯間裡有一搭沒一搭地抽著菸，他的身材高大，周遭一片黑暗，地上散落一地橙紅的菸頭。

許隨走進樓梯間裡，她有些害怕，手伸進口袋裡摸出手機想打開手電筒。她的手有點抖，正要打開時，倏忽，一道人影落了下來。

她還沒來得及反應，一隻強勁的手攥住許隨的手腕，天旋地轉間，許隨整個人被抵在牆上，嚇得尖叫出聲，在聞到男人身上熟悉的氣息後才鬆了一口氣。

原來是他。

許隨推開他想走，不料她的手腕被男人牽住高舉過頭頂，他整個人壓著她，凶猛的男性氣息撲面而來。

「砰」的一聲，一袋啤酒應聲落地。

其中一罐啤酒滾到男人腳下。

周京澤眼睛沉沉地盯著她，他的眼睛漆黑又銳利，像岩石，不見底，欲望赤裸，此刻他像一隻蟄伏已久的困獸，黑暗又壓抑。那眼神，似乎要將她慢慢剝開，再吞下。

「你幹什麼——」許隨抬眼，心裡一陣恐慌。

「麼」字剛發出聲就被淹沒，一道壓迫性的陰影籠罩下來，周京澤單手捏著她的下巴，欺身吻了下來，將她的聲音悉數吞入唇舌中。

他的舌尖彷彿帶著鐵鏽味，冰冷，讓許隨心口一窒，緊接著是掠奪、占有，所到之處，皆引起一股猛火。

許隨的手被十指相扣按在牆上，她只能發出嗚嗚的聲音表示反抗，牆壁是冷的，可眼前這個人貼過來，胸膛堅硬又滾燙，冷熱交加，她感覺自己要呼吸不過來，像一條缺水的魚，渾身乾得厲害。

許隨的胸腔劇烈地起伏著，這反倒方便了周京澤，更靠近一步。

樓梯間裡一直是暗的，社區裡時不時有人回家，停車，紅色的車燈亮了又暗下去；也有人遛完狗回家，說話的聲音忽遠忽近。

許隨一直害怕有人過來，一邊繃緊神經，腳趾不由得蜷起來，一邊還要躲開周京澤的吻。

男人似乎不滿她亂動，拇指按住她的額頭，一口咬住她的耳垂。

許隨發出「嘶」的一聲，語句斷續：「你……要耍流氓去找別人。」

周京澤偏頭再次吻住她的唇，聲音低啞又霸道：「我只對妳這樣。」

他親得認真投入，許隨沉溺在他的氣息裡，因為缺氧而無法思考，他吻過的地方都有電流竄過，癢癢麻麻的。

周京澤這個人是癮，一碰就會淪陷。

許隨的手抵在牆壁上，用力扣著旁邊的牆，扣到指甲生疼，白石灰掉下來，痛感傳來，理智逐漸回籠。

他吻得太用力、太凶猛，許隨用力一咬，血頓時在兩人口腔散開，帶著一絲血腥味。周京澤吃痛鬆開，許隨趁其不備一把推開他。

「你別過來了。」許隨看著他開口，同時伸手抹了一下嘴唇。

許隨看著他，語氣真誠：「我們已經分手很久了，但我還是希望你過得好。」

她不是那種分手了會希望前任過得不好的人，所以她關心他停飛，關心他的現狀，也僅限於此。

周京澤再上前一步，看著他這麼多年，橫跨大洋，飛越沙漠，日思夜想的女人。

她冷靜又從容地告訴他這段感情已經過去時，周京澤五臟六腑都透不過氣。

她像是個局外人。

「許隨，我等了妳那麼多年。」周京澤眼睛直視她，語氣沉沉。

許隨別過臉，一滴眼淚落入指縫中，她沒看他：「沒讓你等。」

光線昏暗，許隨拿出自己的手機，打開叫車軟體，說：「你喝醉了，我幫你叫輛車送你回去。」

臨近十二點，月亮有一半隱進雲層裡，光線浮動在兩人身上，中間好像有一條涇渭分明的線。

一個活在過去，一個活在現在。

周京澤看著許隨，忽然沒來由地扯著唇角自嘲：「原來那次是真的。」

他說話的聲音太小，許隨有些沒聽清，問道：「什麼？」

周京澤從口袋裡摸出菸和打火機，他從菸盒裡抖出一根菸，咬在嘴裡，打火機發出「啪」的一聲，他伸手攏住火。

他低垂著眼，神態漫不經心的，一開口聲音啞得不像話：「問妳件事。」

「什麼？」

周京澤吸了一口菸，拿下來，目光緊鎖著她：「真沒可能了？」

灰白的煙霧從他修長的指間騰起，模糊了她的視線。許隨看向他，眼前這個人，穿著黑色的外套，單手插著口袋，昂著下巴，一身驕傲，長得很帥，也是她喜歡了很久的男孩子。

他在看著她，等著她回答。

許隨點了點頭，周京澤懂她的意思了，後退一步，她看見他眼底的某根弦斷了，接著又恢復冷酷的漠然。

「知道了。」周京澤撂下這句話就走了。風很大，他的衣領被吹亂，隨便抬手理了一下領子，又被吹歪，這下他徹底不管了。

手機發出震動聲，周京澤拿出來看，朋友問：『喝酒嗎？』

他打了一個字回道：『去。』

他隨手攔了一輛計程車，車子在面前停下，周京澤側著身子坐進去，「砰」的一聲把車門關上，連帶把外面燈火的人情溫暖一併隔絕。

車子緩慢向前開，周京澤手肘撐在車窗邊，瞇著眼回想一些事情。

當初分手第二天，他去找許隨復合，卻得到「噁心」二字的評價，少年氣性驕傲，從來都是天之驕子，自尊被人打碎，便負氣而走。

周京澤整整一個星期意志消沉，整個人都不在狀態，那個時候偏偏趕上期末考試，他生平第一次考得這麼差，被看重他的老師厲聲批評。

「你要是這種丟魂的狀態，誰敢坐你的飛機！」老師把文件摔在他面前。

周京澤一言不發，好不容易熬過漫長的考試週，回到家後冷靜下來，想了想，許隨說的應該是氣話。他還是想挽留一次。

他跑去許隨的學校找她，周京澤站在女生宿舍樓下，一連抽了好幾根菸，才等到人。

結果下來的不是許隨。

「一一呢？」周京澤問道。

「啊——」胡茜西看了他一眼，語氣小心翼翼的，「她去香港念書了呀，交換一年，她沒跟你說嗎？」

誰能想到，僅一個星期，人去樓空。

到底是誰狠心？

胡茜西說許隨考完試，立刻收拾了東西，回了黎映，之後就飛去香港了。周京澤靜靜地站在那裡，像一尊沉默的雕像，手裡夾著香菸，菸灰掉落，灼傷掌心，隱隱作痛。

在他開始規劃他們的以後時，許隨卻以一種決絕的姿態，離開得比誰都灑脫。

她先走的。

八月份暑假時，周京澤試圖聯絡她，忐忑又期待地撥了電話過去，電話那頭卻傳來冰冷的女聲：『對不起，您撥打的號碼是空號……』

胡茜西怎麼樣都不肯給周京澤許隨的聯絡方式，他沒辦法，試著打了以前兩人傳錯訊息時，許隨奶奶的手機號碼。

電話打過去，在漫長的等待中，「唔」的一聲，終於接通，那邊傳來「喂」一聲，不是預想中老人的聲音，而是一道中年女聲。

周京澤在電話這邊不自覺坐正身子，說話禮貌又拘謹：「阿姨，您好，我是周京澤，我找許——」

他話還沒說完，許母在電話那邊倏地打斷他，聲音溫柔，卻字字誅心：『小周是吧，你們分手了是吧。——已經去香港了，阿姨能不能懇求你，別再來找她了？她之前為了你，差點放棄去香港的機會，回到家也經常哭，老是不吃飯，問了才知道她失戀了。』

『小周啊，可能對於你們這種出身好的孩子來說，這不算什麼，但我們一一耽誤不起，做家長的就是望女成鳳。況且，你們還小，感情也是一時的，要是你過幾年還喜歡她，那再來找她，可以嗎？至少不是現在。』

許母說的話字字在理，這是一個單親母親懇切希望小孩成才的心。周京澤想反駁卻找不到反駁的理由，垂下眼，啞聲道：「謝謝阿姨，打擾您了。」

後來周京澤工作，彼時正是周京澤風頭正盛、事業大好的時候。

他滿世界飛，落地，再起飛，看起來好像忙得沒時間想任何人。

可有次落地，也許是那天太晚了，情緒繃不住，他到底沒忍住，想她了。周京澤跑去找了許隨。

去找她的路上，他一直在想，這次總行了吧，兩人都長大了，都有能力了，在各自的領域都挺優秀的，父母的阻礙應該不是橫亙在兩人之間的問題了吧。

只要她還喜歡他。

他把車停在她家樓下不遠處，看見一道纖細熟悉的身影，立刻解鎖要下車。可人走過來，視線變清晰，才發現許隨旁邊還站了個男人。

那天天很冷，下雪了，許隨鼻尖被凍得通紅，站在對面的男人立刻解下圍巾，動作溫柔地幫她戴上。兩人看起來很親暱。

周京澤只看了三秒，頂著張面無表情的臉，踩下油門，開著車從兩人旁邊呼嘯而過，濺了對方一身泥水。

那天晚上，周京澤跟盛南洲說了這事。盛南洲一向單純樂觀，聽後直勸：「兄弟，眼見不一定為實啊，別搞得跟偶像劇一樣，男主角去找女主角，看見女主角和別的男人在一起，最後就錯過了。那個男人說不定是許隨她哥或者親戚呢？別多想。」

周京澤半信半疑，最後把這件事壓在了心底。想復合的心就此打退堂鼓。

一直到現在，周京澤心裡還隱隱抱有一絲希望，希望他看見的並不是以為的。現在看來，當初他撞見的男人，應該是許隨的男朋友。

周京澤說不上是什麼感覺，心被一把鈍刀來回割著，一陣一陣的，不是滋味。

他不是生氣許隨交過男朋友，只是他沒底了。

車窗降下，沾著濕氣的風灌進來，一根菸燃盡，他掐滅扔了出去。菸頭在半空中發出微弱的弧光，然後消失不見。

沒有誰會一直在原地等著誰。

她確實是不喜歡他了。

第二十一章　沒錯，我是在追妳

「只給妳的」四個字像催化劑，讓心底剛起來的氣泡，慢慢變大，盈滿，在空中飄來飄去。

那天晚上，許隨跟周京澤說清楚後，總算鬆了一口氣。他是那麼驕傲的人，應該不會再放下身段主動來找她了。

晚上下班回家，許隨洗完頭，放在桌上的手機不停地發出震動聲，顯示有訊息進來。

她坐在沙發上，偏頭用毛巾擦著濕漉漉的頭髮，順手撈起桌上的手機看訊息，通知欄顯示她在某問答軟體的回答有新留言。

還是她多年前一時心血來潮回答的問題——學生時代的暗戀時期，你做過最搞笑的事情是什麼？

至今還有人按讚，在她那則回答底下回覆。

拇指滑動螢幕，一目十行掃下去。

1：『我彷彿看到了另一個自己，不過他現在和別人結婚了，過得很好。希望答主能夠擁有自己的幸福。』

2：『你們現在還有聯絡嗎？』

3：『小姐姐，妳現在對他還有感覺嗎？』

許隨盯著這些問題看了足足有三分鐘，水珠順著髮梢滴進脖頸裡，她俯身抽了一張紙巾擦乾淨脖子。

最終她點了隱藏回答。答案變成了一片空白。

她放下手機，吹乾頭髮，護膚，點薰香，最後一夜好眠。

週三晚上九點，許隨剛下手術臺，她脫掉身上的手術服，以及防護手套，走進消毒室，掛在旁邊的醫師袍裡發出「嗡嗡」的震動聲。

許隨沒去管，擰開水龍頭，手洗乾淨才去拿口袋裡的手機，摸出來一看，是梁爽來電。她點了接聽，笑著問：「小妞，什麼事呀？」

電話那邊一陣沉默，緊接著傳來一陣壓抑的哭泣聲。許隨打開門，聽見她的哭聲，皺眉，語氣溫柔：「怎麼了，誰欺負妳啦？」

梁爽還是不答，繼續哭。

許隨耐心地問她，一邊安撫她一邊看著時間：「我這邊差不多要下班了，等等我陪妳去吃妳喜歡的新加坡菜怎麼樣？」

興許是許隨的聲音太溫柔了，梁爽終於忍不住，在電話那邊號啕大哭起來，以至於說話帶著鼻音，但語氣暴躁又崩潰：『他大爺的，譚衛劈腿了！前一天晚上還說愛我，第二天……就跑去和老女人開房了，我必須給他們一點教訓！』

「啊？」許隨語氣詫異，她邊應邊脫身上的醫師袍，換上外套，「不哭啊，妳現在在哪？我去找妳。」

梁爽吸了一下鼻子，聲音委屈：『我在狗男女幽會的會所附近呢，我今天就是來捉姦的，我還帶了相機和直播工具。譚衛不是個小明星嗎？我今天就要曝光他，給狗男女上一堂課，證明老娘不是好惹的！』

許隨眼皮跳了跳，說道：「妳別衝動啊，我現在馬上過去找妳。」

許隨把手機塞到口袋裡，平底鞋也來不及換下，快速走出醫院，直奔停車場。許隨開著車，一路駛出去。

梁爽性格一向火爆衝動，許隨擔心她一氣之下會做出什麼事，於是加快了速度，朝她所說的地方趕去。

廊橋桂會所，許隨抵達附近，打梁爽電話無人接聽，只好按了按車喇叭來尋人，遠遠看見一個穿著杏色風衣、戴黑色八角帽的女生在前面朝她揮手。

許隨停好車，拔了鑰匙去找她，走到梁爽面前，發現她眼睛都是腫的。許隨趕忙找紙巾，梁爽擺手表示不用，一開口嗓子都啞了：「這家會所是會員制的，沒有卡，我們怎麼進去？」

「妳真的要進去啊，萬一遇上什麼不好的事怎麼辦？」許隨處於理智的狀態。

「我就是覺得委屈，我對他這麼好，憑什麼還要悄無聲息地被綠啊？我前兩天剛用薪水買了支錶給他呢……」梁爽一說眼眶又開始紅了。

許隨忙幫她擦眼淚，聲音溫軟：「妳別急，我想想辦法。」

身後的停車場，車一輛接一輛地停過來。許隨今天穿了一件黑白格馬海毛外套，高腰牛仔褲配靴子，她凝神思考了一下。她有輕微近視，從包裡拿出眼鏡戴上，又將敞開的外套釦子扣得整齊，頭髮綰低，用紙巾擦掉口紅，這一弄，像一個安分守己剛下班的女人。

梁爽見許隨朝停車場的方向走去，神色淡定地和一個中年男人說話，不知道兩人達成了什麼共識，最後她點頭對他笑了一下。

五分鐘後，許隨返回，開口：「可以了，等等我們跟著他進去，他有卡，會幫忙刷電梯。進去後妳把相機藏好，一定不能衝動，不然吃虧的是妳自己。」

「嗯嗯，」梁爽點頭如搗蒜，問道：「不過，隨隨，妳怎麼讓那個男人答應幫忙帶我們進去的啊？」

許隨似乎有點不習慣頭髮綁得這麼低，她低頭撥弄了一下：「那個男人一看家裡就有小孩，我就利用了一下家長的同理心，跟他說我弟弟叛逆不上學，非要來這裡當服務生，家長都氣出病了，我來勸他回去。」

梁爽挽住她的手臂，眼睛又開始紅了：「嗚嗚嗚，妳好聰明。」

「好啦，擦擦妳的眼淚，我們進去了。」許隨拍拍她的手臂。

穿著藍色西裝的中年男人，帶著助理，帶領她們兩個進了廊橋桂會所，再一路刷卡順利乘上電梯來到二〇七〇包廂。

走廊上，未關緊的包廂門漏出男人女人調情的聲音，和隔壁包廂玩骰子、談話的聲音摻雜在一起，縱情又享樂。

梁爽站在門口，手緊握成拳，指尖微微顫動。

「隨隨，等等我負責按住狗男女，拍完照我們就走。」梁爽說道。

很多事情，妳設想的跟真正做到的不是一回事。梁爽推門進去看到眼前的一幕時，理智全失，什麼計畫，什麼見好就收，全拋在腦後。

門被打開，VIP豪華大包廂裡點歌機點的歌沒人唱，卻成了他們的背景音樂，譚衛赤裸著上半身，休閒衣扔在地上，兩個人竟在沙發上糾纏在一起，那個女人快四十歲，譚衛閉著眼，賣力地表演著他的技術活，還喊著「寶貝」。

梁爽氣得氣血上湧，哪還顧得上拍照的事，衝過去，把桌上的杯子、牆角處的花瓶往兩人身上砸，邊扔邊罵：「狗男女，換古代我早浸你們豬籠了，譚衛，你這個賤人，你對得起我嗎？」

許隨站在一旁，拿出手機，調出相機悄悄拍了幾張照。

女人匆忙地穿好衣服，譚衛提起褲子，神色慌亂地想要解釋，可梁爽不停地砸東西過來，他一邊躲一邊說：「爽爽，不是這樣的……」

「別叫我，噁心。不是這樣是哪樣？你們是在拍行為藝術片？」

起初譚衛還能忍，直到梁爽砸過來一個菸灰缸，正中他的額頭，鮮血直流，他索性不裝了，一把攥住梁爽的手臂，眼底的鋒利盡顯：「妳鬧也得有個限度，妳是不是覺得我不打女人？」

譚衛手掌揚起，一臉冷漠，梁爽嚇一跳，害怕地躲開。一道冷淡又有力的聲音響起：「放開她。」

許隨站在不遠處，手裡拿著手機，朝他晃了晃，拇指按住螢幕：「你剛才做的事，還有現在對梁爽做的，我不介意把照片打包透過郵件各發一份給媒體、論壇、你公司。」打蛇要打七寸，朝別人投石也要有把握再扔。

譚衛一下子變了表情，急忙鬆手，一臉討好：「許隨姐，我就是和她感情走到盡頭了……」

許隨正凝神聽著，不料身後一股猛力朝她推來，許隨不受控制地往前一摔，手機飛了出去。

「妳居然想威脅我老公？門都沒有……」女人罵道。

「妳推我朋友幹嘛！」梁爽一下子就炸了，立刻衝過去扯女人的頭髮，兩個人扭打在一起。女人打起架比男人還狠。

梁爽一手拽住女人的頭髮，一手扯住她的假睫毛，弄得對方直喊疼。哪知梁爽被東西絆住，一個趔趄直摔在茶几上，手肘向旁邊一偏，接著類似於瓷片摔碎的聲音響起。

譚衛看到地上碎掉的青花瓷筆筒，整個人都崩潰了，對正在打架的女人吼：「妳惹她幹什麼？送給導演的東西都碎了。」

這是他哄了富婆一個多月才買的，明朝時期的古董，他用來討好導演以求多加點戲份給他的，這下好了，全碎了。

「妳讓她賠啊。」女人指著梁爽說道。

場面亂成一鍋粥，許隨只覺得頭疼，她的手臂被撞出一塊瘀青，費力地去撿地上的手機，她打算報警。

手機剛按出一個「1」字，「砰」的一聲，門被打開，幾名警察走進來：「不許動，剛接到檢舉電話，說這裡有人進行集體色情交易，請配合我們調查。」

這下好了，不用報警，剛好撞上麻煩了。

許隨他們被請了出去，警察逐一排查每間房，將可疑人士帶回去做筆錄。成尤剛上完廁所出來，吹著口哨，一眼瞥見走廊轉角處的許隨，她旁邊還站著一幫人。

成尤對著她拍了張照，側身躲到柱子後面，傳訊息給周京澤。他眼色終於好使了一次，還賣了個關子：『老大，你猜我看見誰了？』

周京澤在家裡剛洗完澡，他開了一瓶酒，撈起桌上的手機，回：『看到誰都跟我沒關係。』

成尤看到這則回覆，心想：你就裝吧，等等看你能不能忍住。於是他什麼也沒說，傳了許隨的照片過去。

果然，不出三秒，周京澤的電話打了過來，成尤接起，聽到了他在那邊穿衣服、找鑰匙發出窸窣的聲音，周京澤撂下幾個字：『她在哪？』

成尤把這邊發生的事告訴他。

警察局，許隨一行人做了筆錄，至於打架鬥毆，他們自然不想鬧太大，選擇私下和解。

許隨需要叫個人過來簽名保釋，她一向獨來獨往慣了，身邊沒幾個朋友，就算有，也不在京北。

許隨握著手機，看著上面的通訊紀錄猶豫不決，最後點開了李漾的好友。拇指按下去，正要撥打時，一隻骨節清晰分明的手一把抽走了她的手機，同時，一道陰影落下來。

她偏頭看過去，周京澤穿著一件黑色的派克外套，衣襟半敞，裹挾著外面凜冽的風，他朝警察點了點頭。隊長拿著保溫杯過來，看見周京澤，面色一喜：「小周，還真的過來了啊。」

周京澤有禮貌地頷首，低低沉沉的聲音響起，笑道：「是，來接個人。」

他接過藍色資料夾和黑色水性筆，在文件上留下冷峻的筆跡。隊長放下保溫杯和他握手寒暄，兩人就各自的近況聊了一下。

許隨有一瞬間是愣的，為什麼周京澤會出現在這？他是怎麼知道的？這些統統在腦子裡成了一個個疑問。

簽完名後，周京澤正要帶她們走，女人語氣刻薄地喊道：「這就走了？妳打碎的那個青花瓷筆筒不用賠嗎？」

「對啊，有監視器的。」譚衛不讓梁爽走。

梁爽氣得跳腳，指著他們：「我賠！等我把照片放出去，你等著玩完吧。」

譚衛脖子一縮正要作罷時，女人走上前為小白臉撐腰：「放心，姐有錢幫你做公關。」

「那我也只賠一部分，你在老娘這花了多少錢？」梁爽牙齒都要咬碎了。

譚衛聽後點頭，反正都這個局面了，而且他最近缺錢，能撈一點是一點。

梁爽拿出手機，覺得眼睛發酸，於是狠狠地揉了一下眼睛。她正打算轉帳給譚衛再當場跟這個賤人互不相欠時，尷尬的局面來了，前段時間剛換車，她發現帳戶裡根本沒有多少可挪動的錢。

許隨看她臉色不對勁，走過去，兩人湊來湊去，還差一筆。

周京澤低頭拿著手機，拉開玻璃門，一陣寒風颳來，他的後背挺拔寬闊，不知道在跟誰打電話。

梁爽正為難著，周京澤再次推門進來，撩起眼皮直視譚衛，語氣閒散：「多少錢？我替她賠。」

晚上近十二點，周京澤開車送兩人回家。雖然平時梁爽沒少說周京澤壞話，但這次她對於周京澤出手相助還是心存感激的。

「那個……今晚謝謝你，你留個帳號給我，我下週還你。」梁爽吞吞吐吐地說。

前面剛好是岔路口，周京澤打著方向盤一偏，聲音帶笑：「客氣，妳和許隨是好朋友。」

緊接著他話鋒一轉，語氣慢悠悠補上：「妳欠我的，不就等於她欠我的？」

許隨無言。

梁爽在前面的路口下車，她一走，車內又歸於安靜，不知道是不是車子開得太穩的原因，又加上今晚的事，許隨累得昏昏沉沉，最後竟靠在車窗旁邊睡著了。

她斷斷續續做了一個夢。

醒來時發現自己竟然在車裡睡著了，許隨揉了揉眼，清了清喉嚨：「我睡了多久？」

周京澤坐在駕駛座，傾身從口袋裡摸出一盒壓片糖，倒兩顆在掌心，開口：「沒多久。」

許隨低頭，額前有一縷碎髮掉下來，說道：「今晚謝謝，總之，我欠你一個人情。」

周京澤拆開包裝，把薄荷糖扔進嘴裡，聲音壓低：「嗯，妳記得還就行。」

許隨走後，周京澤坐在車裡抽了幾根菸，指尖的火光明明滅滅。更深露重，車窗半降，他抬眸看到樓上暖黃色的燈亮起。

一截快要燃盡的菸丟到濡濕的泥土上，他才驅車離開。

回到家，周京澤把鑰匙扔在玄關處，仰靠在沙發上，他閉了一下眼，打算繼續喝剛才沒喝到的酒時，門鈴響了。

打開門一看，是盛南洲。

他拎著兩瓶酒過來，一看茶几上的酒，說道：「唷，挺有默契啊，哥們。」

周京澤扔一罐啤酒給他，自己也開了一罐，悶聲不響地喝起酒。盛南洲也沒說話，陪著他喝酒。

「對了，哥們，你剛才找我借錢幹嘛？」盛南洲問，「你可是超級富二代，不是挺有錢的嗎，輪得到向我借？況且你之前飛了這麼多年的薪水呢？」

周京澤沒說話，盛南洲一看他就是有事瞞著，也不逼問他，於是換了個方式問：「你媽不是留給你一筆信託基金嗎？那可夠你吃喝等死兩輩子啊，也沒了？」

「嘖，」周京澤大概被問煩了，他灌了一口啤酒，笑得閒散，「在我外公那，他說沒找到老婆就不給。」

「厲害，還是外公厲害。」盛南洲豎起大拇指。

盛南洲這個人賤得不行，繼續問：「你借錢幹什麼？」

周京澤無語。

盛南洲虛踢了他一腳，堅持不懈地問道：「哎，問你話呢。」

周京澤將手裡的啤酒罐捏扁，懶散地應道：「許隨和她朋友出了點事，我得管。」

空氣凝滯，一陣沉默，緊接著盛南洲從沙發上跳起來，鎖住他的喉嚨，整個人暴跳如雷：「所以你借兄弟的錢追女人！」

晚上，許隨洗完澡後坐在床邊，她拿著手機找出周京澤的好友，說道：『我欠你的人情，你可以提要求，只要我能做到。』

『我想想啊。』周京澤回。

沒多久，螢幕亮起，許隨以為他想好了，點開一看，隔著螢幕都能想像他欠揍的語氣：

『沒想好，不急。』

你不急，我急。許隨盯著聊天畫面腹誹道。她不想欠周京澤，也不願兩個人的關係不清不楚。

週末，梁爽喊許隨出來喝酒。許隨想到她最近發生的糟心事，思考了一下便答應了。因為她在家查了一下病歷資料，所以出門晚了一些，等她推開酒吧的門，梁爽已經坐在那喝酒了。

梁爽自從失戀之後，就經常跟李漾泡在酒吧裡。酒吧裡，紅光時不時打在吧檯旁邊，梁爽朝她招了招手，臉色看起來還算可以。

「嘖，人生真無聊，」梁爽從白瓷盤裡撿了一粒花生米丟進嘴裡，「一下子對愛情失望了。」

許隨把一塊檸檬丟進酒杯裡，晃了晃，怕她傷心，乾脆岔開話題：「爽爽，之前說的電影現場發布會，李漾給了我兩張票欸，妳要不要一起去？」

梁爽自從被劈腿之後，雖然表面嘻嘻哈哈，好像什麼事情也沒有發生，但許隨感覺這件事對她影響挺大的。她心情很不好，許隨想多陪陪她，能轉移一下注意力也好。

梁爽瞥了票一眼：「義大利電影嗎？可我聽不懂他們說的話。」

「有字幕呀，而且這次在國內上映，好像請了配音老師。」許隨喝了一口雞尾酒。

「行呀。」梁爽點頭，她問了和李漾一樣的問題，「不過妳怎麼喜歡上看義大利電影了？這個發布會我看妳想去很久了。」

許隨手掌撐著腦袋，因為喝了一點酒，紅暈爬上她的臉頰，她想了一下：「我之前不是去香港交換了一年嗎？誤打誤撞認識了一位教授，叫 Professor 柏，在我們學校教義大利語，他是一個非常有意思的人，受了點影響，我就喜歡上義大利電影了。」

「哇，可以欸，教授！妳怎麼不努力努力發展成師生戀？」梁爽眼底激動。

許隨下巴放在手肘上，笑道：「少來啊，我們已經很久沒聯絡了。」

「我去上個廁所。」許隨將杯裡的酒一飲而盡。

雖說雞尾酒的度數比較低，可不知道是不是許隨沒吃飯，空腹喝了兩杯酒的原因，這時不僅胃有點難受，頭還有些暈。

許隨手臂扶著牆，一路朝前走，結果一不小心，在去廁所的路上迎面撞到了一個中年男人。

她立刻輕聲道歉，中年男人喝得醉醺醺的，正要破口大罵，睜眼一看，看到站在面前的是一個皮膚白膩、眼眸含水的女人，臉色陰轉晴，手探了過去：「沒事，陪哥喝兩杯，這事就算了。」

許隨下意識地掙脫，面不改色地誆中年男人：「你試試，我是骨科醫生，不僅會接骨，還會幫你錯骨。」

中年男人一聽勃然大怒，巴掌揚了起來，憤恨道：「臭丫頭，那妳撞了我這事怎麼算？」

中年男人此刻也不裝了，跟個無賴似的攔住許隨不讓她走，就在中年男人一巴掌要打下來時，有人截住了他的手腕。

對方穿著酒吧的西裝制服，身後跟著一個服務生，他推了一下眼鏡：「顧客，您好，我是這裡的值班經理，您先消消氣，這是我朋友，您大人不記小人過——」

「一句話就想把我打發掉？」中年男人瞪了他一眼。

「您今晚的消費全免，外加送您一張會員卡，您看怎麼樣？」經理說道。

人的本性就是這樣，再直的脊梁骨碰上一點蠅頭小利立刻就彎了，中年男人鬆口，小聲地嘟囔道：「這還差不多。」

就這樣，許隨被經理身後的服務生帶回了吧檯，而經理負責善後。

梁爽正在那百無聊賴地喝酒，許隨抽了一張紙巾擦手，跟她說了剛才發生的事情。

「酒吧老闆看上妳了？」梁爽瞪大眼，「不然怎麼會無緣無故幫忙？」

「酒吧老闆沒見過我吧。」許隨說道。

「那就是領班經理看上妳了？」梁爽腦子飛速轉動。

許隨拍了一下梁爽的頭，用牙籤叉了一小塊西瓜遞過去：「吃點西瓜補補腦。」

梁爽被氣笑了，作勢要打她。許隨側身一躲，差點摔下高腳凳。

她們正聊著天，沒過多久，領班經理親自送來酒水。

「許小姐，這是酒吧今天免費送您的。」經理把托盤裡的飲料、食物放到她面前，轉而對梁爽微笑：「梁小姐，這是您的綠野仙蹤。」

「我也有？」梁爽微睜大眼。
「是的，祝兩位有個愉快的夜晚。」經理朝她們微鞠了一躬。
「哎，可以問是誰送的嗎？」許隨喊住他。
「是老闆的一個朋友，那位客人讓我照顧好許小姐。」領班經理臉上掛著公式化的笑容，
「抱歉，我能說的就是這些。」說完這些，酒吧經理朝她們禮貌地鞠了一躬就走了。
梁爽一臉疑惑，原來來酒吧還能遇到這種好事。
許隨更一頭霧水，她的酒已經悄無聲息地被換了，擺在面前的是一杯溫熱的牛奶，旁邊還有兩個可頌。
她正要移開杯子，發現托盤上放了一張小紙條：墊一下肚子，早點回家。
梁爽湊過來看，一臉驚訝：「服了，這次我腦子裡絕對沒有水，誰在追妳啊，怎麼這麼貼心？」
厲害了，居然能在酒吧裡搞出牛奶和麵包，梁爽對這個人佩服得五體投地。
許隨盯著紙條發愣，上面的字跡冷峻，鋒芒明顯，龍飛鳳舞，透露著一股囂張。
其實她心裡隱隱猜出來是誰了。
許隨拿出手機傳訊息給周京澤：『你也在零點酒吧？』
沒多久，螢幕亮起，周京澤回了簡短的一個字：『沒。』
他在否認，可是周京澤越否認，許隨越覺得是他。
重逢之後，周京澤跟以前相比，太反常了，不動聲色地靠近她，撩她，給她一些不確定的

暗示，也主動關心她，時不時幫她，可他又從來都不說什麼。

許隨不想這樣不清不楚地和他糾纏著，想問清楚他的想法，於是心底有了個主意。

她跳下高腳凳，拿著手機預備上二樓，專門往沙發人多的方向走去。

許隨邊上樓梯邊傳訊息：『是嗎？今天在酒吧有個人幫我處理了糾紛，還送了吃的過來。』

她直接上了二樓，燈光更暗，紅紫光交替閃過來，所有的曖昧和調情都反射在玻璃酒杯的鏡面中。

倏忽，有人匆匆而過，啪的一聲，對方掉了黑色的皮夾，卻渾然不覺。

許隨蹲下來，撿起皮夾，朝對方喊道：「你的東西掉了。」

在等周京澤回訊息時，許隨握著皮夾，右手在對話欄裡打字：『好像是個好心人，我現在遇見他了，你說我要不要留聯絡方式給他？』

訊息傳出去，許隨關上螢幕，不再看手機，纖白的手指捏著黑色皮夾，很有耐心地等對方走過來拿回他的東西。是一個戴著眼鏡長相斯文的男人，他接過來：「謝謝，謝謝。」

「不客氣，你檢查一下東西有沒有少。」

見路人過來，許隨往二樓的欄杆處移了一下，男人也跟著走了過來。

男人打開皮夾，一看身分證和幾張鈔票，還有卡都在，鬆了一口氣，一抬眼，許隨正眼睛含笑地看著他，安安靜靜的，很好看。

許隨今天穿了一件白色的針織衫，高腰牛仔褲，長髮及腰，額前不斷有頭髮掉到前面，她伸手撩到耳後。

隨意又動人。是一種介於清純和妍麗之間的嫵媚。

對方的呼吸開始紊亂，明顯心動了。

「那個，謝謝妳啊，要不然我請妳喝杯酒吧？」男人笑著說道。

這個訊號表示什麼，她不是不知道。是想交個朋友，進一步了解的意思。

許隨眉眼彎了一下，正要張口答應，一陣熟悉的菸草味傳來，有人攥住她的手臂，一道頗具壓迫性的影子籠罩下來。

她看都不用看，就知道是周京澤。

許隨太了解周京澤了，悶騷又冷酷，不擅長表達，沒人摸得透他的心思。可有時候逼一下他，這個人又能亮出幾分真心給妳看。

在一起時，她就知道，周京澤強勢霸道，占有欲強，許隨猜到他在酒吧，就是不露面。她只是假裝跟別人搭訕，他就出來了。

許隨這樣做，只是想問清楚。

周京澤站在她旁邊，許隨不動聲色地用指甲扣著他的手臂，很用力，想推開他。緊實的前臂立刻起了幾道鮮紅的指甲印，可周京澤愣是沒事一樣，一言不發地受著，緊貼著她，朝對面的男人點頭，磁性的聲音響起：「不好意思，她喝醉了。」

男人只好點了點頭，失望的神色一閃而過，最後走了。

人走後，周京澤鬆開她，許隨低頭整理自己的衣服。周京澤下頷線繃緊，一雙漆黑的眼睛將她釘在原地，緩緩問道：「好玩嗎？」

許隨靠在欄杆上，眼睛直視著他，眼底透出一點疲憊：「這句話應該我來問你。周京澤，你這個人真的很難懂，你現在這樣又算什麼？不會在追我吧？」

有一縷頭髮卡在許隨穿著的針織衫鈕子裡，她怎麼順都順不好，有些煩躁。周京澤靠了過來，騰出手，骨節分明的手指抵在胸前，修長的手指將頭髮勾出來，沒多久就把頭髮解救出來了。

兩個人靠得非常近，他們這一片的燈光暗下來，周圍喧鬧不已，搖骰子聲、談話聲十分細碎地傳來。

許隨看著眼前身材挺拔，正在認真幫她弄頭髮，一直沉默的男人，忽然生出一種無力感：「算了。」

「算什麼，嗯？」周京澤低下頭看著她，斂起一貫不正經的神色，聲音低低沉沉，「沒錯，我是在追妳。」

他想起什麼自嘲地勾了勾唇角，笑道：「其實之前就一直在追了，以後盡量明顯點。」

周京澤終於把他想說的話說出來了。分開這麼多年，他其間找過她，卻看見她和別的男人在一起，失落、難堪一併襲來，也有點慶幸，至少她過得很好。

重逢後，可能連許隨自己都不知道，她常常一個動作、一個不經意的眼神，就能讓他心動，最原始的生理欲望也被她勾出來。

夜不能寐時，他經常要靠閉眼想像出她的模樣才能抒發出衝動。

周京澤這個人做事，一向不肯露出自己的底牌，做什麼都有十分的把握，也驕傲，所以再遇見許隨時，他追人是不緊不慢，也不肯承認，可是喜歡是沒有輸贏的。

這麼多年，他真就非這個人不可了。

許隨神色愣住，心底一瞬間慌亂，隨即又恢復如常，她說道：「可是——」

「我追我的，沒徵求妳的意見。」周京澤打斷她，語氣一如既往的霸道，眼底只住了她一個人，「現在是我主動找上門來，還賴著不走。」

許隨是真的沒想到，周京澤要追她。當天晚上回去睡覺，她就失眠了，夜裡一直輾轉反側，睡著又反覆做同一個夢。

在夢裡，許隨被大霧困住，怎麼都走不出去。最要命的是，她在夢裡走了一夜，以至於第二天她醒來時，眼睛都是腫的。

許隨洗漱完，打開冰箱拿了一些冰塊，用乾毛巾包著冰塊敷眼睛，消腫以後簡單地化了個淡妝，正準備出門時，周京澤傳了一則訊息過來：『今天可能會下雨，帶傘。』

自此，周京澤每天就跟天氣預報一樣準時提醒她要多穿衣服，出門不要忘記帶什麼。許隨偶爾會應，有時會禮貌地附上一句：『你也是。』

周京澤每天都會和她聯絡，主動傳訊息過來，時不時分享他在基地訓練的日常，偶爾也會問她在做什麼。

許隨回答簡短，但周京澤這個人就是有本事把要結束的話題重新挑起來，讓人不知不覺跟他聊了半小時。

週五，許隨下班後，拖著疲憊的身體回到家，飯也沒吃，她只想泡個澡放鬆一下，可能忙了一週過於勞累，熱水又有放鬆神經的作用，到最後她竟然趴在浴缸邊睡著了。

晚上十一點，放在一旁的手機發出急促的鈴聲，她看了來電顯示一眼，是醫院那邊的。她搓了一下臉，接電話的聲音還有些茫然，等那邊說明情況後，許隨立刻起來，換衣服，臨走前還匆匆捧了一把涼水洗臉讓自己保持清醒。

這是作為一個醫生二十四小時隨時待命的自覺。

醫院來電話說昌東路發生一起酒駕事故，傷患人數過多，許隨連包都沒帶穿上鞋就跑了出去。

到醫院後，許隨和幾個同事在手術室熬到後半夜。許隨抬腳踩手術室的感應開關走了出去，她走到消毒室，按出白色的洗手液，擰開水龍頭，水嘩嘩地流出來沖著白色的泡沫。

忙的時候沒感覺，忙完之後，飢餓感襲遍全身，肚子在此刻咕嚕咕嚕地叫起來。

同事在一旁洗手聽到了，關好水龍頭說道：「我也好餓啊，等等去外面二十四小時便利商店看看有沒有關東煮？」

許隨看了時間一眼，苦笑：「我今晚連晚飯都忘了吃，這個時間關東煮應該也賣完了吧。」

「去看看嘛，買個三明治墊墊肚子也好。」同事抽出一張紙巾擦手，向外走時，說了句，

「許隨，等等我們一起去啊，妳等我一下，我先去看看我那床病人的情況。」

「好。」許隨點頭。

許隨走了出去，在經過醫院走廊時不經意地往外看了一眼，這一看，停了下來，於是她走向窗邊，往外探出頭。

整座城市被一層乳白色的霧氣籠罩著，一片寂靜，偶爾有幾輛車呼嘯而過。天空一片瑩藍，是那種貼了窗戶紙的模糊藍，此刻，樓下高大的玉蘭樹在月光的照射下，散發著柔和的光。有一種靜謐的美。

許隨抬手拍了一張照，繼而分享到個人頁面，說：『好美。』

很快，遠在異國的胡茜西趕來留言，問道：『隨寶，妳那邊應該是大半夜吧，怎麼還不睡呀？』

許隨回：『加班。』後面還加了一個哭泣表情。

回覆完後，許隨把手機放回口袋，朝病房的方向走去，她打算觀察一下病人的生命體徵再出去。

十五分鐘後，許隨回到辦公室喝了一口水，拿下衣架上的外套，打算和幾個同事一起出去吃點東西。

一行人走出醫院大樓，旋轉玻璃門一推開，一陣刺骨的冷風颳來，許隨下意識地裹緊了身上的大衣。

「這也太冷了。」同事縮了一下肩膀。

許隨剛走出醫院大樓沒兩步，放在口袋裡的手機就響了，是一個陌生的號碼。

「喂。」許隨點了接聽。

『您好，許女士，您點的外送已經在附近了，不知道您在哪？我現在在門診部這裡。』

外送？她沒點啊，許隨心生疑問，握著手機貼在耳邊：「我走到住院部這邊了，你右轉過來，很近。」

不到五分鐘，一個穿著外送制服的人右手挎著一個大的保溫箱，走過來：「許女士，您點的快速送餐，請簽收。」

許隨一臉疑惑地接過來，手指捋著上面的明細看了一眼，這也太多了，分明是幾個人的量。

她轉頭對同事說：「好像有人幫我點了外送，挺多的，大家一起吃吧，不用出去啦。」

「我們還有份呀？」同事笑道。

「都有。」

一行人又回到醫院的休息室。

「啪」的一聲，許隨打開牆壁上的燈，一室溫暖。

許隨脫著外套，同事在拆外送，牛皮紙袋貼有南苑酒家的 logo，打開來一看，裡面是一份又一份精緻的私房菜，還散發著香味。

「許隨，妳這個朋友出手可真闊綽，而且南苑酒家不是不外送嗎？」

「天哪，好貼心，還有熱可可。」同事從另一個紙袋裡拿出飲品。

「感謝許醫生，跟著妳吃到了好吃的！」何護士笑嘻嘻地說道。

「那省得我倒水了。」許隨雙手插在醫師袍的口袋裡笑著走了過來。

她坐在沙發上，接過同事遞來的筷子，黑漆漆的眼睫垂下來，在想是誰點外送的。

一開始許隨想到的是胡茜西，可是一想她還在國外，怎麼點給自己？

那就只剩下一個人了。

許隨拿出手機傳訊息給周京澤：『外送是你點的嗎？』

沒多久，手機螢幕亮起，周京澤回覆：『嗯。』

『這個時間了你怎麼還不睡？對了，你怎麼知道我在醫院？』許隨問道。

周京澤每次恰到好處的關心讓許隨懷疑他是不是悄悄在自己身上裝了隱形定位探測儀，不然為什麼她的一舉一動都在他的掌控中？

過了一下，周京澤回了訊息，一貫地言簡意賅，說道：『半夜被1017踩醒，個人頁面。』字裡行間都能感覺出他的睡眼惺忪。

周京澤確實周到，辦事妥帖細心，不僅半夜幫她點外送，還連她同事的份一併買了單。

許隨拿著筷子，右手握著手機正要打「謝謝」二字，男人又傳了一則訊息過來：『牛皮紙袋裡還有個小東西，我讓店家給的。』

許隨放下筷子，轉身去右手邊的小桌子上拿牛皮紙袋。

那個紙袋很大，一眼望不見底。看起來什麼也沒有。

許隨拿著紙袋漫不經心地晃了晃，「啪」的一聲，兩顆草莓糖掉下來，落在掌心裡。

桌上的手機螢幕恰巧在這個時候亮起，是周京澤傳來的訊息：『只給妳的。』

「只給妳的」四個字像催化劑，讓心底剛起來的氣泡，慢慢變大，盈滿，在空中飄來飄去。

她有一絲暈乎乎的感覺，空氣中好像有了一絲甜味。

他是在哄她開心嗎？

十一月，剛好新的一週，天氣大幅降溫，許隨從兩件衣服換到了三件衣服，圍巾、手套全副武裝戴好去上班。

中午休息時，許隨端著一個杯子，走進休息室，正要拿櫃子上的即溶咖啡時，一道影子晃了過來，有人舉著一杯香氣滿滿的咖啡遞到她面前。

許隨抬眼，是同事趙書兒。

「許醫生，喝我這杯！剛泡好的。」趙書兒臉帶笑容地看著她。

許隨半信半疑地接過她泡好的咖啡，一看她就是有事求人，問道：「找我什麼事呀？」

「嘻嘻，那個，我記得妳今晚不用值班吧，晚上陪我相個親唄。」

許隨正喝著咖啡，聞言嗆了一下，轉而咳嗽個不停，眼睛都咳出濕意。趙書兒見狀立刻拍她的背，忙問：「怎麼了？」

相親……她對這兩個字都有陰影了。

不知道是不是運氣問題，許隨相親遇到的都是奇奇怪怪的男人，導致她很排斥相親。

「我不太想去。」許隨把咖啡遞給她。

「不是讓妳去啦！」趙書兒挽著她的手臂，語氣嗔怪道：「是讓妳陪我去。」

趙書兒比許隨大兩歲多，今年三十，長得漂亮，但是一直單身，十分熱衷於相親，也十分挑剔，說媒的人都怕了她。

這次相親，因為對方條件相當好，還說要帶個朋友過來，趙書兒很重視，也怕自己尷尬，想著乾脆也拉一個人陪著去，想來想去想到了許隨。

許隨脾氣好，人也溫柔，在一旁當個安靜的陪襯最好不過了。

「妳就陪我去嘛，妳就當去喝杯咖啡了，我只需要個人陪著。」趙書兒把下巴放在她肩膀上，不停地撒嬌。

經趙書兒的一番軟磨硬泡，許隨最終架不住她的央求答應了。

「說真的，要是你們後面聊著氣氛對了，我就撤啊。」許隨強調道。

「好！嗚嗚嗚，許醫生，我都快愛上妳了，怎麼有妳這麼體貼的女生！」趙書兒一臉感動。

許隨笑著拍了拍她的手臂：「行了，我先去午休了，下午還要上班。」

晚上六點，許隨下班後收拾了一下坐上了趙書兒的車。許隨坐在副駕駛座上，收到了梁爽傳過來的訊息，讓她出來吃飯逛街。

許隨在對話欄裡打字並傳送：『不去了，我要陪我同事去相親呢。』

『好吧，嗚嗚嗚嗚，全世界都有男人陪，只有我沒有。』梁爽哭訴道。

許隨：『下次我多注意一下我們醫院帥氣又人品好的醫生。』

『不不，不找同行。』梁爽傳了一個叉的貼圖過來。

車子約四十分鐘後抵達一家餐廳，趙書兒讓許隨先下車，自己開去地下車庫停車。路邊人群熙攘，許隨站在路邊，等了一下，趙書兒便走過來，兩人一起走進餐廳。

對方已先到，趙書兒熱情地招了招手。

男人站起來，笑了笑：「妳們好，我姓袁，哪位是趙小姐？」

「當然是我呀。」趙書兒俏皮地接話。

「好，都請坐。」對方比了一個請的手勢，笑道。

許隨看向坐在對面的男人，趙書兒的相親對象，袁先生，模樣周正，在投行工作，舉手投足都透露著矜貴氣息。

「我那個朋友臨時有事沒來。」袁先生解釋道，他朝服務生招手要了兩份菜單，問道，「妳們看看想吃什麼？」

許隨只點了一杯檸檬水，便在那安安靜靜地坐著。

趙書兒明顯對這個相親對象很滿意，但她怕自己大大咧咧的性格嚇跑對方，硬是拘謹著在那尬聊。

趙書兒是主角，許隨坐在一邊盡量弱化自己的存在，她本來想玩手機的，又覺得這樣不禮貌，只好數著外面噴泉廣場撲騰來撲騰去的鴿子打發時間。

不知道是不是許隨的錯覺，她總感覺對面這個袁先生的視線時不時落到自己身上，他還總是把話題岔到許隨那，問道：「許小姐喜歡吃甜點嗎？」

許隨回神，手指敲了敲杯壁，笑道：「還好，我記得書書很喜歡吃甜點，就是老方記那家，袁先生可以買給她。」

「聽見沒？我姐妹讓你記住了。」趙書兒說道。

袁先生連忙應道「一定」，帶笑的臉上尷尬的神色一閃而過。

周京澤從城郊基地開車回來，上了一天的課，凌厲的臉上透著一絲倦意。最要命的是，盛南洲坐在副駕駛座上打起了瞌睡。

他今天作為航空公司的股東來城郊基地，美其名曰視察，實際上就是來找周京澤玩。結果盛南洲稀里糊塗被周京澤使喚去了訓練場幹活。可能是從小受他碾壓的次數太多了，盛南洲聽到周京澤的指令就下意識地去做，做到一半又覺得不對勁。一日為奴，終身為奴。到最後盛南洲把自己累得半死不活。

車載音響還緩緩放著蕭邦彈奏的〈C小調夜曲〉，聲音潺潺又動人。周京澤單手扶著方向盤，修長的手指去拿中控臺上的薄荷糖，拆包裝，丟進嘴裡。

他沒想到會在半路上碰到梁爽。她站在路邊，一臉煩躁。

周京澤瞇眼看過去，好像是車子拋錨了。

他抬手關掉音響，在經過梁爽那輛紅色的車時，猛地一踩剎車，車子發出尖銳的剎車聲，停了下來。

盛南洲的腦袋不受控制向前一磕又彈了回來，整個人從夢中驚醒，一臉惶恐：「地震了？」

周京澤給了一個「傻子自己體會」的眼神，「唠嗒」一聲解鎖抬腳下車了。

梁爽正急得上火，一道淡淡的聲音傳了過來：「車子拋錨了？」

一回頭，竟然是周京澤。梁爽點了點頭，說道：「服了，拖車公司還是忙碌打不通的狀態。」

周京澤嘴裡嚼著薄荷糖，走過去，掀開引擎蓋，語氣散漫：「我看看。」

他抬手掰了一下引擎蓋看了裡面的東西，手裡挑著一根線，邊檢查邊問：「妳怎麼一個人，許隨呢？」

「本來想找她吃飯的，她去相親了啊。」梁爽接話道。

周京澤捏著線的指尖動作一頓，緩了半秒，舌尖抵著薄荷糖轉到後槽牙，咬得嘎嘣作響，眼睫垂下來，投下淡淡的陰影。

「在哪？」周京澤聲音沉沉，壓著一股情緒。

「好像在『一九八七』。」

這時，盛南洲跳下車走過來，問道：「這車怎麼回事啊？」

周京澤一把拽過盛南洲，拍了拍他的肩膀：「兄弟，你幫忙處理一下。有事，先走了。」

沒等盛南洲反應過來，周京澤開著黑色的大G從他面前呼嘯而過，甩了他一臉尾氣。

「周京澤，你把我一個人扔在半路上？」盛南洲一肚子火氣。

趙書兒和她的相親對象聊天還算愉快，她中途上了個廁所，只剩袁先生和許隨面對面坐著。

袁先生主動搭話：「許小姐今年多大？平時有什麼興趣愛好嗎？」

許隨皺眉，她只是個陪襯，怎麼忽然問起她了？她正要開口說話時，一道懶洋洋的聲音插了進來。

「許隨，還差兩個月二十八歲，生日十二月二十四號。」

「身高一百六十五公分。」

「不挑食，什麼都吃，跟貓似的，好養活，但對芒果過敏。」

「興趣愛好，看恐怖電影，打遊戲。」

許隨心口縮了一下，兩人皆扭頭看向聲音來源。

周京澤穿著一件黑色的派克外套，肩膀寬闊挺拔，下頷線弧度落拓俐落，單手插著口袋，朝他們緩緩走來。

一股凜冽的薄荷味靠近，周京澤拉了旁邊的一張椅子坐下，打火機放在桌上發出「啪」的一聲響，他撩起眼皮盯著男人。

袁先生嚇一跳。

周京澤挑了挑眉，語氣慢悠悠的，夾著一股狎昵：「內衣尺寸我就不說了。」

一句話落地，既彰顯兩人親密的關係，又霸道地宣示了主權。

這確實是周京澤的作風。

「周京澤！」許隨臉騰的一下變紅，聲音變得氣急敗壞。

她推著周京澤的手臂起身，拿起桌上的包，朝對面的袁先生點頭道歉：「不好意思，袁先生，我還有事先走了。」

許隨推著周京澤走出室外，兩人走了出去，站在左手邊的路口。

「你是不是神經病？」許隨皺眉。

周京澤攥住她的手臂，漆黑的瞳仁壓著戾氣，聲音沉沉：「妳呢，想找別的男人，做夢！」

一陣寒冷的風颳來，周京澤雖然生著氣，但下意識替她擋住了風口。

「我沒有，我沒想來相親，我每次相親都遇到很奇怪的人，這次是陪我同事來的。」許隨無奈。

誰知道周京澤半路殺出來，他就是個臭痞子，竟然在公開場合說這種讓人害臊的話，想想都覺得臉熱。

周京澤神色緩和了一點，點了點頭，竟裝作一點事都沒發生，神色自若地牽住她的手腕就往車的方向走。

「去哪？」許隨問。

「反正妳不老實，」周京澤冷哼了一下，語氣吊兒郎當的，「人被我截到了，正好去約會。」

許隨看著攥住她手腕的手，眼睫抬了抬：「我同意了嗎？」

周京澤的腳步一頓，語氣緩緩：「不同意我就進去揍他一頓。」

許隨無言。

最後周京澤帶許隨來到了電影院，看著螢幕，他偏頭問許隨看什麼電影：「愛情片還是動作片？」

最後三個字，他說得有些意味深長，有些挑逗的意味。

許隨回：「恐怖片。」

行吧。周京澤買了兩張票，正要和許隨進場時，一眼瞥見來往的情侶都是男朋友買了爆米花和可樂給女朋友，對方笑得一臉開心。

周京澤腳步一頓，把票遞給她，開口：「拿著，我去買吃的。」

最終，周京澤拿著兩杯可樂，把一份超大桶的爆米花遞到許隨面前，她有點哭笑不得，這分量也太多了。

這場時間不太好，又加上恐怖電影市場小，今晚竟然被他們兩個包場了。

兩人剛坐下，許隨的手機鈴聲就響了，她拿出來時，周京澤瞥了一眼，李漾。

「喂。」許隨聲音溫軟。

『甜心，我現在好難受，妳在醫院嗎……』

李漾的聲音斷斷續續透過聽筒傳來，周京澤聽得不太連貫，但看起來好像是有事，想讓許隨過去一趟。

「好，我馬上過去。」許隨語氣擔心。

掛電話後，許隨把可樂放到扶手上，起身就要走，語氣焦急：「李漾急性闌尾炎，他現在需要人過去照顧，我得趕過去，電影下次再看吧。」

她正要走時，周京澤抬手拽住了許隨的手腕，虎口卡住纖細的手臂，緊了緊，開口問：「電影馬上要開場了，不看完再走嗎？」

見她神色擔心，周京澤邏輯清晰，一字一句道：「李漾那麼多朋友，肯定不只找了妳一個人，實在擔心的話，看完電影我陪妳過去。」

許隨搖搖頭，掰開他的手：「抱歉，我真的得去。」說完，許隨就走了。

光線浮動，整個影廳只剩下周京澤一個人。時間緩慢地流淌，靜得只有電影銀幕上主角無聊的對白聲。

周京澤背靠在紅色的座椅上，抬眼看著右邊扶手上立著的藍色可樂杯。

藍色可樂杯靜靜地立在那裡，杯壁上有細小的水珠，吸管別在旁邊。

它還沒來得及被許隨插上吸管，就被拋下了。

周京澤坐在那裡，思緒發怔，雖然李漾是朋友，但他心底的滋味依然不好受，像是一根細細的線勒著心臟，透不過氣。

忽然之間，他終於懂了許隨當年是什麼心情。

當初他趕去找葉賽寧，她被拋下，也是現在這種感覺吧。不被喜歡的人第一個選擇，確實讓人失落。

突然，前門一位家長帶著小孩進來，應該是遲到的觀眾。他們的座位也是周京澤這排，在最裡面。

大人彎著腰牽著小孩進場，在經過周京澤的座位時，小孩一臉渴望又羨慕地看著他手裡一大桶滿滿的爆米花。

「送你了。」周京澤垂下漆黑的眼睫，把爆米花遞給他，還摸了摸小男孩的腦袋。

他說完起身，側著身子走出座位區，一步一步地踏下臺階，離開了電影院。反正也沒人會吃了。

第二十二章 她是他的唯一

香港是他的終點，京北城是他的終點，南江也是他的終點。
許隨在哪，哪裡就是他的終點。

那天晚上，許隨照顧李漾忙到半夜，空閒下來才有時間看手機，點開一看，是周京澤傳來的訊息。她以為他會生氣，結果沒有。

『早點回家，要不要我去接妳？』

可能沒有等到回覆，過了兩個小時，他又傳來一則訊息：『那多穿衣服。』

周京澤沒有因為這件事情發脾氣，照例每天做她的天氣預報和陪聊好友。時間久了，許隨習慣了，偶爾也會向他傾訴一些事。

週二，陰雨。許隨在外科室忙了一天，中途跟一個患者家屬耐心又認真地解釋病人現在的情況——病症轉移到內部了，且比較嚴重，建議他們轉院，轉到擅長專科治療的瑞和醫院——

結果被家屬指著鼻子破口大罵了半個小時：「現在醫生都這麼好當了嗎？動動嘴皮子就能賺錢了？我被你們幾個醫生來回踢皮球一樣，踢了多少次了！一下讓我轉這個科檢查，一下讓我去那個科，妳最離譜，讓我轉院，是妳沒用吧？妳的醫生執照哪裡來的？傻子！老子要投訴妳……」

許隨還是耐著性子跟對方解釋，依然沒用，最後患者家屬輕蔑地看了她一眼：「妳最多是個運轉機器，一點都不像醫生，太冷漠了。」

許隨握著筆寫字的動作一頓，垂下眼睫，臉色有點蒼白，她想解釋什麼，但最後什麼也沒說。

下班後，許隨僵著的某根神經斷掉，整個人如釋重負，趴在桌上。半晌，周京澤打來電話，許隨和他聊了幾句。

許隨有點沮喪，情緒憋著無處可說，就跟他說了這件事。她輕聲抱怨工作辛苦其實不算什麼，最重要的是負責任地做事還得不到患者的理解，心裡覺得有點委屈。

周京澤在那邊靜靜地聽著，拿電話的手換了個手勢，聲音低沉：『妳出來。』

「又幫我點了外送？我已經下班了。」

許隨正準備下班，她穿好外套，收拾好包，走出門診部的大樓。一出門，凜冽的風颳來，許隨不由得瑟縮了一下。

今天的天氣有點糟糕，還下了點雨。

許隨正準備拿出包裡的圍巾裹在頭上衝出去時，不經意地抬眼，看見周京澤撐著一把黑色的傘站在不遠處等她。

周京澤穿著黑色的外套，裡面套了一件灰色的連帽休閒衣，好像去理了髮，頭髮短得貼著頭皮，還是那副痞壞的模樣，他單手插著口袋，抬眼看著她。

雨滴順著黑色的傘簷滴落下來砸在地上，開出一朵又一朵的小花。黑色的傘布下露出一截漆黑淩厲的眉眼，他寬闊的肩膀被染成深色。

恍惚之中，許隨好像看到了大學時的那個男孩。

他們在一起時，也是這樣冒雨來接她，漫不經心地說「我吃醋了，妳得哄我」的那個男生。

心動了一下。

「你怎麼來了？」

「打給妳的時候正在回家的路上，」周京澤走到面前，看著她笑，「忽然就想轉個彎了。」

「想不想吃麵？」周京澤問她。

許隨點點頭，但這人正經不過兩秒，他收了傘，站上臺階，低頭看她，又開始逗人。

「左邊口袋裡有暖暖包，自己拿，」周京澤頓了頓，不緊不慢地說道：「當然，我的右手更暖。」

許隨眼睫一動，終於露出今天第一個笑容：「我選左邊。」

周京澤開車載著許隨，剛駛出主城區幹道沒多久，雨就停了。她按下車窗，雨後的晚風徐徐且清涼，許隨的心情明朗許多。

周京澤知道許隨心情不好，不動聲色地開車帶著她兜了一圈風，最後帶她來到附近的一條小吃街。他握著方向盤轉了一下，掉頭，在不遠處找到一個停車位，兩人先後下車。

小吃街在右邊，許隨走在前面，周京澤雙手插口袋跟在她後面，地面濕漉漉的，昏暗的路燈下，兩人的影子時不時疊在一起。

小吃街熙攘，不遠處的紅藍色帳篷錯落在右側，賣氫氣球的老人家手指勾著一把線站在路邊。

路邊的燈箱牌散發著紅色的光，街道上的人偶爾擦過彼此的肩膀，燒烤的香氣時不時飄過來。

一地煙火氣。

許隨走到一家水果攤前停下來，打算拿一盒鮮切水果。倏地，旁邊有個帶著滑板的大學生走了過來，他的五官俊朗，穿著一件藍色的休閒衣，陽光又活力。

因為那個男生也要挑水果，許隨側身往旁邊挪了一下。

許隨今天穿著一件杏色的毛呢大衣，黑色窄裙，氣質大方。她綁著高馬尾，露出一截白皙修長的脖頸，隨著她彎腰挑水果的動作，掛在耳朵上的珍珠小耳墜一晃一晃的，襯得她脖頸的弧度優美，讓人看得喉嚨發癢。還是跟以前那樣，看起來挺瘦的，但該有的、吸引住他的東西，一樣不差。

周京澤站在不遠處等著她，同時發現她旁邊的男生看得更直勾勾，他臉色沉了下來，隨手掐滅手中的菸，走了過去。

許隨正用手機掃碼付錢給老闆，忽地感覺有人拽住她的馬尾，直接把髮圈拉了下來，一瞬間，長髮散落，恰好把漂亮的脖頸遮掩住。

「你幹什麼？」許隨立刻去搶她的髮圈，周京澤手裡拿著那條髮圈，垂眸一看，恰好是她上次帶走的那條。

他後退一步，直接放在口袋裡，吊兒郎當地笑：「物歸原主。」

許隨撲了個空，沒好氣地看了他一眼。她真的不理解他，一條髮圈而已，這人是有什麼舊物癖嗎？

兩人一前一後來到一家麵館，許隨找了張空桌坐下來，服務生送上茶水，周京澤站在點餐處點餐。

許隨抽出紙巾認真地擦著眼前的木桌子，不遠處周京澤和老闆談話的聲音傳來。

「老闆，兩碗鮮蝦麵。」周京澤單手拿著手機，看著對面牆壁貼著的菜單說道。

老闆娘的臉被熱氣蒸得很紅，她笑道：「好嘞，您先坐下，馬上到。」

「對了，一碗麵多加蔥和香菜，一碗不用加。」周京澤頓了頓，強調道。

許隨正凝神擦著桌子，聞言一失神，食指指腹擦到了木桌上的倒刺，立刻有細小血珠湧出來，一陣一陣地疼。

她垂下眼，抽出紙巾擦掉上面的血跡，在周京澤坐過來時，她把手放了下去。

兩人面對面坐在一起吃了一碗麵，只要不聊彼此禁忌的話題，氣氛還算融洽。許隨吃得快一點，她放下筷子，正擦著嘴，聽到外面一陣吆喝賣手工糖人的聲音，立刻起身：「你先付錢，我去買糖人。」

許隨一路小跑追去，周京澤愣了一秒，反應過來繼續慢條斯理地吃麵。吃完麵結帳，他起身，漆黑的眼眸一掃，發現許隨走得太急，手機還落在桌上。

周京澤失笑，這麼大的人了，怎麼還跟小孩一樣，丟三落四的。

他拿起許隨的手機，正要放在口袋裡，不經意點亮了螢幕，發現上面顯示傍晚有一串陌生號碼的未接來電。不巧，這正是他的手機號碼。

周京澤舌尖舔了一下後槽牙，冷笑一聲，漆黑的眼眸溢出一點陰鬱之色。

真行，連號碼都不存。

許隨好不容易追出來，找到大爺的小攤，挑了一個兔子模樣的糖人，她忍不住先咬了一口，正要掃碼付款時，一摸口袋，發現手機不見了。

她正著急尷尬時，一道低沉的聲音插了進來：「大爺，多少錢？」

「八塊。」

許隨鬆了一口氣，周京澤付完款後，動作有些粗暴地把她拎到一邊。他穿著黑色的外套，頭頸筆直，居高臨下地看著她，憑空生出一種俯視感：「不存我號碼？」

許隨接過自己的手機：「忘了，等等存。」說是這樣說，但她沒有任何動作。

路人匆匆，有人不小心撞了許隨一下，男人順勢扶住她，大掌正好放在她腰上，許隨抬眼看他，周京澤攬著她的腰，往前一送，兩人之間的距離立刻變得嚴絲合縫。

他低下頭看她，銳利的眼睛緊鎖著她，那股痞壞勁又出來了，他掃了周圍來往的人一眼：

「逼我親妳？」

許隨心猛地一縮，是真的相信周京澤敢在大庭廣眾之下做這樣的事，她立刻掙脫，忙說道：「我現在存。」

最後她硬著頭皮在周京澤的監督下，把他的號碼存進聯絡人裡，男人才放開她。

兩人一起走向停車的地方，大概是因為這條小吃街背靠大學，四周隨處可見大學生。許隨隨意地往前一掃，看見不遠處的一對學生情侶。

寸頭男生穿著黑色休閒衣，沒正經地去搶女朋友手裡的東西，最後湊到她耳邊不知道說了什麼逗弄她，女生的臉紅得不像話。

像極了以前的他和她。

周京澤單手插口袋，撩起眼皮看到眼前的一幕也怔住了。他踢了一下腳下的石子，忽然開口，語氣很暖：「當年分手，妳說的問題，我找到答案了。」

許隨迴避：「過去了。」

她的反應在周京澤的預料之中，他極輕地扯了一下嘴角，沒再說什麼。

週五，意外的大晴天，許隨照例來飛行培訓基地授課，人一到，結果發現空蕩蕩的，一個人都沒有。她正好迎面碰見吳凡，問道：「學員呢？」

吳凡停下匆匆的腳步，他說道：「課程取消了，老大沒跟你說嗎？今天湊巧趕上了航空飛行特技大賽呢。」

所以呢？調課或者取消了，周京澤作為基地負責人也不提前跟她說一聲，讓她白來一趟，這不是故意耍人嗎？明明早上他還傳了天氣預報給她，卻不提這件事。

許隨心底隱隱有些生氣，但她不是那種會無故對別人發火的人，點了點頭：「好，那我先回去了。」

「欸，許醫生，妳去哪？不去看比賽嗎？很好玩的。」吳凡熱情邀請，強調道：「老大讓我一定要帶妳過去。」

許隨正要擺手拒絕，吳凡眼神祈求，一副「妳就別為難我」的模樣，她只好答應。

上車後，吳凡發動車子。西郊路上的風景很美，許隨降下車窗，往耳朵後面貼了兩片暈車貼片，一路狀態舒適地前往西郊。

車子開了一個半小時抵達西郊九方水域廣場。來京北這麼多年，她還是第一次來這個地方。

這裡有一個相當寬廣且占地面積很大的水域廣場，周邊的高樓拔地而起。大廈每層樓有一塊玻璃鏡面，一路層疊上去，太陽光投射在上面，朝水面反射出一片粼粼金光。水面正北方有一個半弧形的看臺，可容納近千人，像是廣場裡多出來的一片花瓣。

吳凡領著她去觀眾席，順便解釋道：「這個比賽還挺好玩的，看見水中的塔橋，以及遠處的立標了嗎？參賽人員分為兩隊，哪隊拿到的分數多，哪隊就贏了，三局兩勝。」

許隨點了點頭，挑了一張明黃色的椅子坐下。今天天氣很好，風吹驕陽，開場還有直升機水上飛行表演。

太陽有點刺眼，許隨抬手擋了一下眼睛，認真看著，還跟著大家一起鼓了掌。比賽正式開始，選手分為紅藍兩隊。

飛行員開著小型的直升機一路升上高空，隨即又一路俯衝下來，跟鯉躍龍門一樣穿過塔橋。

周圍爆發出一陣猛烈的掌聲，觀眾紛紛拿起手機錄影。

看臺坐滿了，廣場邊也擠滿了路人，還有記者一路跟隨，全程實況直播。

許隨正認真看著，身旁忽然一道身影籠罩下來。周京澤坐在她旁邊，微弓著腰，手肘撐在大腿上，瞇了瞇看向遠處比賽的兩架直升機，語氣閒閒的：「一一，妳押誰贏？」

其實許隨看不懂比賽賽制，但一點也不影響她跟周京澤唱反調，他喜歡紅色，許隨頓了頓道：「我押藍隊。」

「行。」周京澤點了點頭，拆開了一顆糖丟進嘴裡，「打個賭，我贏了，答應我一件事，怎麼樣？」

許隨看著他，周京澤挑了挑眉，指尖捻了一下手裡的包裝紙：「妳放心，是合理的事。」

「行，要是你輸了，你追我這事就算了。」許隨的話一出，立刻占據了主導權。

周京澤眼皮跳了跳，定定地看著她，最後低下頭扯了扯嘴角：「我不會輸。」

這次要是輸了，他就把自己的手廢了，這輩子還開什麼飛機直升機？

周京澤在她身邊待了沒多久就走了。因為這個賭約，許隨開始認真看起比賽，放眼望過去，藍色直升機像一艘天上的飛船，靈活地隨塔橋蜿蜒，最後還來了個矩形飛行。

紅色直升機也厲害，但它的每個動作都有點凶猛，許隨看著都擔心它撞到橋標，可每一次都被紅色直升機輕巧躲過。

最後的成績是一比一平局。

第三局，人群中忽然爆發出一陣喝彩聲。許隨瞇眼看過去，周京澤一身火紅相間的飛機服出現在視線裡，眉目漆黑，頭頸筆直，整個人看起來瀟灑又帥氣，左肩金線繡制的小飛機在太陽下熠熠生輝。

他左手抱著黑色的安全帽，另一隻手戴上麥克風，用指尖敲了敲，測試通訊，最終一切準備好，一步跨上機艙。

媒體見比賽關鍵時刻來了個帥哥，紛紛把鏡頭對著他。周京澤本人倒是泰然自若，在簇擁中，他忽地回頭，目光筆直地朝觀眾區看了過來，視線緊鎖著許隨。

打這個賭之前，許隨根本不知道周京澤會在關鍵時刻上場，他分明是誆她打賭，這是犯規。

許隨的視線被他捉住，不像以前讀大學時那樣容易害羞，相反，她坐在看臺上，中指屈起，朝他晃了晃，笑。

意思是祝他落敗。

周京澤怔住，隨即露出痞壞的笑。

直升機的顏色是紅與白，機身正中刻著 G-350，只見機頭緩緩上升，沒多久盤旋直上天空。

周京澤開的那架 G-350，在空中不緊不慢地晃了一圈，就在大家準確地把關注的目光放到那架藍色直升機上時，紅色直升機倏地俯衝而下，擦過水面，直直通過塔橋，水面只蕩起了一點漣漪。

周京澤開的直升機一如他本人，穩中帶股橫衝直撞的勁，遠遠看去，那架直升機像一隻紅色的蜻蜓，十分輕巧地飛躍，繞塔盤旋而上，側飛。

無論哪一個動作他都完成得非常漂亮。

許隨數了一下分數，果然，紅隊贏了。

許隨坐在看臺上，神色懨懨托著腮，垂下眼，手指點著臉頰，在發呆，想輸了周京澤會讓她做什麼。

倏然，觀眾區爆發一陣歡呼和尖叫聲，右手邊坐著的一個女生激動得不行：「哇，這是表白嗎？也太浪漫了吧。」

有人附和道：「是啊，不過 G-350 在天空寫什麼？破折號？」

許隨眼皮倏地一顫，緩緩抬眸，陽光燦爛，碧空萬里，天氣好得似全世界都為他讓路，只見那架紅色的直升機在天空噴煙，一停一頓地寫字。

不是數字 1234 的 1，也不是國文試卷裡常寫的標點符號破折號。

是一一。

是她的小名一一，是唯一的一。

許隨原本平靜無痕的心再一次被掀起波瀾，不受控制地跳了起來，像有電流密密麻麻地竄過。許隨想起前天晚上，兩人撞見一對年輕情侶那次，他說：「當年分手，妳說的問題，我找到答案了。」

周京澤在告訴她，她是他的唯一。

觀眾席中，大家紛紛站起來，鼓掌，還有人拍照發動態。許隨在一片激動的聲音中拿起包悄無聲息地離開了現場。

許隨打算從側門離開，看見轉角處有個廁所，進去洗了手。她出來時正用紙巾擦著手，邊擦邊從側門出去。

她一低頭，一雙鋥亮的皮鞋出現在眼前。

許隨轉身就想跑，不料男人一把攥住她的手臂，帶到跟前，低下頭看著她，分不清是誰的呼吸亂了：「躲什麼，嗯？不要告訴我妳沒感覺。」

許隨岔開話題，問道：「願賭服輸，你想要我做什麼？」

「下週外公生日，陪我回家一趟。」周京澤鬆開人，低下頭，看著她。

許隨怔住，想起了大學時他準備帶她回去見外公，結果她提了分手。這句話說完之後，周京澤也意識到了什麼，兩人一致沉默。

「你是說假扮你女朋友嗎？可以。」許隨點點頭。原本曖昧糾纏的東西，因為她說的這句話，而變得清晰且界線分明。

周京澤眼皮翕動了一下，他明明不是這個意思，但只有這樣，許隨才會跟他回家。這樣的話，他也認了。

男人咬了一下後槽牙，說道：「是，假扮。」

「你記得買禮物。」許隨牽了一下嘴角，提醒道。

晚上回到家後，許隨躺在床上，梁爽轉傳了一則新聞過來，並說道：『隨隨，這個一一是妳吧？周京澤開的直升機是僚機吧？連我都有點心動了。』

許隨點進網址，才發現白天周京澤在天空中用飛機寫字表白一事上了熱門，還讓網友津津樂道了一天。

因為飛行員長得正，網友開始扒他的資訊，只可惜，他的身分背景一點都查不出來，只能查出他以前任職過的航空公司。至於他用飛機寫的「一一」，就是一個暱稱或小名，更找不到人了。

許隨點開這個影片下的留言，全是對周京澤長相的誇讚：『這種痞帥的長相，還是單眼皮，有感覺，我覺得剛出的真人CS競技遊戲代言可以找他。』

『從今天起，我換老公了，以後請叫我周夫人。』

『真的很正，在京北城哪個地方可以偶遇他？』

床邊的燈散發著暖色的光，許隨躺在床上，看著梁爽那句「連我都有點心動了」發怔。

周京澤一直是這樣，像洶湧的風、熾熱的太陽，喜歡一個人，轟轟烈烈，明目張膽地要讓全世界知道。

答應陪周京澤去外公家的時間很快來到。周京澤提前半個小時在她家樓下等著，修長的手搭在方向盤上，他正伸手要去拿中控臺的菸，不經意一瞥，視線頓住。

許隨遠遠地走來，她今天穿了一件米白的刺繡收腰裙子，外面套了一件湖藍色大衣，頭髮綁成了丸子頭，露出光潔飽滿的額頭，額前細小的絨毛垂下來，杏眸盈盈，嘴唇淺紅。像極了大學時的許隨。

安安靜靜的，總讓人忍不住多看一眼。

男人喉結緩緩滾動，看著她：「很漂亮。」

許隨不知道他的情緒變化，只當這是一句尋常的誇讚，禮貌地回答：「謝謝。」

車子一路緩慢地向前開，駛進一片老城區，視野忽然開闊，道路兩旁栽了兩棵高大的梧桐樹，遮天蔽日，陽光從頭頂樹葉的縫隙落下來，一地斑駁的樹影。

周京澤開車左轉在閘口處停下來，從皮夾裡拿出門禁卡傾身遞過去，門衛刷完卡放行。車子緩慢向前行。

隔著車窗看過去，許隨發現這裡面是一片家屬宿舍，道路寬闊，林木成蔭，一群年輕人在足球場踢球，周圍時不時發出一陣喝彩聲。

停好車以後，許隨仍在那東看西看，覺得有點新奇，一雙眼睛轉來轉去，有人牽住她的手，手掌寬大，沉沉地貼著她的掌心。

許隨下意識想掙脫，周京澤提醒她：「馬上要進去了。」

「怎麼，沒見過家屬宿舍啊？」周京澤牽著她往前走，笑。

「當然不是。你忘了我爸以前是消防員啊？」許隨笑笑。

她只是沒見過航空工程師的家屬宿舍，走在裡面，隨處可見有年代感的飛機模型立在那裡。

周京澤外公家門口有兩株蠟梅，花瓣探出枝頭，他領著許隨走進去，裡面已經來了好多客人。

一進去，許隨接收到四面八方打量的眼神，不免有些緊張。周京澤緊了緊握著她的手，說道：「沒事，這些是家裡的親戚和外公的幾個學生。」

周京澤領著人走到一位老人面前，把禮物遞過去，笑了笑：「外公，生日快樂，這是許隨。」

老人把目光移到她身上，許隨猶豫半天，最後笑著說：「外公，生日快樂。」

老爺子今年七十六歲，頭髮花白，但身子骨還算硬朗，原本還神色威嚴，聽到這一聲「外公」立刻眉開眼笑，招著手說：「好好，妳是一一吧，看到這小子終於把女朋友帶回家我就高興。」

許隨心底疑惑，老爺子怎麼知道她的小名，還認識她？老爺子這一開口，七大姑八大姨圍了上來，拉著許隨東問西問，十分熱情。

「臭小子這麼渾，還能找到女朋友哦。」

「妹妹，妳是哪裡人啊？今年多大了？」

「我就沒見京澤把哪個女生領回家過，妳是第一個，是準備結婚了？」

許隨被圍在人群中間，被長輩們拉著你一句我一句密集地提問，過分的熱情讓她有些不知所措。況且，她也不是周京澤真的女朋友。

她正不知該如何是好時，一道懶洋洋帶笑的聲音插了進來，周京澤緊緊牽住她的手，說：「各位長輩，你們再問下去，把人嚇跑了，我怎麼辦啊？」

「叔叔，你這叫撒狗糧！」人群中有個奶裡奶氣的聲音冒出來。

大家被這小孩逗笑，許隨看到周京澤低頭也跟著勾了一下唇角，心口窒了一下。

周京澤陪著老人家喝茶，和他媽媽這邊的親戚聊天，偶爾提到自己的近況時，淡淡地一帶而過。

許隨坐在客廳裡陪著小孩看卡通，小女孩叫果果，人有些皮，但嘴巴很甜，一口一個「漂亮嬸嬸」。

果果看卡通看得入迷，看到關鍵時刻在沙發上跳了起來，她手裡拿著一杯果汁，一個踉蹌沒注意，滿滿一杯果汁灑在許隨身上，橙色的果汁灑在米白的裙子上，濕答答地往下滴著。

小孩此刻也慌了，保姆正好端水果上來，見狀趕緊把果盤放下來，抽紙巾遞給許隨，說道：「我的小祖宗喲，妳看看妳做的好事。」

周京澤聽見這邊的聲響，走了過來，見許隨裙子上都是果汁，問：「怎麼回事？」

小女孩因為周京澤靠近而哆嗦了一下，眼淚汪汪的：「對不起，嬸嬸。」

周京澤蹙起眉頭，還想說點什麼，許隨抬頭看著他，用眼神阻止，一隻手摸了摸小女孩的腦袋，嗓音溫柔：「沒關係，但以後看電視要坐好哦。」

「嗯。」小女孩抽了一下鼻子。

許隨低頭繼續擦她的裙子，可怎麼擦也沒用，保姆開口：「許小姐，要不然妳上樓換一件吧，她姑姑出國前的那些衣服都還是新的。」

周京澤說：「去吧，等等吃飯的時候我叫妳。」

許隨點頭，跟著保姆上了二樓，進了一間次臥。保姆拉開衣帽間，笑笑：「許小姐，這一層的衣服都是新的，妳先換，我先出去了，有什麼需要的再叫我。」

「謝謝。」許隨說道。

眼看快到吃飯時間了，周京澤看了時間一眼，人還沒下來，打算上樓叫許隨下樓吃飯。

周少爺雙手插著口袋，慢悠悠地上樓，來到二樓左手邊的第二個房間。

周京澤在門口站定，屈起手指敲了敲房門，發出「咚咚」的聲音。

許隨還在裡面換衣服，衣帽間的衣服顏色大多比較顯眼，她好不容易挑了件簡單的，又發現這件裙子太難穿了。她以為是保姆張媽，便開口：「進來，門沒關。」

「呀嗒」一聲，門被打開。許隨還在跟身上的裙子鬥爭，她今天穿了一件交叉細肩帶的內衣，外面這件黑色絲絨裙又是交叉綁帶的，內衣帶子和裙子纏在一起，怎麼解也解不開。

「張阿姨，妳能不能幫我解一下？」許隨的聲音有點無奈。

周京澤倚在門口，漆黑的眼睛盯著女人的後背，呼吸漸漸灼熱。

上午十一點半，大片的光線湧進來，投在她後背上，造成一種白玉透明的質感，純潔又欲。

她太瘦了，後面兩塊蝴蝶骨凸起，中間的脊線，一路往下延，被黑色絲絨裙擋住，誘人又充滿遐想。

許隨穿著黑色的絲絨長裙，後背拉鍊半拉，反手扯著帶子，以至於袖子鬆鬆垮垮地滑落半吊在手臂上，圓潤白皙的肩膀十分晃眼。

她光腳踩在地毯上，小腿纖細，黑色的絲絨晃動，看起來聖潔又讓人想侵犯。

周京澤感覺喉嚨一陣乾渴。

她才是他的癮吧。看一眼就有反應了。

許隨發現身後一陣沉默，正要轉身，一陣熟悉的菸草味飄了過來。

周京澤的手捏著她的肩帶，指尖時不時碰到她的後背肌膚，冰涼、刺骨，這些明顯的感官刺激讓她心尖一顫。

「怎麼是你？」許隨皺眉。

她想轉過身來推開周京澤，忽然想起自己肋骨處的刺青，下意識地用手擋住。

「你出去！」許隨說道。

周京澤嘴裡嚼著一顆薄荷糖，舌尖抵著糖在口腔內轉了一圈，解著裙子帶子的手一頓，抬眼，然後一拉緊，許隨向後跌，後背立刻貼上他的胸膛。

「換衣服不關門的毛病哪來的？要是進來的是別人……」周京澤頓了頓，聲音壓低，靠了過來，熱氣拂到她耳邊，「妳是不是欠收拾？」

他這樣一靠過來，許隨耳朵那塊又癢又麻，她側身躲了一下，想推他出去又害怕刺青被他看到。

整整五分鐘，許隨感覺自己像一條砧板上的魚，被周京澤抵著，他靠得太近，動作又不緊不慢的，感覺他的每一寸呼吸都遊走在後背上，她不由得縮了一下。

像有密密麻麻的電流帶過，許隨無法動彈。

終於，帶子解開了，周京澤抬手將她後背的裙子拉鍊拉好。

許隨舒了一口氣，終於安全了，她立刻穿上鞋。

大少爺靠在沙發扶手上，眼皮半抬不抬，唇角帶笑，一副等著被感謝的模樣。

許隨得到自由，轉過身做的第一件事就是徑直走到周京澤面前。

男人抬眼，四目相對，許隨對他笑了一下。

周京澤一愣，心一動，整個人還沒反應過來，許隨徑直用力地踩了他一腳，然後一溜煙跑開了。

「嘶。」周京澤看著她的背影，步調緩慢地跟了過去。

他發現分開多年，許隨不是那個軟糯乖巧的小貓了，而是時不時露出小獠牙咬人的貓了。

兩人一前一後地下樓，周京澤跟在後面。

吃飯時，周京澤的外公和外婆熱情地夾菜給她，生怕招待不周，許隨不好意思起來。

許隨忙勸阻道：「外公，今天是您的生日，就別夾菜給我了，我要是有想吃的，自己能夾，再不行，我可以叫他幫我夾。」

說完她悄悄推了一下他的手臂，周京澤看著手機，視線移過來，說道：「是啊，你們就別忙了，這不是有我呢？」

老人總算放下筷子，一群人把關注的視線移到周京澤外公身上，敬酒的敬酒，小孩說著祝福的話，紛紛祝他七十六大壽快樂。

席間，周京澤收到一則陌生號碼的訊息，點開一看：『嗨，我是佰佳佳，你還記得我嗎？喜歡看球賽的那個，我最近手裡有足球比賽的門票，剛好有拜仁，要一起嗎？』

周京澤盯著訊息想了半天，才想起這個人是誰，他挑了挑眉，在對話欄裡打字回覆：『忘了說，喜歡拜仁的人是許隨。不介意的話，可以把兩張票都賣給我，我帶她去看。』

訊息傳出去後，一直到吃完飯，佰佳佳都沒再傳訊息過來。

吃完飯後，一些人相繼離場，親戚則留下來湊了一桌麻將，一家人圍在一起，好不歡樂。

下午，周京澤被外公指揮去後花園把前幾天被狗咬壞的架子修好，一群小孩拿著玩具小鐵鍬興奮地跟著周京澤去了花園。

客廳裡只剩下外公和許隨，外婆也去和他們打麻將了。

下午三點多，天氣很好，室內敞亮，陽光斜斜地打了進來，照得人暖洋洋的。

「一一啊，妳家是哪的？」外公拄著拐杖笑咪咪地問。

「黎映，在江浙一帶。」許隨答。

「南方啊，那是個好地方。」老爺子說道。

「家裡還有什麼人？都做什麼的？」

許隨垂下眼睫，扯了扯嘴角：「爸爸是消防員，在我國中的時候因為出任務意外去世了，媽媽是老師，家裡還有一個奶奶。」

老爺子聽著聽著心疼起了這個孩子，安慰道：「好孩子，妳要是不嫌棄我這個老頭子的話，常過來吃飯，外公教妳下象棋，妳外婆還會插花呢，讓她教妳。」

「好。」許隨彎起唇角。

心裡有一絲暖意，她覺得，周京澤一家都是很好的人。

「瞧我這腦子，陪我下盤象棋怎麼樣？」老爺子拄著拐杖敲了敲地面，「我剛好去樓上拿我的老花眼鏡。」

「我扶您。」許隨站起身。

許隨小心翼翼地扶著周京澤外公上樓，一路扶他進書房。老爺子東翻西翻，只找到了一副眼鏡，他開口：「孩子，我先在這找，妳幫外公去京澤房間看看有沒有象棋，平常他也會拿去玩，就在最裡面那間。」

「好。」許隨點點頭。

許隨走了出去，走到陽臺旁邊最裡面那個房間前，手放在門把上，擰開推門走了進去。

周京澤的房間跟他本人的風格相同，冷色調，床單是麻灰色的，一本飛行航空雜誌扔在床頭。一張軟沙發，地毯，牆上掛著投影機，矮櫃上一排航模。角落裡還放著一把棕色的大提琴。

許隨走過去，認真地翻找象棋，結果怎麼找都沒有。

視線不經意一瞥，一盤象棋擺在沙發的角落裡。

許隨做事一向細心，她坐過去，打開棋盤，檢查有沒有漏掉的棋子，找了一下，發現沙發旁的縫隙裡卡著兩顆棋子。

她抬手去拿棋子，結果另一顆棋子「吧嗒」一聲掉落，卡在更深的縫隙裡。

許隨只好彎腰，臉頰貼著沙發，費力地將手伸進縫隙裡去抓。

摸索了好一陣子，許隨終於抓到那顆棋子，慢慢起身，結果一不小心撞到了貼在沙發牆壁上的地圖。

「哐噹」一聲，磁鐵掉下來。許隨撿起磁鐵貼回去，發現地圖上有好幾個城市標了紅色、藍色的記號。

藍色圈好的城市是出發點，紅色圈好的城市是終點，中間用一根線連著。

而這上面有無數根紅線。

許隨發現，這些出發城市統一指向三個終點，分別是香港、京北、南江。

南江是她讀研的城市，一個不確定的猜想在心裡慢慢產生，許隨說不出什麼情緒，只覺得呼吸沉重，她正盯著上面的地圖，一道聲音從門口傳來，問道：「一一，找到象棋了嗎？」

「找到了。」許隨回頭，聲音有點啞，「外公，你知道這是什麼嗎？」

外公拄著拐杖走進來，他坐在沙發上看了一眼，笑笑說：「說實話，我也不太清楚。孩子啊，妳不好奇，為什麼我一眼就認出妳了嗎？」

「為什麼？」許隨感覺喉嚨有些難受。

下午的陽光很好，周京澤的外公坐在那裡和許隨說話，他的語序有些混亂，但許隨還是抓住一些關鍵字。

「我記得他讀大學的時候，忽然有一天說要領個女生回家讓我看看，」外公回憶了一下，說道，「他說，『外公，那個女孩叫一一，很乖，也善良，我很喜歡她』。」

那時周京澤倚在門口，身上沒有了那股孟浪氣息，垂下漆黑的眼睫，認真地開口，在想起許隨時不自覺地笑：「跟她在一起，我開始想以後了。」

老人家以為能見到許隨，可在親外孫生日那天，周京澤徹夜未歸，飯桌上的菜和長壽麵都沒能吃一口。

他似乎忘記了自己的生日。

「你們當初分手，這孩子就跟瘋了一樣，他一向自律，有規矩，可一連好幾天酗酒，將自己關在房間裡面不出來，課也不去上，十分頹喪，張媽都不敢靠近他的房間。」外公頓了頓，嘆了一口氣，「當時，他那個混帳模樣，如果我不管他，就沒人管他了。」

「後來，他終於肯出來，情緒好了點的時候就跟我下象棋，陪我去花園種樹。我看他狀態好得差不多，肯正常進食了，會出去，也重新撿起落下的課，我以為這件事就過去了，可哪能想到有一天——」

在一個很平常的午後，周京澤帶著貓和德牧來外公家吃飯，飯後他帶牠們去曬太陽，1017原本翻著肚皮在他腳邊曬太陽，忽然，牠瞥見蝴蝶飛來，於是跳上花架去玩了，沒多久就不見了。

外公拿著除草剪刀，彎著腰找了一下貓，沒找到，看周京澤坐在長椅上發怔，問道：「貓呢？」

周京澤坐在院子裡的長椅上，腳下的荒草蔓延，快要蓋過爬著紅鏽的椅子，他抬眼看著正前方，黑漆漆的眼睫有點濕，紅著眼，聲音嘶啞：「外公，我把她弄丟了。」

小時候周京澤被關在地下室，遭受他爸暴打虐待，一直哭個不停。後來他發現哭不能解決事情，就再也沒哭過。

這是老人家第一次見周京澤紅了眼眶。

外公看著眼前的女孩，繼續往下說：「後來我就不知道囉，他後來去美國訓練，再畢業，滿世界飛。他經常回來，問他怎麼老是回來，他說就是飛機轉個彎的事，一回來就往房間裡鑽，現在看來是在弄這個地圖。」

許隨順著周京澤外公的手勢再次看向地圖，她的手悄悄緊握成拳，裙角快要被她揪得變形，可還是沒忍住，一滴又一滴的眼淚砸在地上，視線一片模糊。

地圖上，這麼多年，無數個藍點通往三座城市，標記了數次的來回。

洛杉磯—香港，距離約一萬一千六百公里，耗時十六小時。

蘇黎世—南江，距離九千零二公里，耗時十小時。

柏林—京北，距離八千九百八十四公里，耗時十八小時。

這些航程途經歐洲、亞洲等幾個大洲，但都通往同一個地方。

香港是他的終點，京北城是他的終點，南江也是他的終點。

許隨在哪，哪裡就是他的終點。

許隨一個人站在那裡安靜地哭，眼睛、鼻尖都是通紅的，外公也沒責怪她，只是說：「我家這個孩子，從小受的苦比較多，導致性格可能有點缺陷，不會表達，也不會去愛，妳多擔待他一下。」

後來許隨陪外公下棋時，情緒漸漸恢復，臨走下樓時，她特地去洗手間洗了把臉，看鏡子裡的臉色好點了才出去。

周京澤拎著工具箱從後花園回來，屁股後面跟了兩個小孩。果果一臉高興地走進來，撲到老人家懷裡，她偏頭給大家看耳邊戴著的小花，語氣有些小驕傲：「叔叔幫我戴的小花，他說因為我漂亮。」

許隨失笑，上午這小孩還怕他怕得要命，只是一下子的時間，周京澤就收穫了一個小女孩的芳心。

周京澤洗完手，等許隨收拾好，虛攬著她的肩膀想帶人離開。外婆忽然喊住許隨，遞過來一個錦盒，語氣溫柔：「一一，外婆見到妳很開心，第一次見面，外婆也沒什麼禮物給妳，這是以前他媽留下的，不是什麼值錢的東西。」

許隨打開錦盒一看，是一支成色很好、翠綠欲滴的玉鐲子。這哪是什麼不值錢的東西？她嚇一跳，忙推了回去，說道：「太貴重了，我不能要。」

「妳這孩子，收下！」

許隨覺得兩位老人真的很好，要是知道了她不是周京澤的女朋友，會很失落。想到這，她還是擺手，可一抬眼，對上兩位老人期待的眼神，拒絕的話就說不出來了。

她最終收下了這個禮物。

周京澤開車載許隨回家，一路上，他發現她整個人都有點不對勁，失魂落魄的，不知道在想什麼。

「不開心？」周京澤抬手掐了一把她的臉。

許隨拍開他的手，說：「沒。」

周京澤打著方向盤偏頭看了她一眼，發現她眼睛都是腫的，眉頭蹙起，嗓音低沉：「哭過了？」

「沒，前一晚熬夜熬的。」許隨垂下眼睫解釋。

周京澤沉吟了一下，看出她不開心，看了時間一眼，語氣輕哄：「那要不要去吃點東西？」

「我不餓。」許隨搖頭，猶豫了一下從包裡拿出那個錦盒遞給他，吸了一口氣，「鐲子你找個時間還給外婆吧……」

車子正緩慢向前開，倏地發出一聲尖銳的剎車聲，許隨不受控制地向前一磕。周京澤打著方向盤，車子靠邊停了下來。

車內一陣沉默，周京澤在一片沉默中開口，聲音沉沉，問：「為什麼？」

「太貴重了，而且才第一次見面……」許隨的聲音有點啞。

周京澤的下頷線繃緊，弧度凌厲，眼睛緊鎖著她：「我說過，我喜歡的，他們也會很喜歡。」

氣氛僵持，許隨只覺得喉嚨乾得厲害，她有很多想說的，又不知道該從哪說起。

周京澤心底有些說不出來的無力感，他煩躁得想去拿中控臺上的菸，想起什麼又放棄。

最終他按下車窗，風灌了進來。日落時分，天空呈現一種濃稠的昏黃色，半晌，他看向正前方，風聲很大，把他的聲音割成了碎片，語氣緩緩的：「妳要是不想要，就扔了吧。」

第二十三章　某人醋罈子打翻了

喜歡一個人就是，儘管心情已經低到了谷底，還是願意為一個人買愛吃的鳳梨包和糖炒栗子。

她怎麼可能扔掉？許隨遞出去的手又縮了回去。

到家以後，許隨整個人如釋重負，倒在沙發上，昏昏沉沉地睡了一覺。等她醒來時，已經是晚上十點了。

許隨洗完澡，吃了點東西，然後看了一下電視，結果發現怎麼都集中不了注意力，乾脆關了電視跑去睡覺。

可能是先前睡過一覺的原因，許隨在床上翻來覆去，一直到後半夜，怎麼樣都睡不著。腦子裡還是會想起白天的事。

原來當初分手，周京澤並不像表面表現得那麼無所謂和灑脫，他也是在乎這段感情的。還有那張世界地圖。那麼多標記，無一不指向她讀書、工作的城市。

他是不是去看過她很多次？

為什麼又不出現？

這些藏在心底的疑問，許隨想問又不敢問，最後拿起枕邊的手機，打開某問答軟體，這是她第一次發文提問。

——『問一下大家，如果妳和前男友分手多年，最近忽然發現他其實一直沒放下這段感情，他正好在重新追妳，但妳還是不敢嘗試，怎麼辦？』

興許是許隨發文章的時間很晚了，幾乎沒什麼人回覆，半夜兩點，只有一個匿名帳號回道：『那就冷他一段時間，好好聽一下自己內心的想法，是不是真的有勇氣再來一次。』

許隨盯著這則回覆，想了很久，覺得有道理，心裡也有了方向。

接下來幾天，周京澤傳訊息給她，許隨很少回覆，因為一和他聊天，內心就會不堅定，也會想不清楚。

不過周京澤並沒有察覺到其中的變化，他最近好像很忙，偶爾傳語音訊息過來聲音也是疲憊的，照例關心著她的日常。

週末，許隨終於等到想看的那部電影的首映發布會。

她在香港時其實看過這部電影，叫《後街區女孩》，它根據義大利一本暢銷小說改編而成。

許隨很喜歡這部電影，能再次看到，她非常開心。最讓人期待的是，她喜歡的女主角也會到訪宣傳。

許隨很迷電影裡的一個場景。女主角克麗莎穿著海一樣顏色的襯衫、紅短褲，在灰土揚塵、骯髒不堪的後街區，穿過黑暗的隧道，走過公路，堅定地走向她的海。

為了期待的發布會，許隨還特地帶了一本綠色軟皮封面的原著小說和電影海報，打算到時去要個簽名。

週六下午三點，梁爽開著車出現在她家樓下。

許隨上車以後，梁爽鎖了車門，把一袋甜點給她，說道：「喏，特地買給妳的。」

「謝謝。」許隨拆開紙袋，從裡面拿了一個可頌。

梁爽一邊發動車子一邊和許隨講話，笑咪咪地說道：「我還沒見過明星呢，希望能有金髮碧眼的帥哥！」

「金髮碧眼的美女倒是有，這部電影算大女主電影，不過也有幾個男配角，都挺好看的。」許隨撕了一塊麵包扔進嘴裡。

約四十分鐘後，她們抵達國際會展中心，然後憑票入場。發布會設在一個場地極大的影廳，流程是觀眾先觀影，主創團隊再出來交流，最後做宣傳。

影片開始，許隨特地將手機調成了靜音，認真地看起電影。李漾幫她們留的位子恰好是中後排正中央，最佳的觀影位置。

許隨一直看得很專注，電影進入尾聲時她還是沒走出來，直到「啪」的一聲，影廳內的燈光亮起，一室明亮，才將人從故事的情境裡喚出來。

同時，各家媒體架起攝影機等候主創團隊出來，舞臺的燈光也隨之「轟」的一聲亮起。

主創團隊一併出現在臺前，許隨坐在椅子上有點激動，從包裡拿出她的手機對準喜歡的演員拍了一張照。

主持人站在一旁問觀眾看完電影的感受，許隨的手肘抵在椅子扶手上，專心聽著觀眾提問，演員回答，偶爾主持人開玩笑時她也跟著笑。

有些關於電影的觀點，許隨也很認同。

後面有觀眾上臺跟演員玩遊戲互動的環節，結束之後可以得到演員的簽名照。許隨的心動了一下，但還是沒有動作，她並不好動。

她想著等等還有機會，因為李漾之前說過觀影結束後讓工作人員帶她們去要簽名。

觀影結束後，許隨傳訊息給李漾：『欸，你的工作人員朋友呢？現在發布會結束啦，我想去後臺要個簽名。』

沒多久，手機螢幕亮起，李漾回：『甜心，Sorry，我那個朋友請了病假，簽名可能要不到了。』

觀眾陸續散場，許隨還坐在那裡，她把手機訊息給梁爽看。

「啊，什麼意思啊，泡湯了？李漾這個不可靠的！」梁爽皺眉，把手機還給她，「隨隨，要不然我們去後臺碰碰運氣吧，妳來這不就是為了要簽名嗎？」

「好。」許隨猶豫了一下，點頭，站了起來。

兩人手拉著手一前一後離開了影廳，偷偷摸摸地來到演員休息室。不知道為什麼，許隨第一次幹這種事，有些緊張，一顆心怦怦直跳。她的目光掠過一間間化妝間和休息室，最後停在了女演員克麗莎的休息室門口。

梁爽剛想抬手敲門，身後傳來一道嚴肅的聲音：「妳們兩個在幹什麼？」

許隨回頭一看，工作人員就在不遠處，正朝她們走來，神情十分嚴厲。

「你好，我們可以進去要個簽名嗎？」許隨說道。

對方做了驅逐的手勢，一板一眼地說道：「出去吧，不可以。」

「那……我們在這等一下，要是碰見她出來再要簽名，可以嗎？」許隨語氣帶著請求，希望這個工作人員能夠通融一下。

哪知對方絲毫不肯通融，還一副「我見多了妳們這些狂熱粉」的模樣，一臉不勝其煩：「不要打擾演員休息，再不出去，我們叫保全親自『請』人了。」

梁爽聽他一板一眼地說話就來氣，剛想開口罵人，許隨拉住她的手制止了。

她有些洩氣，心想第一次追星就失敗了。

「不好意思，打擾了。」許隨對工作人員說道。

許隨拉著梁爽轉身正要走時，身後忽然傳來一道低沉磁性的聲音：「許隨？」

許隨回頭，看著不遠處的男人愣了三秒。

對方穿著一件筆挺的黑色羊絨大衣，身材高大，頭髮略短，眉眼立體，臉龐輪廓深邃，正看著她。身後的助理拿著他的咖啡和文件。

她反應過來，聲音透著驚喜：「柏教授？」

梁爽第一次看見這種溫柔英挺型的帥哥，激動又緊張，悄悄用手肘推著她：「什麼什麼，這就是妳在香港做交換生時的教授嗎？」

柏郁實單手插著大衣口袋，朝她們走來，笑的時候眼角有一道細細的紋：「好久不見，小同學。」

「好久不見，柏教授，沒想到會在這裡碰見你。」許隨也不由得笑道，想起什麼，又說道，「這是我朋友，梁爽。」

「妳好。」柏郁實伸手，又笑了一下。

梁爽整個人都愣住了，迷失在他的笑容裡，開始結巴：「你……好。」

柏郁實極輕地握了一下她的手，再收回，體貼又紳士，他抬了抬眼皮，一猜就中：「想要簽名？」

「對，想碰個運氣。」許隨有些不好意思。

柏郁實點頭，朝身後的助理使了一個眼色，助理立刻明白過來，敲了敲門：「這是我們柏老師的朋友。」

門打開以後，柏郁實走了進去，許隨站在門口，裡面隱約傳來柏郁實說話的聲音。他在說義大利語，微捲著舌頭，發音字字清晰，讓人想到黃昏裡動聽的琴弦聲。

沒多久助理讓她們進去，許隨進去之後，順利地要到了簽名照，女演員還擁抱了她一下，說道：「謝謝妳的喜歡，很榮幸。」

許隨的臉很紅，心跳也有點快，以至於出來之後她仍覺得開心。

柏郁實留在後面跟女演員聊了幾句，最後來了個貼面禮告別。

許隨站在門外等柏郁實出來，開口：「謝謝你，柏教授，不過怎麼這麼巧，會在這部電影上映時遇見你？」

「因為這部電影我有參與配音。」柏郁實淡淡地解釋。

「那你也太厲害了，柏教授！」梁爽見縫插針誇道。

「一點興趣。」柏郁實抬手看了腕錶的時間一眼，笑道，「我還有點事要處理，不介意的話等我十分鐘，一起吃個飯？」

「好。」許隨點點頭。

柏郁實走後，他身上那股好聞舒適的檀香味也隨之消失在空氣中。

兩人坐在後臺等柏郁實，梁爽挽著她的手臂，問道：「隨寶，你們怎麼認識的呀？我今天看到他，忽然領悟到了老男人的魅力。」

「就是有一段淵源，下次講給妳聽。」許隨解釋。

柏郁實沒多久出現在走廊上，朝她們招了一下手。

許隨和梁爽走過去，她們上了柏郁實的車。柏郁實跟司機說了一個地址，車朝京南路的方向開去。

許隨和梁爽坐在後座，車裡一股淡淡的雪松味，清清冷冷。有些無聊，柏郁實放了音樂，舒緩的鋼琴聲如流水，潺潺動聽。

梁爽坐在車裡，無聊地亂看，忽然眼尖地發現這輛男性化氣息明顯的車裡，中控臺上擺著一隻陳舊的粉色紙鶴，實在不像他的風格。

「柏教授，你喜歡摺紙啊？」梁爽問道。

柏郁實坐在副駕駛座上正闔著眼休憩，聞言睜眼，看向車前方那隻小小的紙鶴。

他狹長的眼眸裡驟然生出濃郁的黑色，只是一瞬，又歸為平靜，淡淡道：「不是什麼重要的東西。」

車子偏離城中心，在一個巷子口停了下來。司機下車繞過來開門，一雙長腿側下來，柏郁實將大衣的第二個釦子扣好，他抬手制止，給了司機一個眼神。司機立刻心領神會，跑到後面幫兩位女士開門。

柏教授帶她們去了一家法國餐廳，他走在一側，聲音緩緩：「聽朋友介紹說這裡不錯，要是不好吃我們再換。」

梁爽算是土生土長的本地人了，活了近三十年，竟然不知道這裡居然有一家美術館餐廳。

餐廳無論從外觀，還是裝潢設計、裡面的格調，都像極了美術館。吃飯全程由柏郁實招待，他面面俱到，細節、禮儀一樣不少。

反倒她們成了客人，柏郁實成了東道主。許隨有些不好意思地說道：「柏教授，你來到京北城，應該是我請你吃飯的。」

柏郁實喝了一口紅酒，開口，他的普通話帶著一種港腔，低低的，很悅耳：「我在這邊出差一週，這幾天還要麻煩妳招待。」

一句話讓許隨的壓力消除，也將兩人歸於同一水平線。許隨鬆一口氣，淺笑一聲：「一定。」

梁爽坐在一旁，邊吃邊欣賞窗外的景色，覺得舒服又放鬆。她拿起手機拍了外面一隻貓跳上屋頂的照片，又拍了用餐的照片。

誰的臉都沒有入鏡，只有柏郁實的虎口卡在高腳杯上，以及許隨低頭吃水果時，袖子上移，露出一截纖白的手腕，出現在照片裡。

梁爽把這兩張照片發到個人頁面，配文：『跟著我隨寶來蹭吃，嘻嘻。』

許隨一點也不知道這件事，她跟柏郁實聊天，說了一下近況，同時也得知他還在香港B大任教。

吃完後，柏郁實送她們回家。梁爽家比較近，她先下了車。柏郁實坐在副駕駛座上，忽然想起什麼，從皮夾裡抽出兩張票，轉過身，問：「國外近代電影海報展，過兩天有時間嗎？」

許隨接過來看了一眼，手放在膝蓋上點頭，道：「有的，但下次吃飯一定要讓我請。」

柏郁實笑了一下，眼角那道好看的細紋皺起，車窗外的流光擦過他的鬢角。

車子在許隨家樓下緩慢停下來，柏郁實主動先下車替許隨打開車門，許隨拎著手提包下車，鞋跟卻不小心崴了一下。

許隨一聲不小的驚呼，控制不住地向前摔去，結果一雙手穩穩當當地接住了她，柏郁實的嗓音在黑暗裡聽起來格外溫潤：「小心。」

許隨站穩之後，稍稍拉開兩人間的距離，開口：「謝謝。」

「進去吧，我看著妳進去。」柏郁實站在她面前，從大衣口袋裡摸出一根雪茄，指尖捻了捻。

許隨想了一下展覽的日期，說道：「好，後天見，柏教授。」

說完後，許隨笑著轉身，不經意地抬眼，發現周京澤站在不遠處，正看著他們，整個人半陷在黑暗裡。他穿著一件黑色的派克外套，一隻手插在褲子口袋裡，另一隻手夾著菸，動也不動地盯著兩人。

灰白的煙霧吐出來，周京澤的眼神像一頭在黑暗裡蟄伏已久的野獸，黑暗，深不可測，似冰刃，刺得她心尖一顫。

許隨被周京澤的眼神釘在原地無法動彈，她有一瞬的心虛，雖然他們什麼也沒有。

「不介紹一下？」周京澤熄滅菸頭，聲音沉沉，一直看著她。

周京澤那句話根本不是讓許隨介紹一下這是×××的意思，他是在讓她交代底細。柏郁實到底跟一般的男人不同，是第一個讓周京澤產生危機感的男人。

明明今天一整天，他破事一堆，憋著一股壞情緒，在看到梁爽個人頁面那一刻，還是拋下一堆正在處理的破事趕過來了。

許隨垂下眼，她其實不知道怎麼介紹柏郁實。他對於許隨，算是人生某個迷茫階段裡的一盞小小的燈火。

她認識柏郁實，其實是機緣巧合。

在香港當交換學生時，許隨的科系和義大利語八竿子打不著，她既沒選修這門課程，也對義大利語一竅不通。

當時許隨住在西環，室友除了嘉莉這個同班同學，還有一個外語系的女生，叫施寧，她選修的第二門語言正是義大利語。

許隨已經忘了施寧為什麼讓她去幫忙上課點名了。只記得當時情況緊急，施寧臨時趕不到學校，只好讓許隨幫忙去上課。

那時許隨剛從實驗室裡出來，她聽見電話裡施寧急得哭腔都要出來了，最後點頭答應了。

許隨找教室找了十多分鐘，最後她是踩著點進教室的。她很少做這樣的事，怕被抓到，便坐在倒數第二排。

這是她第一次上義大利語課。

那個時候，課堂上放的電影正好是《後街區女孩》。

許隨對義大利語電影不了解，加上他們的語言聽起來讓人覺得有點刺耳，所以她從一開始就沒打算看。

香港的夏天太熱了，海邊吹過來的風都是悶熱滾燙的，加上教室裡放著她聽不懂的電影，許隨熱得昏昏欲睡，最後趴在桌子上睡著了。

以至於柏郁實眼尖地發現了她，當眾點名提問，結果許隨睡得昏沉，最後是被鄰桌女孩推醒的。

問題答不上來。許隨被罰寫一篇五千多字的影評，並要親自交給他。

後來替施寧上課的事情敗露，許隨以為能逃過一劫，但柏郁實就像跟她槓上了一樣，還是要她交那份影評。

沒辦法，許隨只好利用課餘時間認真看起了這部電影。起初她只是把它當作一個任務，可真的認真看起來，許隨發現義大利的夏天很美，海浪萬頃，很藍，樹木高大蔥綠，每個街區都有一家老舊的書店。

有人在噴泉廣場上接吻，也有人在海邊曬太陽看書，把自己曬成健康的小麥色。

當然，電影更好看，故事講了一個窮人家的小孩，如何在分崩離析的家庭裡夾縫生存並快速成長。她一步步從沼澤地裡走出來，再一路過關斬將，在事業方面成了自己的女王，同時也遇到了自己的愛情，但結局並不盡如人意。

看完之後，許隨認真寫了影評。當她把影評交給柏郁實時，他看了一眼，抓住關鍵字，敏銳地問道：「妳覺得克麗莎的愛情觀是唯一，還是說妳的愛情觀是唯一？」

許隨避開了這個問題。

後來她不知道怎麼就和柏郁實熟悉了。許隨很喜歡這部電影，想要找更多的義大利電影看。柏郁實知道後，經常借藍光珍藏版DVD給她，還推薦了很多原著小說給她。

一來一往中，兩人竟成了朋友。柏郁實對於許隨來說，不僅是朋友，還有點像人生導師。有一段時間，許隨對之後的學業很迷茫，對感情也是。

柏郁實說，迷茫時就多讀書，多看電影。

許隨說道：「我不知道怎麼形容那種感覺，我還是會想起他，在這段感情裡，他其實對我很好，挑不出毛病，但我可能比較較真，想要專一的愛，他做不到。」

柏郁實只是笑：「妳們小女孩是愛較真。」

許隨敏感地提取「妳們」兩個字，其實這段時間，學校一直瘋傳一個八卦，說有個比柏教授小十歲的女生千里迢迢跑來找他，對方還曾經是他的學生。結果絕情如柏郁實，一面都不肯見她。據說他有婚約，兩家交好的那種。

學校的女生說柏郁實的祖籍是廣東，在香港長大，半個香港人，家境殷實，背靠著盤根錯節的柏氏財團。

像柏郁實這樣的男人，優秀、強大、有魅力，很難不吸引女生。

學校裡傳得厲害，可柏郁實本人泰然自若，該上課就上課，一點都沒受影響。

「柏教授，那你的愛情觀是什麼？」許隨問。

許隨到現在都記得，他莞爾一笑，眉眼低下來：「我沒什麼愛情觀，都是資本累積。」

許隨正發著呆，想著該怎麼介紹他時，柏郁實的聲音將她的思緒拉回來。他主動伸出手說道：「你好，我是許隨在香港念書時的教授，柏郁實。」

聽到「香港」二字，周京澤黑如岩石的眼睛一瞬間黯淡，是乾涸的，洶湧的河水一退，只剩河床。

「周京澤。」周京澤嗓音冷淡，抬眼看他，並沒有伸出手回握。

柏郁實收回手，插進口袋裡，對兩人點了點頭，說：「先走一步。」

車子發動的聲音在寂靜的黑夜裡聽起來格外響，緊接著一輛黑色的車消失在夜色中。許隨從包裡拿出鑰匙，對周京澤說：「很晚了，你也早點回去休息。」

說完，許隨去拿包裡的鑰匙，正準備與周京澤擦肩而過，不料男人站在許隨面前，攥住她的手臂不讓她走。

「妳是想氣死我嗎？還教授，嗯？」周京澤咬了一下後槽牙。

剛才看到兩人在一起有說有笑，他有一種說不上來的情緒，堵得慌，卻又發洩不出來。

四目相對間，許隨靜靜地看著他。

周京澤受不了一雙漆黑的瞳仁看著自己，一把拽住她，往懷裡死死地按住。許隨立刻反抗，手臂推拒，不讓他碰。

「讓我抱一下。」周京澤的聲音嘶啞。

他一開口，許隨就感覺出他不對勁，原本還掙扎的身體此刻停下來，站在那裡。

周京澤抱著許隨，把腦袋埋在她肩窩裡。夜色很黑，有風吹來，揚起地上的枯葉，發出簌簌聲。

有那麼一瞬間，許隨感覺周京澤是靜止的。

她感覺他像一把沉默的弓，立在那裡，好像下一秒就會崩斷。

許隨不知道周京澤發生了什麼，但她感覺出了他的低氣壓和失意。

他說抱一下就真的鬆開了她。

「我走了。」周京澤抬手掐了一把她的臉，臉上又恢復了吊兒郎當的表情。

周京澤轉身離開時，許隨站在原地看著他的背影。路燈昏暗，冬夜裡的燈都是冷清的。周京澤的背影看起來孤絕又冷清，他的外套衣擺被風揚起一角，又很快垂下去。

其實這七八年，他們對彼此的人生認知和參與度都為零。

許隨看著地上周京澤被拖得長長的影子，開口問道：「你吃飯沒有？」

「啪」的一聲，燈光亮起，室內溫暖如春。

許隨彎下腰，拿了一雙男式拖鞋給他，周京澤站在門口，看著那雙拖鞋沒有動。

「新的，拋棄式的。」許隨說道。周京澤這才穿上，走進來，一雙漆黑的眼睛在裡面環視了一圈。

許隨住的房子是兩房一廳，外加一個陽臺，布局簡潔，偏日系，電視櫃旁邊擺了很多可愛的小擺飾，左手邊的角落裡插了一束尤加利葉，很具生活氣息。

她以前就是這樣，兩人在一起時，週末許隨經常帶一些小玩意兒過來。

他忽然想起魚缸裡的小金魚，還有她買來放在他房間窗臺上的綠色小多肉。

好像就在昨天。

周京澤垂下眼睫，在眼底投下淡淡的陰影。

「你先坐一下。」許隨收拾好沙發上的雜誌，倒了一杯白開水放在桌上。

周京澤坐在沙發上，喝了一口水。許隨脫下外套後，打開冰箱，神色有一絲尷尬：「只有麵了，你吃嗎？」

「吃。」周京澤撂下一個字。

許隨拿出一把麵條、一盒雞蛋、幾顆番茄，走到廚房，摸出口袋裡的髮圈把頭髮綁起來。其實她不太會做飯，只會做一些簡單的食物。像麵條，她做出來就是勉強能吃的那種。

周京澤把杯子放在桌上，一眼看穿許隨，說道：「我來吧。」

周京澤下麵的姿勢很熟練，沒多久，一份熱氣騰騰的麵就出鍋了。因為許隨晚上吃過了，所以她就沒吃。周京澤坐在那裡，低頭吃著麵，熱氣熏得他的眉眼有些模糊。

「你今天去哪裡了？」許隨問道。

發生了什麼？她還有後半句話沒問。

周京澤拿著筷子的手一頓，答：「東照。」

周圍又歸於一片寂靜，他繼續低頭吃麵，周遭只有吸麵的聲音。

東照，這不是周京澤停飛前的航空公司嗎？

周京澤吃麵一向慢條斯理，不緊不慢的，可不知道為什麼被嗆到了，他低下頭，胸腔顫動，發出劇烈的咳嗽聲，咳得眼梢有一點紅。

許隨倒了一杯水給他，問：「你想說嗎？」

周京澤接過來喝了兩口，臉上習慣性地掛起散漫的笑，語氣輕描淡寫：「下次吧。」

他好像不太想提這件事，說完就岔開話題，竟然還有心情講笑話逗許隨開心。吃完麵後，周京澤看了時間一眼，拿起桌上的鑰匙和打火機，開口：「嘖，滿足了。」

周京澤拿好東西出門，想起什麼，他又回頭，手停在門把上，瞇了瞇眼，暗含警告地說道：「妳給老子鎖好門。」

「我每晚都會鎖門，該防的應該是你吧。」許隨小聲地說道。

周京澤懶散哼笑一聲，低下頭，直視她：「我要是想要妳的話，妳覺得這門能防住我嗎？」

「總之，晚安。」周京澤抬手摸了一下她的頭。

送走周京澤後，許隨關上門，在收拾桌子時，收到一則梁爽傳來的訊息，她八卦兮兮地問：『寶貝，到家了嗎？我覺得柏教授不錯，妳可以考慮一下哦。』

『妳想多了，寶。』許隨無奈地回道。

梁爽收到這則訊息只當許隨在害羞，便「嘿嘿」了兩聲。其實她一直覺得許隨這樣乖軟的性格跟周京澤那樣的人談戀愛是很吃虧的。周京澤身上不確定的因素太多了，喜歡妳的時候，像火焰一般，灼熱又激烈，可有時又像一陣風，捉摸不定又抓不住。

比起轟轟烈烈的愛戀，許隨更需要的是細水長流和安全感。

和柏郁實看展的前一天，許隨提前在網路上找了評分較高的餐廳，還特地問他：『柏教授，你吃新疆菜嗎？可能有點辣。』

柏郁實很快回覆：『可以，吃多了港粵菜，換一下口味。』

『好。』許隨回。

天氣越來越冷，氣溫驟降。

許隨穿了大衣還不夠，裡面加了一件白色高領毛衣，出門時，一陣凜冽的風颳來，似刀子刮在臉上。她立刻把臉埋在領子裡，只露出一雙烏黑安靜的眼眸。

柏郁實看見她這副模樣覺得有點好笑，說：「我車上有件大衣，我讓司機拿過來。」

「不用，」許隨擺手，臉從領子裡挪出來，呼吸了兩口新鮮空氣，「馬上就要進去了，裡面應該很溫暖。」

柏郁實點了點頭，不再勉強。兩人一起走進會展中心，一進去，像是走在歐洲街頭。復古的電影海報掛在牆壁上。

許隨和柏郁實一前一後地走著，偶爾遇到感興趣的海報，她會停下來多看幾眼，柏郁實便會為她講解。

在這次電影海報展中，許隨驚喜地看到了她看過的義大利電影《燦爛時光》等。

鏡頭一轉，許隨看到了《南方與北方》的電影海報，畫面停在男主角對女主角表白的場景。

「前兩天在妳家樓下碰見的那位，是一直困擾妳的唯一論嗎？」柏郁實見她思緒發怔，問道。

許隨猶豫了一下，點頭，說道：「再遇見他，發現其實他一直沒放下這段感情，也在追我，但是我——」

「但是妳不敢了，害怕重蹈覆轍。」柏郁實一針見血地接話。

「是。」許隨應道。

她缺乏一份重新和他在一起的勇氣。

柏郁實點點頭，這次他竟然沒有像之前在香港一樣，戲稱「這是妳們天真小女孩才想要的東西」，他開口：「我有點理解妳了。」

許隨覺得驚訝，笑著問：「教授，是什麼改變了你？」

像柏郁實這樣的人，有一套自己的人生價值體系，旁人應該很難改變他。此時換柏郁實怔住了，半晌，他淡淡一笑：「是有這麼個人。總之，有什麼需要我幫忙的，儘管提。」

許隨點了點頭，繼續看展，兩人看完之後，打算去吃飯。司機有事先回去了，柏郁實親自開車載她從環城路出發，一路上斷斷續續地塞著車。

周京澤最近事多，一直很忙，沒怎麼出來過，剛好大劉最近休完年假回來了，他們這幫人才又聚到了一起。

會所二〇七〇包廂，紅色的燈光幽暗，大劉坐在那鬼哭狼嚎地唱著：「找一個最愛的深愛的相愛的親愛的人來告別單身……」

周京澤懶散地窩在沙發上調酒，他調了一款很烈的酒，從白瓷盤裡撈了一塊檸檬卡在杯口，低頭時，後頸的棘突緩緩滾動，禁欲且勾人。

「嘭」的一聲，盛南洲推門進來，一屁股坐在周京澤旁邊，沙發凹陷，他瘋狂為自己遲到的事解釋：「環城路那一區也太塞了，跟煮餃子一樣，一路走走停停，總之，遲到這事不怪我。」

周京澤把那杯剛調好的伏特加放在他面前，抬了抬眉骨：「少廢話，喝了。」

盛南洲瞥了那酒的度數一眼，以他的酒量，要是這一杯下肚，不得抱著馬桶狂吐？他一把摟住周京澤的脖頸，語氣揶揄：「兄弟，該喝這杯酒的人是你吧，我剛碰見許隨跟一個男人在一起，那男人看起來挺有學識、有魅力的啊，心碎了吧？」

周京澤指間夾著一根菸，菸灰掉落，掌心傳來灼痛感，他哼笑一聲，沒有說話。

「嘖，你別不信，兄弟我可沒騙人，兩人有說有笑的，看起來要去約會，我開著車與他們擦肩而過，不然我就拍張照給你看了。」盛南洲無形之中又往他心裡捅上一刀。

周京澤緩慢又用力地熄滅菸頭，猩紅消失，菸灰缸也被燙得一片漆黑。他垂下眼睫，眼底的戾氣濃郁一片。

盛南洲拍了拍他的肩膀：「女人狠起來可太絕情了，她都坐人家副駕了，你呢？重逢之後，人家坐過你副駕嗎？」

確實，分手之後，除非周京澤主動靠近，她避無可避，其他時候，許隨都本本分分的，就好像兩人只是比陌生人多一層前任的關係。

在得到這個認知後，周京澤漆黑的瞳孔倏地一縮，將那杯伏特加一飲而盡，酒在入喉的瞬間，有如火燒，辛辣味躥上天靈蓋，太陽穴突突地跳著，喉嚨啞得說不出一句話。
他好半天才緩過來。
舌尖抵著冰塊，不緊不慢地嚼得嘎嘣作響，「嘭」的一聲，酒杯歸於原位。周京澤起身，壓低聲音，撂下兩個字：「走了。」
周京澤拎著外套，扔下一眾兄弟就這樣走了。大劉剛唱完〈單身情歌〉，一回頭，人就沒了。他一臉疑惑：「我哥們怎麼了？」
「還能怎麼了？」盛南洲坐在沙發上幸災樂禍，「某人醋罈子打翻了唄。」

柏郁實開著車，許隨坐在車上，兩人正在去往餐廳的路上，她放在包裡的手機忽然響了。
她拿出來點了接聽：「喂？」
電話那邊傳來打火機的哢嚓聲，周京澤聲音帶著顆粒感，低低沉沉的：『在哪？』
「在去吃飯的路上。」許隨答。
周京澤在那邊冷不防地問：『和誰？』
許隨摁了一下車窗，問道：「我去哪要跟你報備嗎？」
電話那邊沒聲了，壓抑的沉默，只有吱吱的電流聲。要不是手機顯示正在通話中，許隨都懷疑周京澤把電話掛了。
『確實，妳是不用報備，』周京澤的語氣漫不經心的，話鋒一轉，『但是基地學員的檔案和急救測試考核資料妳得給我。』

『簡而言之，讓妳現在過來加班。』周京澤言簡意賅。

許隨聲音遲疑：「現在？可以晚點嗎？東西都存在電腦裡了，晚點我回到家再傳給你……」

『情況緊急，事關他們考執照。』周京澤打斷她，面不改色地誆起人。

許隨還想爭取：「可是……」

周京澤在那邊沒有說話，隔著電話，許隨都感覺到他的嚴肅，學員考執照的事確實耽誤不起。

「好吧，我現在回家。」許隨說道。

掛電話後，許隨一臉為難地看著柏郁實。男人笑笑，其實他隱隱約約聽了個大概，他可能成了周京澤的假想敵。

「抱歉，教授，我臨時有點事，吃飯只能下次了。」許隨一臉歉意。

「沒事，我先送妳回家。」柏郁實笑笑，指節敲了敲方向盤。

說完，他便轉了個彎掉頭，在導航裡輸入許隨家的地址開過去。車子開了四十分鐘後抵達，許隨在下車前對他認真道謝。

許隨走回家，沒想到周京澤出現在她家門口，他的臉色並不太好看。

「妳是不是沒有車？」周京澤走過來問她。

「什麼？」許隨有點接不上他的話。

周京澤撩起眼皮看向她身後緩慢開走的黑色車，聲音有點沉：「沒有的話，我送妳一輛。」省得老坐別人的車回來。

許隨不知道他在說什麼，從包裡拿出鑰匙說道：「走吧，我把資料給你。」

第二次來許隨家，周京澤進來時輕車熟路，往那一坐，那大少爺姿態，彷彿當成自己家了。

許隨在房間裡翻了好一陣子，抱著一疊資料出來，來到他面前：「紙版的在這，電子版的我等等寄到你信箱。」

「好了，你可以走了。」許隨開始趕人。

周京澤抽出幾份文件，修長的指尖捏著紙的一角翻了翻，動作慢悠悠的。

他低頭看著上面的學員資料，忽然沒來由地冒出一句：「妳是不是和柏郁實去約會了？」

約會？她不是單純地和朋友看個展嗎？許隨下意識地想解釋，倏地想起什麼，話到嘴邊變成了：「是，接觸下來發現他人挺好的。」她意思是希望他知難而退了。

周京澤正有一搭沒一搭隨意地翻著文件，聞言動作一頓，一失神，被紙張鋒利的邊緣割了一下手。立刻有鮮紅的血珠冒出來，源源不斷，痛感也隨之傳來，他沒管，就這樣抬眸定定地看著她。

送走周京澤後，許隨想了很多。她是一個被動的人，重新和他在一起，許隨不敢了。

由於許隨前一晚失眠，導致第二天起來時整個人臉色蒼白，眼底一片黛青，她只好化了個淡妝去上班。

一整個上午，許隨在坐診時都有點犯睏，最後去洗手間用冷水洗了把臉才打起精神。

中午趙書兒拉著許隨一起去醫院餐廳吃飯。許隨打了紫菜蛋花湯、紅燒排骨、青椒炒肉，還有一份時蔬。

許隨低頭喝著湯，發現趙書兒一直盯著手機看，都忘了吃飯。她笑著提醒道：「在看什麼呀？難道手機裡住了個男朋友嗎？」

趙書兒回神，笑著說：「不是啦！我最近迷上了一個模特，一直看她的日常穿搭，她的氣質太御姐了，迷死我了。她長得好漂亮啊，性格也酷，唉，搞得我天天看她社群網頁。」

「誰呀？」許隨低頭咬了一口豆角。

「喏，給妳看看，是不是特別美？她是國外風頭正盛的一個模特呢，好像要回國發展了，她在國內粉絲也很多，人氣很高。」

許隨不經意地抬眼，在看清手機螢幕上的女人時視線定住。像是觸發了什麼按鍵開關一樣，嗡的一聲，腦子裡刻意封存的記憶被打開。

許隨一下子想起了那個異常悶熱的夏天，空氣中松林少女的香水味，以及葉賽寧一邊撕優格蓋，一邊自信地說：「我們沒在一起，是因為他說不想失去我。」

鏡頭一轉，又切到許隨明明知道答案，還要自虐般地問他：「你以前是不是對她有好感？」

周京澤點了點頭，說：「是。」

趙書兒還在那滔滔不絕地跟許隨介紹她的新偶像：「她鏡頭感真的厲害，人長得好看，穿什麼都引起潮流。上次FG新款上市妳記得吧？就是因為她穿著去巴黎走秀，導致這個主題系列的衣服被一搶而空，而且她一回國就拿了三個高奢代言、五個產品代言，入股葉賽寧真的不虧。」

許隨的耳朵跟耳鳴了一樣，發出嗡嗡聲，什麼也聽不進去。她低頭機械地夾著白米飯，感覺什麼味道也沒有，最後只吃了半碗米飯，就沒吃了。

中午休息時，許隨待在辦公室，拿出手機，上網搜了一下葉賽寧，一連彈出好幾個相關網頁。

『模特葉賽寧從巴黎凱旋，有意在國內發展。』

『葉賽寧回國第一件事，註冊社群軟體，一夜之間漲粉五百萬。』

『葉賽寧神祕戀情。』

比起從前，葉賽寧風光更甚，她從一個小有名氣的模特，成了一個星途璀璨的大明星。

許隨握著手機點開一個葉賽寧的採訪影片。畫面裡，記者提問：『請問您是有回國發展的意願嗎？』

『是。』

『是什麼讓您做出回國的這個決定呢？』

鎂光燈對準葉賽寧「哢嚓哢嚓」地閃著，她眼睛一下都沒眨，偏頭思考了一下說道：『一方面是事業發展需要，國內的時尚文化一直在穩步向前邁進。』

葉賽寧說著說著，話鋒一轉，笑吟吟的：『而且，親人和朋友一直在國內，我一直想回來，再加上有一些重要的事要處理。』

後面的採訪，許隨沒看完就關了。她垂下眼睫想，不是挺好的嗎？反正她推開了周京澤，也跟他說清楚了。葉賽寧要怎麼樣，跟她無關了。

下午許隨坐診時，忽然收到一則陌生號碼的訊息：『許隨？我是葉賽寧，弄到妳的號碼費了一點功夫，不知道妳有沒有時間，有些事想跟妳聊一下。』

許隨睫毛顫動了一下，在對話欄裡打字傳送道：『我跟妳沒什麼好聊的，周京澤也不在我這。』

打完字之後，她又點了刪除，把葉賽寧那則訊息拖進了垃圾信件匣，最後什麼也沒回覆。

沒多久，柏郁實打了電話過來，說道：『許隨，妳那天在我車上落了一個耳環，剛好我在這附近辦事，等妳下了班過來還給妳？』

「好，謝謝教授。」許隨說道。

晚上六點鐘，許隨準時下班，她脫掉身上的醫師袍，拿出手機時才看到一個小時前周京澤傳來的訊息，他問道：『想吃什麼？下班我過去接妳。』

許隨看到這句話後有點無力，感覺自己做的一切像一拳打在棉花上，撼動不了他分毫。

很多事情，她知道自己拖泥帶水，貪戀溫存，一點都不乾脆。可比起要因為葉賽寧而患得患失，許隨情願繞過這條路。

她很討厭爭奪。非常討厭。

她的眼皮顫動，傳訊息給周京澤，一字一句道：『想了很久，發現我們兩個不合適，你以後別再聯絡我了，真的，我現在有喜歡的人了。』

訊息過了幾秒鐘便顯示傳送成功。過了很久，周京澤都沒再傳訊息過來。

許隨也沒再看手機，直接放進口袋裡，拿起包走出醫院的大門。

下了樓，許隨推開門診部大樓的旋轉玻璃門直往外走。一陣刺骨的冷風颳來，她下意識把臉埋在圍巾裡，正從包裡翻找著手套，忽然聽到旁邊的人一陣驚呼。

一個小女孩扯著大人的袖子，聲音驚喜：「媽媽，下雪啦！」

許隨手上的動作頓住，一抬頭，竟然下了初雪。

今年的初雪來得比較遲，以至於路過的人看見都比較興奮，紛紛喊著「下雪了下雪了」。

雪花小小的，像絨毛，像透明的水晶，許隨不由得伸出手去接它，雪花落在掌心，轉瞬融化，有水從指縫往下落。

許隨在門口等了一下柏郁實，他撐著傘出現在不遠處。

柏郁實走到許隨面前時，伸手拂了一下衣領上的雪花，笑道：「一來京北出差就趕上下雪。」

「畢竟香港不會下雪，所以你這趟來對了。」許隨笑著應道。

「是嗎？」柏郁實道。

許隨這話讓他想起了某個人，一個爛漫的小女孩，靈動又嬌俏，一雙黑眼珠寫滿了堅定：

「彌敦道總有一天會下雪的！」

她還沒等到彌敦道下雪，就離開了。

像雪花，轉瞬即逝。

柏郁實岔開話題，和許隨站在門口聊了幾句，兩人有說有笑地說著各自遇到的趣事。許隨聽得認真，偶爾嘴角帶笑，一轉頭，餘光不經意地瞥見某個熟悉的身影。

周京澤想做的事，前方一片黑也要做到底。

唯一讓他能放棄的方法，就是再一次，擊碎他的自尊。

她重新看向柏郁實，抬起眼睫，嗓音有點啞：「柏教授，那天看展你不是說有什麼事可以找你嗎，我現在……」

周京澤看著眼前的這一幕想，如果他的人生寫成自傳，他最精彩的地方必然屬於這一天。

今天一整個下午，周京澤都待在東照國際航空公司。

他坐在一間寬敞的、空蕩蕩的會議室，沒有人接待他。只有前臺的小張，因為平時周京澤飛機落地時會從各國找來一些小玩意送給她，加上平時對她照顧有加，她主動倒了一杯水進來給他。

周京澤坐在那裡，看著水珠吸附在免洗杯子的杯壁上，直到熱氣騰騰的水杯慢慢變冷。

昔日的老東家，當初有多重視他，現在就有多冷落他。

周京澤坐在那裡等了兩個多小時，調查部的人以及他曾經的頂頭上司才姍姍來遲。

「京澤啊，不好意思，你的事耽誤好久了，現在出結果了。」上司轉了一下筆尖，手肘下墊著一份合約。

周京澤稍微坐直了一點，語氣平靜：「沒事，您說。」

經公司特批的調查部門調查後發現，由周京澤機長經手操作駕駛的CA7340國際航班，從滬市飛往檀香山途中，周機長藐視了組織規則和紀律，同時也違背了飛行及機長相關條例，差點造成飛機乘客人員傷亡，公司就周機長對東照國際航空公司造成的惡劣聲譽，於二〇二〇年十一月二十日正式解聘周京澤機長，並永不錄用。

「屆時我們會在公司內部寄送郵件，以及在業內通報這個結果。」

「公司念在你過去工作的辛苦和努力，就不要求你賠償了。」

上司低頭念著公司的決策，沒有看周京澤一眼。

這麼多年的付出，被一段話輕易抹殺，到頭來還加了一個罪名給你。他沒什麼好說。

在座每一位同事和領導都了解周京澤這個人，驕傲狂妄，可偏偏在天空中，他就是有一身本事。

終止聘用和業內通報，算是毀滅性的打擊了。

周京澤的飛行人生可能就止步於此了。

明明有大好前程，卻在不到三十歲的時候，天之驕子受挫，驕傲之星隕落。

就在所有人以為周京澤會發火，或者大鬧一場時，他扯了扯嘴角，撩起眼皮問道：「說完了嗎？」

上司以為是暴風雨的前奏，內心有一瞬間的驚慌：「說……完了。」

「那行，我還有事，先走一步。」周京澤起身，臉上的表情無波無痕，好像這是一件無所謂的事。

他的背影挺拔，好像從來沒有低過頭一般。

走到會議室門口時，周京澤想起什麼，回頭，一雙漆黑的眼睛靜靜地環視這間會議室。這間會議室，他來過無數次，在這裡領過大大小小的獎章，也和同事一起挨過上司的批評。

他看著會議平板旁邊一排航模中那架小小的紙飛機。那是他來公司以後第一次飛上天空，肩上扛著乘客的性命，成功落地，於是他用飛機上的宣傳單摺了一架小小的紙飛機放在那裡，告訴自己，不負初心。

周京澤單手插著口袋，習慣性地挑起唇角，看著共過事、同患難的同事們，一字一頓，笑了笑：「各位，江湖再見。」

說完這句話，周京澤就走了，人到走廊時，上司追出來叫住他。

上司嘆了一口氣：「我相信你不會做這樣的事，但是 Voice Recorder（記錄飛機駕駛艙情況的答錄機）還有監視器都證明你做出了錯誤決斷，至於副機長李浩寧，他堅持認為在飛機上是聽從了你的指令。」

「好，沒事，謝謝過去的照顧和包容，老張。」周京澤笑了笑。

周京澤走出東照國際航空大樓時，夕陽暖色的光恰好停留在高樓上插著的紅旗揚起的一角。

萬丈高樓平地起，「東照航空」四個燙金大字赫然出現在眼前。

航字右邊的一點，是一個小小的金色的飛機圖案，它在殘陽下依然熠熠生輝。

周京澤靜靜地站在那裡，看著它。看一眼少一眼。這棟大樓承載了他過去所有的痛苦和榮耀。從今日起，將一併歸零。

「須知少時凌雲志，曾許人間第一流」，不知道為什麼，周京澤忽然想起了這句話。

最終，周京澤收回視線，莞爾笑了一下，雙手插著口袋，離開了東照。陽光將周京澤的身影拖得很長，直至最後一抹光消失。

周京澤一個人走在寒風中，風颳得他的眼睛睜不開，他拿出手機傳了一則訊息給許隨，問她想吃什麼。

走到一半，周京澤碰到路上有人在賣糖炒栗子，他走過去買了一份。

走到下一個路口，夕陽已經完全消失，夜色降臨，街邊燈火亮起，路上烤奶油麵包的香氣飄來。周京澤抬眼一看，路口有一家麵包店排起了長長的隊，這家主打鳳梨包。他把糖炒栗子放在口袋裡，走過去，排起了隊。

喜歡一個人就是，儘管心情已經低到了谷底，還是願意為一個人買愛吃的鳳梨包和糖炒栗子。

不遠萬里，他冒著風雪送過來。

周京澤一路心情複雜地來到許隨上班的醫院門口，他突然有些累，打算和她說一說以前發生的事，想抱一抱她。

他在去找許隨的路上，心裡隱隱有一簇燃起的火光，結果在看到眼前的一幕時，心中的微光徹徹底底熄滅了。

柏郁實俯下身，正動作親暱地幫許隨戴耳環，弄好後，他的拇指按著她的額頭，輕輕把她掉在額前的頭髮勾到耳後。

原來親暱的點額頭和為她勾頭髮，並不是他的專屬動作。

周京澤瞇眼看著兩人眼裡映著彼此的笑容，冰冷的雪花砸在眼皮上，一直沒有動。雪越下越大，刺骨又冰冷，他感覺自己的手指被凍僵，冷得說不出一句話。

因為怕送過來的糖炒栗子和剛出爐的鳳梨包變冷，周京澤一直把它們放在口袋裡以保持熱度。

看來她不需要了。

周京澤得出這個結論後，將這兩樣東西一併扔在了一旁的垃圾桶裡，然後轉身離開，他的肩頭被雪水染出一片深色，緊接著黑色的背影消失在冰天雪地中。

有風吹來，躺在垃圾桶裝著兩樣東西的塑膠袋發出「嘩啦啦」的聲音，然後被遺忘在那裡。

許隨餘光瞥見那個挺拔的身影消失，像是突然從夢中驚醒般，後退一步，跟柏郁實開口：「謝謝，抱歉。」

謝謝你的幫忙，也抱歉利用了你。

柏郁實收回手，笑道：「是我冒犯了。」

「那個，柏教授，我還有事，先回去了，謝謝你。」許隨低下頭，匆匆說完話就離開了。

回到家，許隨整個人如釋重負，躺在床上，她拿著手機，將這段時間與周京澤傳的訊息一一刪除，包括兩人的通話紀錄。

她在清除有關周京澤的一切。

酒吧裡，周京澤坐在吧檯前一杯接一杯地喝酒，舞池裡的紅綠光一束接一束地交替打過來，將他的側臉輪廓襯得更加硬朗深邃。

興許是喝得有點熱，周京澤脫了外套放在一旁，只穿了一件黑色休閒衣，前臂線條緊實流暢，握著方口酒杯的手腕骨節清晰突出，痞中又透著一股禁欲感。

人往那一坐，惹得酒吧裡的人紛紛想上前搭訕，多得周京澤不勝其煩，加上他喝得有些多，點了一排最烈的酒，直接端了一杯給旁邊想勾搭他的女孩。

周京澤伸手拽了一下鎖骨處的領口，姿態慵懶，抬了抬眉骨，笑道：「喝過我，就給妳一個機會。」

女孩一臉震驚，哪有男人一見面就挑釁喝酒的？她正想罵人時，一個男人出現，搶過他手裡的酒杯，對她歉意地笑笑：「他喝多了，犯渾了，抱歉抱歉。」

女孩冷哼一聲，踩著高跟鞋走了。

周京澤拿了桌上一杯酒，仰頭一飲而盡。盛南洲站在一邊，知道他這段時間發生的糟心事太多，便坐下來陪兄弟一起喝酒。

酒喝到一半，盛南洲拍了拍他的肩膀，說道：「李浩寧這個陰溝裡的賤人，虧你把他當兄弟。放心，你這件事還沒結束，老張說私下還是會為你繼續調查，我這邊也會查。」

「隨便。」周京澤又仰頭喝了一口酒。

反正許隨不會回來了，他無所謂了。事情已經這樣了，還能壞成什麼樣？

盛南洲嘆了一口氣，只能陪他繼續喝酒。他以為周京澤只是喝酒發洩，知道輕重，哪知他喝到後面根本沒有停下來的意思，盛南洲一把搶過他手裡的酒，罵道：「你不要命了？我現在就打電話給許隨。」

周京澤果然不敢再拿酒杯。

盛南洲想，許隨果然是他的命門，百掐百中。他當著周京澤的面打給了許隨，開了擴音。電話隔了好久才接通，盛南洲只說出了一個「我」字，對方便把電話掛斷了。

盛南洲一臉尷尬，周京澤的表情還算平靜，他抬手漫不經心地轉了一下桌上的小球，薄唇一張一合不知道在說什麼。

「什麼？」舞池裡的電音穿透耳膜，吵得人幾乎耳鳴。盛南洲湊上前去聽周京澤說什麼，他不經意一瞥，怔住了。

周京澤漆黑的眉眼壓下來，扯了扯唇角，語氣緩慢：「結束了。」

說完，周京澤緩緩褪下手指上戴的一枚銀戒，因為長時間戴著，褪下來後，骨節那裡有一圈白色的印記。

他褪下來拿在手裡端詳了一下，燈光晃過來，看不清他臉上的表情。

咚的一聲，戒指被扔進酒杯裡，酒液立刻翻騰，咕嚕咕嚕地冒著泡，有水溢出來。銀色的戒指迅速下沉，然後墜落。

周京澤看了它一眼，頭也不回離開了酒吧。

盛南洲還不了解周京澤？他知道這人一定會後悔，於是趕緊從酒杯裡撈出戒指，追了出去。

「我每次不是當你的奴隸就是當你的保姆——」盛南洲邊抱怨邊往外走。

第一場雪下完後，京北氣溫急轉直下，冷到早上人躺在被窩裡一點都不想起來。

許隨在基地的任教正式結束，她不用再去那個塵土飛揚的地方，也不用再見到周京澤。

從那次撞見她跟柏郁實在一起之後，周京澤再沒找過她。

許隨自認為生活過得還算平靜。直到週末在家時，盛南洲登門拜訪。

許隨看到盛南洲就想關門，可他手放在那裡，嘴裡說著「疼疼疼」，人卻趁勢溜進來。

「找我什麼事？」許隨聲音淡淡的。

盛南洲接過她遞過來的一杯水，喝了一口，說道：「妳去看一下他吧，他住院了。」

許隨正幫自己倒水，動作頓了一下，開口：「他應該有人照顧，我看不看都一樣。」

「當然不一樣啊，還不是因為妳，他才把自己搞成這樣的？許妹妹，妳不知道周京澤多慘，為了妳喝酒喝到胃出血去了醫院，基地的班也不上了，他外公都把電話打到我這來了。我真的很少看他意志這麼消沉，大概只有妳能解開他的心結了，妳就去看看他唄。」盛南洲動之以情，曉之以理。

盛南洲又喝了一口水，潤潤嗓子，苦口婆心道：「我不知道你們發生了什麼，但大家認識這麼多年，情分還在吧？他現在半死不活地躺在那裡，妳就去看他一眼，就當我求妳了。地址我放這了，先走了，妹妹，我還有事。」

盛南洲把名片放在那裡，起身走了。客廳裡，只剩許隨一個人，她拿起茶几上的名片看了一眼，是醫院的地址。

下午三點，許隨收拾了一下，從水果店買了一個果籃，去往西和醫院。

許隨到達住院部後，詢問護士周京澤所在的病房位置。

乘坐電梯上樓後，許隨來到了七〇二病房，猶豫了一下，敲門，裡面傳來一道嘶啞低沉的聲音：「進。」

許隨推開門走進去，一抬眼，與病床上的男人四目相對。

護士正在幫周京澤換藥。周京澤躺在那裡，也同樣看著她。他額前的碎髮搭在眉前，眼睛漆黑，唇色蒼白。

護士幫他換完藥後，臉一紅，說道：「要注意休息，這幾天主食還是以清粥為主哦。」

說完後，護士端著托盤從許隨旁邊經過，她一眼瞥見某個熟悉的藥物，拿起藥盒一看，是闌尾炎手術後要用的消炎藥。

「病人做了闌尾手術是嗎？」許隨問。

護士點點頭：「是的。」

許隨把藥放回托盤裡，立刻明白過來她是被盛南洲騙來這裡的。什麼一蹶不振、意志消沉，因為她而大受打擊，都是誆人的。

許隨把水果籃放在他床頭的矮櫃上，周京澤的眼神銳利，他撩起眼皮看著許隨，語氣沉沉：「妳怎麼來這了？」原來他也不知情，語氣裡透著冷淡，彷彿她不應該來這。

許隨放下果籃後，語氣平淡：「盛南洲讓我來的，你沒事就好，我先走了。」

這本來就是一場不應該有的會面。

許隨前腳剛走出病房，周京澤臉色一沉，拔了針管，長腿一邁，闊步追了出去。

許隨剛走到走廊的窗戶處，一個高大的身影晃了過來，周京澤將她整個人抵在牆上，將人桎梏住，牢牢地把人圈在懷裡。

男人眼睛沉沉地盯著她：「訊息什麼意思？」

「就是不合適的意思。」許隨別過臉說。

不料，她的臉被男人扳了過來，周京澤看著她，直接飆了一句髒話：「怎麼不合適？那之前怎麼會在一起那麼久？」

「那不也還是分手了嗎？」許隨輕輕說道。

許隨的語氣雖然柔柔的，說出來的話卻一針見血，一句話讓兩人沉默下來。

周京澤的手背因為打了兩天的點滴，一片瘀青，此時正往外冒著血珠。

周京澤胸腔劇烈地起伏了一下，他單手執起許隨的下巴，看著她，一字一頓認真說道：「只要妳說不喜歡老子了，我放妳走。」

他的語氣沒較真，也沒賭氣。他這個人就是這樣，有錯就認，喜歡一個人就好好相處，但如果對方都不喜歡他了，一直纏著也挺沒勁的。

許隨垂下眼，視線落在他領口襯衫的第二顆釦子上，輕聲道：「我不喜歡你了。」

一句話落地，周遭靜得連風拍打著窗戶的聲音都能聽見。

今天沒有出太陽，天氣暗沉沉的，壓抑得令人難以呼吸。細小的浮塵飄在空氣中，被切碎落在地上。

許隨感覺周京澤慢慢鬆開了她，人也撤離，他身上好聞的羅勒味隨之消失。

周京澤站在那裡，沒再說什麼。得到自由後，許隨拿著包匆匆下了樓梯。

周京澤回到病房後，拿起手機看起了球賽，鎮定得好像這些糟心事不是他自己經歷的。

他看著內馬爾橫跨半個球場，正要來一個射門時，手機螢幕忽然切換成大劉來電。

周京澤點了接聽，大劉扯著嗓子在那邊說：『哥們，你病房在哪啊？這可太大了，不好找哇。』

「你別來了。」周京澤開口。

『啊？』大劉一臉納悶。

他看了外面的天一眼，陰風陣陣，厚厚的烏雲往下壓，似乎要下雨了。

「許隨剛走，你送她回去吧，」周京澤頓了頓，繼續說，「她要是不肯，你就幫她叫輛車。」

說完以後，周京澤不理會大劉在那邊嚷嚷，把電話掛了。

一週後，周京澤出院，他在家休息了幾天後開始照常上班，閒時回家就帶德牧出去遛遛。還好，他有貓有狗。

週五，周京澤牽著奎大人去公園散步，可不知怎麼的，走著走著就來到了許隨家樓下。

周京澤抬起眼皮看了一下她家那層，黑漆漆的，沒有燈亮起，她沒回來。

他牽著奎大人走進了便利商店，拿了一包菸和一個打火機。

推開便利商店的門，周京澤一眼看見正要進去的梁爽。梁爽腳步一頓，明顯也看到了他。

許隨今天臨時有個手術，要住在醫院那邊，梁爽趕過來幫她拿一些東西。

「怎麼是你？」梁爽語氣不善。

周京澤咬著菸盒的包裝紙，一扯，透明的塑膠膜被撕開，他從裡面抖出一支菸。

「我說路過，妳信嗎？」周京澤捻了捻指尖的菸屁股，輕笑道。

梁爽「呵」了一聲，走到他面前，說道：「既然遇到了，我有話跟你說。」

「嗯，妳說。」周京澤把菸塞進嘴裡。

梁爽站在周京澤面前說了很久，他一言不發，最後點了點頭，啞聲道：「行，我知道了。」然後，周京澤牽著奎大人離開了許隨家樓下。

當天晚上，周京澤做了一個夢。夢裡他回到了大學。

那是他人生最輕狂肆意的時候，做什麼都全A或是滿分，老師也看重他，前路好像沒什麼攔路石，一路坦途。

那時的他身上帶著不可一世的狂妄，在臺上面對千人發言，把演講稿摺成紙飛機射到臺下，笑得肆意，說出：「上帝一聲不響，一切皆由我定。」

鏡頭一轉，夏天熱烈，周京澤在操場上打籃球，許隨穿著白色的裙子站在陰影處，綁了一個丸子頭，拿著一瓶水，安靜乖巧地等著他。

周京澤把球一扔，掀起T恤的一角擦了擦眼角的汗，走到許隨面前，臉上掛著玩世不恭的笑：「這麼快就想妳男朋友了？」

「才不是，我就是順路。」許隨睫毛顫動，紅著臉否認。

他還想要繼續說話時，眼前的場景變得模糊。

夏天、女孩、冰水、飛機，一切都離他遠去。

周京澤從夢中驚醒，醒來後背上出了一層汗。

他睜眼看著黑漆漆的天花板，起身，撈起桌上的菸和打火機。

周京澤坐在床上，單穿著一件褲子，抽起了菸。

他嘴裡咬著菸，打火機發出啪的一聲，他伸手攏住火，露出的一截眉眼冷淡又透著倦意。

周京澤吐了一口灰白的煙，回顧了一下剛才的夢，自嘲地笑了一下。

書上怎麼說的？「夢裡與你情深意濃，夢裡王位在，醒覺萬事空」。

關於夢想，轉瞬即逝，關於愛情，不復往昔。

他什麼都沒有了。

——《告白》未完待續——

高寶書版集團
gobooks.com.tw

YH 182
告白（中）
作　　者　應　橙
封面繪圖　阿殁Amo
封面設計　也津設計
責任編輯　楊宜臻
內頁排版　賴姵均
企　　劃　何嘉雯

發 行 人　朱凱蕾
出　　版　英屬維京群島商高寶國際有限公司台灣分公司
　　　　　Global Group Holdings, Ltd.
地　　址　台北市內湖區洲子街88號3樓
網　　址　gobooks.com.tw
電　　話　(02) 27992788
電　　郵　readers@gobooks.com.tw（讀者服務部）
傳　　真　出版部(02) 27990909　行銷部 (02) 27993088
郵政劃撥　19394552
戶　　名　英屬維京群島商高寶國際有限公司台灣分公司
發　　行　英屬維京群島商高寶國際有限公司台灣分公司
法律顧問　永然聯合法律事務所
初版日期　2025年02月

原著書名：《告白》由北京晉江原創網絡科技有限公司授權出版。

國家圖書館出版品預行編目(CIP)資料

告白/應橙著. -- 初版. -- 臺北市：英屬維京群島商高寶國際有限公司臺灣分公司, 2025.02
冊；　公分. --

ISBN 978-626-402-172-2(上冊：平裝). --
ISBN 978-626-402-173-9(中冊：平裝). --
ISBN 978-626-402-174-6(下冊：平裝). --
ISBN 978-626-402-175-3(全套：平裝)

857.7　　113020660